KB180212

쓰게 될 것

쓰게 될 것　　　　최진영 소설집

안온

우리는 서로를 버릴 수 없었다.

차례

쓰게 될 것

모두 지난 일이다. 그리고 반복될 일이다.

나는 이제 그것을 이해한다.

'이해한다'는 '받아들인다'는 뜻이다.

태어나면서 세상을 받아들이듯.

그러므로 싸우지 않겠다는 뜻은 아니다.

　나의 할머니는 전쟁을 세 번 겪었다. 첫 전쟁은 할머니가 어린아이였을 때 일어났다. 역사는 그것을 진압이라고 기록했다. 진압당하는 사람에게는 전쟁과 다를 바 없었다. 할머니의 엄마가 할머니를 살렸다고 한다. 감추고, 경고하고, 부둥켜안으며 이 고난에는 끝이 있을 거라고 말하면서. 그리고 정말 끝이 났기 때문에 할머니는 희망을 믿는 사람이 되었다.

할머니가 어른이 되었을 때 모두가 틀림없이 전쟁이라고 부르는 일이 일어났다. 그때 할머니에게는 지켜야 할 자식이 다섯 있었다. 할머니는 어릴 때 배운 것처럼 감추고, 경고하고, 부둥켜안으며 희망을 나누었다. 섭이, 필이, 은이는 죽고 곤이와 홍이는 살았다. 전쟁이 끝났을 때 할머니는 신을 믿는 사람이 되었다. 귀하고 소중한 우리 섭이, 필이, 은이를 잘 보살펴달라고 기도하기 위해서. 더는 나이 들지 않기에 영영 보살핌이 필요한 세 자식을 신에게 잠시 맡긴 거라고 믿었다.

세 번째 전쟁이 일어났을 때 할머니는 숨거나 도망치지 않았다. 언젠가는 끝날 거라는 말도 하지 않았다. 할머니는 전쟁 속으로 당당히 걸어 들어가 물건을 팔고 음식을 구하면서 소식을 전해 들었다. 그러다가 신에게 맡겨둔 자식들을 되찾으러 떠났다. 그토록 저주하던 인간을 벗어던진 것이다. 기다리던 버스에 마침내 오르는 사람처럼 미련도 후회도 없는 표정으로 죽었다고, 나의 엄마 홍이는 회상했다. 당시 엄마는 서른세 살이었고 나는 일곱 살이었다. 그때 나에게 죽음이란 숨바꼭질처럼 언젠가 끝날 놀이였다. 다시 만날 수 없다고는 생각하지 못했다. 어디에 숨었든 내가 찾아낼 거야. 찾지 못해도 어딘가에는 있겠지. 못 찾겠다고 외치면 슬쩍 나타나 나를 놀려대겠지. 아무리 기다려도 할머니는 나타나지 않았다. 너무 멀리 숨으면 반칙인 걸 알면서.

젊은 사람들, 아이가 있는 사람들, 현금이나 보석을 가진 사람들, 다른 지역에 가족이나 지인이 있어 거처를 부탁할 수 있는 사람들부터 동네를 떠났다. 평생을 한곳에서 살아온 노인들과 몸이 불편한 사람들, 갈 곳이 없는 사람들은 남았다. 처음에는 엄마도 떠나고 싶어 했다. 곤이 삼촌이 살고 있는 수도에 가려고 했다. 할머니는 남겠다고 했다. 앞서 두 번 전쟁을 겪을 때도 할머니는 집을 버린 적이 없었다. 엄마는 할머니를 두고 떠나기를 망설였다. 할머니가 죽은 뒤에는 망설이지 않았다. 엄마는 집을 지켰다. 할머니의 집. 엄마가 오랫동안 살다가 떠났던 집. 나를 안고 돌아간 집. 이제는 기억에만 존재하는, 다시는 돌아갈 수 없는 곳.

작은 마당이 있었다. 낮은 담벼락 아래에 채송화와 봉숭아가 피었다. 할머니는 봉숭아 꽃잎을 짓이겨 내 손톱에 물을 들였다. 나는 손에서 피가 나는 것 같다고 울었다. 할머니는 나를 놀리며 웃었다. 수돗가 옆에는 앵두나무가 있었다.

빨간 열매를 배가 부르도록 따 먹고 배앓이를 했다. 집은 주방과 큰방, 창고로 나뉘었다. 방은 아침에 가장 밝았고 태양이 기울수록 어두워졌다. 방의 벽을 따라 옷장과 수납장, 좌식 책상과 선반이 이어져 있었다. 그리고 일인용 의자 하나. 못질 없이 만든 의자였다. 그곳에 앉아 편히 쉬길 바라는, 사랑하는 마음을 담아 만든 의자라고 했다. 누구의 사랑인지는 잊었다. 할머니와 엄마를 향한 누군가의 사랑이었겠지. 당시에는 나 아닌 사람이 할머니나 엄마를 사랑할 수 있다고 생각하지 못했다. 나는 그 의자에 올라서서 창밖을 구경했다. 등받이에 엄마의 셔츠를, 다리에 할머니의 치마를 입힌 다음 의자를 사람처럼 대하며 각종 놀이를 했다. 의자 위에 사진기를 올려두고 할머니와 나와 엄마가 맞은편 벽에 등을 기대고 앉아서 찍은 사진을 아직 간직하고 있다. 서로 닮은 우리. 유일한 가족사진. 내가 가진 가장 아름다운 것.

지워지지 않는 장면들.
비행기가 하늘에서 작은 물고기들을 우르르 낳았다.
그리다가 망쳐서 구겨버린 스케치북처럼 일그러진 건물.
온몸에 봉숭아 꽃물을 들인 사람들. 울지 않는 사람들.

장난감통의 레고 블록처럼 뒤엉킨 자동차.

사람에게 들러붙는 앵두. 사방으로 튀는 빨간 열매.

한 손에는 총을 다른 손에는 꽃을 들고 선 여자.

파괴. 붕괴. 살인. 환호성.

할머니가 죽은 뒤 엄마는 나에게 가르쳐주었다. 할머니, 아빠, 엄마, 나의 이름, 집의 주소, 열한 개의 숫자를 쓰고 읽는 방법을. 엄마는 서랍장 깊숙한 곳에 숨겨둔 상자에서 작은 반지를 꺼냈다. 내가 아기였을 때 성대한 생일 파티를 했는데 그때 받은 선물이라고 했다. 엄마는 내 이름과 생일, 혈액형을 새긴 인식표와 반지를 목걸이에 꿰어 내 목에 걸어줬다. 무슨 일이 있어도 절대 벗으면 안 된다고 당부하면서. 나를 보호할 수도 위험에 빠뜨릴 수도 있는 금. 내가 다치거나 죽어야 제 역할을 할 인식표. 엄마는 인식표 목걸이를 하지 않았다. 대신 아침마다 검정색 사인펜으로 팔뚝과 허벅지에 엄마와 나의 이름을 썼다. 피부를 뚫고 들어가 뼈가 될 것만 같았던 우리의 이름.

엄마는 아침 일찍 나갔다가 군청색 하늘에 샛별이 빛날 무렵 돌아왔다. 엄마 없는 집에서 내가 절대 하면 안 되는 세 가지는, 가스레인지 만지지 않기. 칼 만지지 않기. 집 밖으로 나가지 않기. 엄마가 종이에 적어준 이름과 주소를 따라 쓰다가 다른 글자도 읽을 수 있게 되었다. 나는 집에 있는 글자를 모두 찾아 읽었다. 주방의 설탕 봉지에도 식용유 통에도 냉장고 속에도 글자는 많았다. 옷에도 그릇에도 글자가 있었다. 책상 위에는 아주 많았다. 읽을 수만 있을 뿐 의미는 알 수 없는 글자들. 폴리에틸렌테레프탈레이트, 교환장소, 침전물, 자연숙성발효, 감초추출물, 고객행복센터, 정제수, 천연향료, 트랜스지방, 표백성분이없는중성세제. 그 뜻을 엄마에게 물어봐야지 생각했지만 집으로 돌아온 엄마의 표정을 보면 낮에 궁금했던 것들은 하나도 떠오르지 않았다.

엄마는 핸드폰을 귀에 대고 말했다.

— 듣고 있어? 거기 병원이 있어. 병원 근처에 폭탄을 퍼부었다니까.
— 하루 종일 줄을 섰는데 빈손으로 돌아왔어. 집이 얼음장 같아.
— 아니, 아니야. 그럴 수 없어. 그건 안 될 일이야.

엄마는 소리 지르며 울기도 했다.

— 우리는 잘못이 없어! 아무 잘못이 없다고!

— 연말 휴가를 못 가게 됐다니, 그게 지금 나한테 할 소리야?

— 일어날 일이 일어나는 게 아니야. 일어나지 말아야 할 일을 기어코 저지른 거라고. 신의 뜻? 그 말 당장 취소해!

엄마는 속삭이기도 했다.

— 지쳤어. 시체를 봐도 아무렇지 않아. 미친 것 같아.

— 지옥은 이미 가득 찼겠지. 천국도. 죽어도 갈 곳이 없네. 그래서 아직 살아 있는 걸까.

— 내 딸만 없었어도 나는…….

엄마가 속삭이면 나는 숨을 참았다. 내가 없었다면 엄마는 어땠을까? 자유롭게 떠날 수 있었을까? 어느 날에는 할머니의 두꺼운 책에서 다음과 같은 문장을 읽었다. '너희는 세상의 소금이다.' '너희는 세상의 빛이다.' 엄마와 나는 세상의 소금이고 빛이었다. 폭탄과 총으로 서로를 죽이는 사람들도. 무서운 빛. 썩어가는 소금. 나는 엄마에게 물어볼 것이 있었다.

집에서 혼자 놀기 위해서는 친구가 필요했다. 스케치북에 강아지와 돼지와 유니콘과 코끼리와 토끼와 나를 닮은 사람을 그린 뒤 색칠하고 오려서 친구를 만들었다. 그들에게 이름을 붙여주고 시장 놀이와 병원 놀이와 유치원 놀이를 했다. 놀이를 위해 필요한 것은 무엇이든 스케치북으로 만들 수 있었다. 나는 계속 친구를 창조하여 이름을 지어주고 새로운 놀이를 개발했다. 친구는 점점 많아졌다. 목소리가 똑같은 친구들. 절대 먼저 나를 부르지 않는 친구들. 나의 착한 친구들.

텔레비전에 나오는 사람들은 전쟁 이야기만 했다. 채널을 올려도 내려도 온통 전쟁뿐이었다. 전쟁을 찬양하고 섬기는 사람들. 전쟁만이 우리를 구원할 수 있다고 말하는 사람들. 팟, 소리와 함께 텔레비전이 꺼진 적이 있다. 무서웠다. 세상이 전부 꺼진 것만 같았다. 엄마에게 무슨 일이 일어났을 것만 같았다. 이후 나는 텔레비전을 켜지 않았다. 느닷없는 무서움에 빠지고 싶지 않았으니까. 대신 라디오를 켰다. 라디오는 채널이 많았다. 목소리 없는 음악만 계속 틀어주는 채널을 찾아냈다. 음악을 듣고 있으면 잠이 왔다. 그래서 라디오도 잠깐만 틀었다가 껐다. 낮잠에서 막 깨어났을 때의 느낌이 싫었으니까. 눈을 떴을 때 아무도 없는 방, 가라앉은 공기, 무거운 몸, 생경한 감각, 꿈에서 내던져진 느낌. 어릴 때는 그 느낌의 이름을 몰랐다. 알았다면 엄마에게 말했을 것이다. 엄마, 나는 너무 외로워. 아무리 울어도 아무 일도 일어나지 않아.

신을 믿었기 때문에 할머니는 매일 기도했다. 처음에는 기도가 아주 길었다.

먼저 떠난 이들의 영혼을 보살피소서. 그들에게 영원한 안식을 허락하소서. 살아 있는 우리를 불쌍히 여기소서. 나약한 우리를 이 지옥에서 구원하소서. 싸움 중에 있는 자를 보호하소서. 그들은 자신의 죄악을 모릅니다. 그들을 용서할 힘을 주옵소서. 당신의 자비와 사랑으로 우리를 지켜주소서. 평화를 허락하소서. 당신의 권능을 믿나이다. 당신의 은총을 간구하나이다.

시간이 흐를수록 기도는 점점 짧아졌다. 은총과 평화가 제일 먼저 사라졌다. 다음으로 자비와 사랑이 버려졌다. 용서와 구원을 포기했다.

마지막에 이르러 할머니는 두 문장만을 반복했다. 먼저

떠난 이들의 영혼을 보살피소서. 그들에게 영원한 안식을 허락하소서. 할머니는 오직 그것만을 요구했다. 현실에 없는 신이 할 수 있는 유일한 일.

의자에 올라서서 창밖을 바라보는 날이 늘어갔다. 서쪽 창으로는 뒷산과 나무가, 남쪽 창으로는 마당과 담벼락이 보였다. 담벼락 너머로 가끔씩, 골목을 지나가는 사람의 머리가 나타났다. 그럼 나는 몸을 바짝 낮춰 앉았다. 나쁜 짓을 들키지 않으려는 것처럼. 위험에서 몸을 숨기려는 것처럼. 바깥에 사람이 있다는 사실을 확인할 때마다 심장이 세게 뛰었다. 반가움인지 무서움인지 구분할 수 없었다. 나는 나를 보호하기 위해 새로운 규칙을 만들어냈다. 없는 사람처럼 있기. 방에서 발끝으로 걸었다. 속삭이듯 혼잣말을 했다. 의자를 끌지 않았다. 울고 싶으면 옷장에 들어가 이불에 얼굴을 박았다. 엄마는 나에게 밖은 위험하니까 절대 나가면 안 된다고 했다. 그 말을 무작정 믿었는데, 어느 날 문득 새로운 질문이 떠올랐다. 그렇다면 엄마는? 엄마는 위험한 밖으로 매일 나갔다. 엄마를 걱정하는 마음과 질투하는 마음과 의심하는 마음이 옥신각신했다. 엄마는 매일 어디에 가는 걸까? 왜 나를 혼자 둘까? 어째서 나를 데려가지 않지? 아침

19

에는 나를 버렸다가 밤이면 후회하면서 찾으러 오는 엄마를 생각하자 미워할 수 있었다. 미워하는 마음은 나를 더 외롭게 했다. 창밖을 바라보며 아주 많은 생각을 만들고 버렸다. 어떤 생각은 아무리 버리려고 해도 그릇에 묻은 물처럼 깔끔하게 비워지지 않았다. 이를테면 나는 방에 갇힌 유령이라는 생각. 아니면 밤에만 같이 있을 수 있는 엄마가 유령이거나.

엄마가 만들어둔 주먹밥을 꼭꼭 씹어 먹을 때였다. 새소리가 들렸다. 방 어딘가에 새가 있다고 착각할 만큼 선명했다. 새에게 들키면 안 된다는 생각으로 재빨리 의자 밑에 숨었다. 입속의 밥을 꿀꺽 삼켰다. 가슴 한가운데로 돌멩이가 내려가는 것처럼 아팠다. 새소리는 계속 이어졌다. 그동안 봤던 새들을 떠올렸다. 나보다 큰 새를 본 적은 없었다. 새는 작은 벌레나 열매를 먹고 언제나 높은 곳에 있었다. 새가 나에게 먼저 다가온 적은 없었다. 새는 사람을 죽이지 않는다. 새에게는 들켜도 된다. 나는 의자 아래에서 기어 나와 귀를 기울였다. 옷장과 서랍을 열어보고 이불을 들춰봤다. 까치발로 걸어 다니며 새가 숨을 만큼 움푹한 것은 모두 건드려봤다. 그리고 의자에 올라갔다. 서쪽 창밖을 바라보면서, 망설이면서, 집에서 금지된 것들을 몇 번이고 곱씹었다.

바깥으로 나가면 안 된다고 했지만 창문 정도는 열어볼 수 있지 않을까?

창문을 열었다. 숨을 참고 기다렸다. 아무 일도 일어나지 않았다. 방충망을 열었다. 바람에 머리칼이 흩날리고 콧구멍이 시원해질 뿐, 아무 일도 일어나지 않았다. 고개를 바깥으로 내밀고 열심히 살폈다. 처마 아래 작은 둥지를 발견했다. 아기 새의 머리가 아주 잠깐, 둥지 밖으로 나왔다가 들어갔다.

창문을 닫고 의자에 앉았다. 벽을 사이에 두고 일어났을 일들을 순서대로 그려봤다. 새가 나뭇가지를 하나씩 물어와 처마에 둥지를 지었다. 그곳에 알을 낳았다. 알에서 아기 새가 태어났다. 엄마 새는 아기 새에게 줄 벌레를 잡으러 둥지를 떠났다. 엄마 새가 자기에게 오는 길을 혹시라도 잃을까봐 아기 새는 계속 소리를 내고 있는 것이다. 저렇게 큰 소리로 엄마를 부를 수 있다니. 어떤 금지도 없이 그럴 수가 있다니. 아기 새가 부러웠다. 동시에 용기가 생겼다. 나는 의자에서 뛰어내렸다. 쿵쿵 소리를 내며 방을 뛰어다녔다. 옷장 문을 쾅쾅 열고 닫았다. 큰 소리로 노래를 불렀다. 춤을 추면서 의자를 이리저리 끌고 다녔다. 의자가 쿵 넘어졌다. 의자를 세우려다가 발견했다. 의자 아래에 달린 작은 서랍을. 나는 집에 있는 모든 것을 알았다. 혼자 있으면서 다 열어보고 꺼내보고 만져봤으니까. 그러므로 그것은 내가 여태 모르던 것, 새것이었다. 서랍을 열었다. 검은 천으로 감싼 무언가가 있었다. 살짝 만져봤다. 딱딱했다. 그것을 꺼내 손에 들었다. 묵직했다. 검은 천을 펼쳤다. 검은 총이 나타났다. 총은 길 위에서 본 것. 집에 있을 수 없는 것.

총을 한참 바라봤다.

나는 총의 쓰임을 알았다. 앎을 의심하듯 계속 바라봤다. 바라보지 않으면 총이 나를 쏠 것 같았다. 오랫동안 바라보자 총의 목소리가 들렸다. 나를 제자리로 돌려놔. 뜨거운 냄비를 만진 것처럼 놀라서 총을 떨어뜨렸다. 너무나도 고요한 방. 새소리가 들리지 않았다.

의자에 올라서서 창문을 열었다. 둥지를 살펴보다가, 여기저기를 살펴보다가, 바닥에 떨어져 있는 아기 새를 봤다. 나의 종이 친구들처럼 가만히 누워 있는 새. 종이 친구들과는 달리 눈을 감고 있는 새. 다시 새소리가 들렸다. 둥지를 쳐다봤다. 둥지에 아기 새가 또 있었다. 두 마리 넘게 있는 것 같왔다. 담벼락에서 고양이가 뛰어내렸다. 고양이는 몸을 웅크린 채로 바닥의 새를 보고 나를 봤다. 나를 빤히 보던 고양이가 빠른 속도로 새를 물었고 순식간에 사라졌다. 아기 새가 죽지 않았을 가능성은 사라져버렸다. 이제 확실히 죽었다.

엄마 새는 어째서 돌아오지 않나.
얼마나 멀리 있기에 아기 새가 죽어도 오지 못하나.

의자에서 내려왔다. 바닥에 총이 있었다. 총을 오랫동안 노려봤다. 내가 총을 발견한 것과 아기 새가 죽은 건 아무 연관이 없겠지만 이상한 죄책감이 그 둘을 끈질기게 연결시켰다. 검은 천으로 총을 감쌌다. 총의 제자리는 바깥이라고 생각하면서도 의자 아래 비밀 서랍에 넣었다. 새소리는 들리다가, 들리지 않다가, 다시 들렸다. 만약 실수로 떨어진 게 아니라면. 아기 새가 아기 새를 밀어낸 거라면. 나는 나에게 금지된 것을 곱씹었다. 내가 무언가를 어겨도 어차피 엄마는 모를 것이다. 엄마에게는 총이라는 비밀이 있었다. 그럼 나도 비밀을 만들 수 있다.

방을 둘러보다가 좌식 책상 아래의 방석을 집어 들었다.

방석을 끌어안고 현관문 손잡이를 잡았다. 크게 숨을 들이마시며 문을 열었다. 찬바람이 몰려와 몸이 굳었다. 마당으로 나갔다. 마른 잎이 바람을 따라 굴러다녔다. 멀리서 큰 개가 짖는 소리. 검은 새 무리가 하늘을 가로질렀다. 둥지 아래까지 가려면 담벼락과 집 사이의 좁고 어두운 공간을 지나가야 했다. 방석을 껴안고 숨을 참으며 그곳을 단숨에 통과했다. 창 너머로 바라만 보던 좁은 뒤뜰에 닿았다. 아기 새가 떨어졌던 자리에 방석을 내려놓고 둥지를 올려다봤다. 방석에 떨어진다면 살 수도 있을 것이다. 살아 있다면, 고양이를 피하려다가 첫 날갯짓을 할 수도 있을 것이다. 나는 가능성을 만들고 싶었다.

다음 날 의자에 올라서서 확인했다. 방석을 차지하고 앉은 고양이를. 고양이는 방석에 앉아 자기 몸을 핥고 있었다. 나는 엄마 새를 본 적이 없다. 아기 새는 날 수가 없다. 어째서 신은 새를 태어나자마자 날 수 있도록 만들지 않았나? '너희는 세상의 소금이다' 다음에는 이런 문장이 있었다. '그러나 소금이 제 맛을 잃으면 무엇으로 다시 짜게 할 수 있겠느냐? 아무 쓸모가 없으니 밖에 버려져 사람들에게 짓밟힐

따름이다.' 신은 나를 소금이라 하고, 나를 짓밟을 사람은 따로 있는 것처럼 말했다. 나는 엄마에게 물어볼 것이 있었다.

차가운 눈빛으로 나를 바라보던 할머니. 괴성을 지르며 울부짖던 엄마. 할머니는 괜찮다고 했고 엄마는 우리 모두 죽을 거라고 했다. 엄마는, 전쟁을 세 번이나 겪고도 신을 믿는 할머니를 이해하지 못했다. 할머니는, 전쟁을 두 번이나 겪고도 내세를 믿지 않는 엄마를 이해하지 못했다. 치솟는 불길. 검은 연기. 떠도는 개들. 떠나는 사람들. 떨리는 유리창. 엄마는 싱크대를 붙잡고 울었다. 마녀처럼 중얼거리며 세상을 저주했다. 나는 무서워서 잠든 척했다. 아무도 찾을 수 없도록 숨어버렸다. 숨은 채 잠들어버렸다. 잠에서 깨어나면 깨닫겠지. 둥지에서 내던져졌음을. 삶에서 내버려졌음을. 방에서 내가 만든 친구 중에는 도둑도 사기꾼도 악당도 배신자도 살인자도 없었다. 우리는 같은 목소리로 다정한 말만 주고받았다. 내가 나를 속이거나 떠나버리면 놀이를 이어갈 수가 없으니까. 사람들은 서로 죽인다. 폭탄을 터뜨린다. 총을 쏘면 사람이 죽는다는 것을 알기 때문에 방아쇠를 당긴다.

시간은 흐르고, 새소리는 들리지 않고, 고양이마저 사라졌다.

비와 바람과 햇살과 먼지와 삶과 죽음을 모두 빨아들여 더러워진 방석만 그 자리에 남았다.

방석은 방석조차 아닌 것이 되었다.

어느 날 엄마가 창에 검은색 테이프를 붙였다. 테이프와 테이프 사이에 틈을 남겨두어서 빛이 조금은 들도록.

이걸 왜 붙여?

유리가 깨질 수도 있으니까.

유리가 왜 깨져?

근처에 폭탄이 떨어질 수도 있으니까.

이제 나는 말할 수 있었다.

폭탄이 떨어지면 우리가 깨질 거야.

엄마가 나를 물끄러미 바라봤다. 나는 또 이렇게 말할 수도 있었다.

그러니까 우리 몸에도 테이프를 붙이자.

엄마는 내 몸에 얼기설기 테이프를 붙여주면서 웃었다. 그날 나는 종이 친구를 만드는 대신 스케치북에 그림을 그리며 이야기를 만들었다.

엄마는 집을 나가 햇빛을 모으지. 밤이 될 때까지 바구니에 햇빛을 주워 담는다. 낮에 모은 햇빛을 어둠에 뿌리지. 햇빛은 별빛이 된다. 빈 바구니에는 다시 어둠을 모으지. 밤에 모은 어둠을 낮에 뿌리지. 어둠은 그림자가 된다. 매일 해가 뜨고 밤이 오니까 엄마는 바쁠 수밖에 없어.

나는 내가 만든 이야기가 마음에 들었다. 그래서 엄마에게도 전해주었다. 엄마는 내 이야기를 다 듣고 키를 재보자고 했다. 나는 벽에 뒤통수를 대고 똑바로 섰다. 엄마는 나의 정수리를 꾹 누르면서 연필로 벽지에 작은 선을 그었다. 줄자를 가져와서 바닥부터 벽의 표시 선까지 길이를 쟀다. 나는 엄마의 키도 재고 싶다고 말했다. 엄마는 벽에 뒤통수를 대고 섰고 나는 의자에 올라서서 엄마의 정수리를 손으로 꾹 누른 다음 연필로 선을 그었다. 그것을 줄자로 재더니 엄마는 중얼거렸다. 키가 줄었네. 나는 자랐고 엄마는 작아졌다. 나이가 들면 그럴 수 있다고 엄마는 말했다. 다 큰 다음에는 서서히 줄어들기도 한다고. 할머니는 나보다 컸고 엄마보다 작았다.

엄마, 죽으면 많이 아파?

엄마가 나를 봤다.

이제 할머니는 어디에 있어?

심장이 백 번 뛰도록 말이 없던 엄마가 마침내 대답했다.

할머니는 아주 작아졌어. 어딘가에는 있는데 흙처럼 작아져서 우리 눈엔 보이지 않아. 언젠가는 엄마도 네가 찾을 수 없을 만큼 작아질 거야. 먼지처럼 작아졌을 뿐 사라진 건 아니니까 너무 슬퍼할 필요는 없어.

나는 대답했다.

그럼 나한테 좋은 생각이 있어. 엄마가 작아지기 전에 나는 엄마를 주머니에 넣을 거야. 그럼 보이지 않을 만큼 작아지더라도 주머니 어딘가에는 있는 거니까 엄마를 잃어버리지는 않는 거야.

엄마는 웃었다. 그리고 좋은 생각을 더 말해달라고 했다. 나는 바로 이야기를 지어냈다. 이야기의 제목은 소풍. 엄마와 내가 예쁜 옷을 입고 잔디밭에 앉아서 달콤한 음식을 먹는다. 주위에는 꽃이 가득하고 나비가 날아다니고 태양은 빛난다. 아무도 우리를 죽이려 하지 않고 시끄러운 소리도 싸우는 사람도 없다. 우리는 지루할 정도로 안전하다. 잔디에 누워서 낮잠에 빠진다. 나는 언젠가 엄마와 떠날 소풍을 마음껏 상상했다. 그때 입고 싶은 옷, 먹고 싶은 음식, 보고 싶은 풍경, 하고 싶은 놀이, 나누고 싶은 마음을. 나의 이야기를 들으며 엄마는 웃지 않았다. 그저 고개를 끄덕였다.

하늘에는 거인의 나라가 있다.

거인이 망치로 땅을 내려쳤다. 거인이 흘린 못이 우수수 떨어졌다.

집을 빻는 소리. 과자처럼 부수는 소리. 세상을 반죽하는 소리.

거인들의 운동회. 무리지어 달렸다. 발을 구르며 응원했다. 거인들의 함성.

거인들의 불꽃놀이. 부풀어 오른 하늘이 뻥 뻥 뻥 뻥 터졌다.

새소리처럼 작은 소리는 들리지 않았다.

엄마는 매일 일기를 썼고 나는 몰래 읽었다. 엄마는 나에게 말하지 않고 일기에 썼다. 사랑하는 내 딸. 네가 없었다면 나는 견딜 수 없었을 거야. 너를 잃지 않았다는 사실을 매일 기억해. 그러면 감사하다고 말할 수 있어. 일기에는 엄마의 공포와 타오르는 분노도 있었다. 철도역 폭발, 발전소 폭발, 대피소 폭발, 방송국 폭발. 폭격으로 직장을 잃은 날의 기록. 길에서 본 시체. 구호품을 받으려고 하루 종일 기다렸지만 결국 아무것도 얻지 못한 날의 절망감. 엄마가 밖에서 모으는 햇빛과 어둠은 음식과 약, 기름과 생필품이었다. 엄마는 이전의 삶을 그리워했다. 전쟁이 끝나더라도 결코 이전처럼 살지는 못하리라고 예감했다. 나는 엄마의 문장을 소리 내어 읽었다.

죽이는 사람과 죽어가는 사람을 너무 많이 봤다. 믿을 수 없는 잔인함. 믿지 않을 수 없는 선의. 나는 과연 미치지 않았을까? 미치지 않은 나를 정상이라고 할 수 있을까?

내가 좋은 생각을 말한 날 엄마가 일기에 쓴 문장은 읽고 또 읽어서 외워버렸다.

내일도 살아 있을까? 소풍 가기 가장 좋은 날은 언제나 오늘이다.

너무나도 가까운 곳에서 폭발음이 들렸다. 귀가 찢어질 듯 큰 소리. 집이 통째로 흔들렸다. 나는 옷장 속으로 들어가는 대신, 의자 아래로 몸을 숨기는 대신, 문을 열고 뛰어나갔다.

집이 내려앉을 것만 같았다. 집이 무너지면 엄마가 나를 찾지 못할 것 같았다. 담벼락 아래에 쪼그려 앉아 귀를 막았다. 다시 굉음. 진동. 땅이 쪼개지는 소리. 연기가 치솟았다. 대문을 열고 뛰어나갔다. 골목을 지나 큰길까지 정신없이 달렸다. 파편을 밟을 때마다 발이 아팠다. 넘어지면 일어나 달렸다. 큰길이 보여 서서히 멈춰 섰다. 무너진 건물. 파괴된 차. 널브러진 사람. 수많은 조각. 무언가의 일부. 전쟁 전에 매일 다니던 길이었다. 엄마와 아이스크림을 사 먹던 길. 할머니와 장을 보러 가던 길. 할머니 손을 잡고 걸으면 모두가 할머니에게 인사를 건넸다. 안녕하세요. 어디 가세요. 몇 마디 인사로는 부족해서 길에 선 채로 재미도 없는 이야기를 한없이 주고받던 동네 사람들. 지루해서 칭얼거리면 할머니는 나를 번쩍 안았다. 그러면 사람들은 나에게도 말을 걸었다. 나는 딴청을 피우며 못 들은 척하거나 우는 척했다. 그러면 사람들은 나를 놀렸고 할머니는 웃었다. 엄마는 어째서 할머니를 주머니에 넣지 않았나. 할머니가 사라지도록 보고만 있었나. 부서진 벽으로 집의 내부가 훤히 보였다. 상처로 가득한 집들이 너무 아파 보였다. 폭파 소리가 집들의 비명처럼 들렸다. 그때 누군가가 내 팔을 잡아끌었다. 나를 돌려세운 여자가 몸을 낮춰 나의 눈을 바라봤다. 여자가 자기 입술에 손가락을 갖다 대는 시늉을 해서 내가 계속 비명을 지르고 있음을 깨달았다. 여자가 속삭였다. 꼬마야. 여긴 위험해. 내 발을 내려다보며 우는 듯 말했다. 맨발이잖아. 피투성이야. 멀리서 거인들의 함성이 쏟아졌다. 여자가 하늘을 바라봤다. 여자 옆에 서 있던 키 큰 남자가 나를 안아 들었다. 나는 다시 비명을 질렀다. 안긴 채로 발버둥을 쳤다. 목이 터지도록 엄마를 불렀다. 남자는 나를 안고 건물을 향해 달렸다.

지하실에는 빛이 있었다. 매트리스와 담요, 이불, 식수, 서로 몸을 기댄 채 의지하고 있는 사람들. 남자는 그들 사이에 나를 내려놓았다. 내 또래 아이들도 여럿 있었다. 방금까지 게임을 했는지 바닥에 보드게임 도구가 흐트러져 있었다. 여자가 물로 내 발을 씻겨줬다. 수건으로 발을 닦아주고 약을 발라줬다. 울음이 멈추지 않아서 부끄러웠다. 여자가 내 눈물을 닦아주며 속삭였다. 괜찮아. 여기 모인 사람들 전부 이 건물에 살고 있어. 공습이 시작되면 이곳으로 대피하는 거야. 이제 안전하니까 울음을 그쳐도 돼. 어른들은 각자의 핸드폰을 들여다보고 있었다. 엄마도 매일 밤 핸드폰을 들여다봤다. 핸드폰으로 정보를 주고받는다고 했다. 어디에서 폭격이 일어나고 있는지. 군인들이 어디에 밀집해 있는지. 어디로 가면 구호품을 받을 수 있는지. 나보다 작은 아이가 다가와 쭈뼛거리며 말했다. 계속 울면 배고플 거야. 여기는 유리창도 없고 무너지지도 않아서 괜찮댔어. 여기서는 아무도 죽지 않아. 다른 아이들도 나에게 다가와 물었다. 집이 어디야? 몇 살이야? 이름이 뭐야? 우리 집에 만화책 많은데 보여줄까? 내 대답을 듣던 어른 중 한 명이 조심스럽게 물었다. 가족들은? 널 돌봐주는 사람이 있니? 나는 간신히 울음을 참으며 대답했다. 할머니는 죽었어요. 엄마는 도서관에서 일했는데 이젠 매일 밖에 나가서 줄을 서요. 우리 엄마 이름은 김은홍이에요. 내 얘길 듣던 어른들은 숨을 길게 쉬거나 고개를 끄덕였다. 나의 발을 닦아준 여자가 자기 핸드폰을 내밀며 엄마에게 전화할 수 있느냐고 물었다. 나는 여자의 핸드폰에 열한 개의 숫자를 찍었다. 여자는 엄마에게 메시지를 보내겠다고 했다. 엄마가 죽었을 것만 같아서 다시 눈물이 나려고 했다. 주먹을 꽉 쥐고 울음을 참았다. 얼마 지나지 않아 여자의 핸드폰이 울렸다. 네, 유나 우리가 데리고 있어요. 그런데 유나가 신발이 없고 발을 좀 다쳤어요. 네, 그럼요,

여기가 어디냐면……. 나는 큰 소리로 울었다.

엄마는 지하실 사람들과 많은 이야기를 나누었다.

나는 지하실 아이들과 그림을 그렸다.

우영이란 아이에게 내가 그린 파란 코끼리 그림을 선물로 줬다. 우영이는 나의 얼굴에 자기가 아끼는 스마일 스티커를 붙여줬다.

지하실을 나서기 전에 우영이 비밀을 털어놓듯 작게 말했다. 우린 곧 떠난댔어. 어쩌면 내일.

얼굴에서 스마일 스티커가 떨어졌다. 스티커를 주워 매만지며 물었다. 어디로 가는지 알아?

우영이 고개를 저으며 대답했다. 근데 전쟁이 끝나면 돌아올 거래. 그럼 우리 같이 놀자. 여기 놀이터에서 만나자.

우리는 손가락을 걸고 약속했다.

엄마는 나를 업고 걸었다. 엄마 등에 얼굴을 기댄 채로 '전쟁이 끝나면'이란 말을 곱씹었다. 숨바꼭질은 못 찾겠다고 크게 외치면 끝난다. 전쟁은 어떻게 해야 끝날까? 끝을 지나면 할머니도 돌아올까? 죽어서 아주 작아진 사람들 전부 원래대로 돌아와 예전처럼 살 수 있나? 나는 고양이가 물고 간

아기 새를 생각했다. 아기 새는 돌아올 수 없다. 엄마는 거짓말을 했다. 하지만 아는 척하지 않을 것이다. 만약에 내가 죽는다면 엄마가 그렇게 믿길 바라니까. 아주 작아진 내가 엄마 근처 어딘가에 함께 있다고.

택시 한 대가 우리 옆을 빠른 속도로 지나갔다. 먼 곳의 아파트 건물에서 세 사람이 뛰어나왔다. 택시는 그들 앞에 섰고, 그들을 태우고 멀어져갔다. 엄마는 멈춰 서서 그들의 긴박한 탈출을 지켜보다가 다시 걸었다. 골목에 들어섰을 때 엄마는 유나야, 하고 부른 다음 중얼거렸다. 우리 집이 아직 남아 있을까? 엄마는 무서워. 우리는 어디로 갈 수 있을까? 집은 무너지지 않고 그 자리에 있었다. 엄마는 집이 가장 안전한 곳이라는 믿음을 버렸다.

다음 날 엄마는 늦게까지 내 옆에 있었다. 핸드폰으로 소식을 살펴보던 엄마가 자리에서 일어나 창을 열고 바깥을 바라봤다. 차가운 바람이 방을 맴돌았다. 창을 닫으며 엄마가 말했다. 날씨가 참 좋아. 오늘은 소풍을 가자. 나는 놀라서 물었다. 나도 같이? 엄마가 대답했다. 그럼, 소풍이니까 같이 가야지. 엄마는 좋은 곳을 안다고 했다. 자주 가고 싶었지만 그동안 바빠서 가지 못했다고. 엄마는 일기장에나 쓸 것 같은 말을 이어서 했다.

나는 이 전쟁이 이렇게 오래 지속되리라고 생각하지 않았어. 잠깐의 어리석은 혼란이라고 믿었어. 전쟁이라고 말하면서도 전쟁일 리 없다고 생각했지. 매일 폭격과 총격전 소리를 들으면서도. 시체를 보면서도. 엄마를 잃어놓고도. 나는 내가 겪는 일을 부정하기만 했어.

엄마는 무언가를 결심한 사람 같았다. 결심했으므로 망설이지 않는 사람. 엄마는 내 발의 상처에 약을 바르고 붕대를 감았다. 나에게 가장 따뜻한 옷을 입혔다. 털모자와 목도리도 착용하라고 했다. 양말을 두 장이나 신으라고 했다. 우리가 소풍을 떠난 사이 집이 사라질 수도 있으니 내 가방에 아끼는 것들을 챙겨 넣으라고 했다. 나는 종이 친구들과 스케치북과 색연필을 넣었다. 우영에게 받은 스마일 스티커는 스케치북에 잘 붙여두었다. 엄마는 엄마의 가방에 아끼는 것들을 넣었다. 의자를 가방에 넣고 싶다고 생각하다가 총을 떠올렸다. 엄마, 총은? 총도 가져가야지. 엄마는 움직임을 멈추었다. 잠시 생각하다가 다시 가방을 채우며 말했다.

그걸 가지고 있으면 결국 쓰게 될 거야. 남에게든, 나에게든.

엄마와 나는 가방을 메고 문 앞에 서서 방을 돌아봤다. 의자가 우리를 의젓하게 배웅하는 것만 같았다. 나는 마음으로 말했다. 다녀올게. 어렴풋이 폭격 소리가 들렸다. 우리는 손을 잡고 소풍을 떠났다.

'너희는 세상의 빛이다' 다음에 이어지는 문장을 나는 아직도 외운다. '산 위에 자리 잡은 고을은 감추어질 수 없다.' 그리고 몇 줄 다음의 문장도. '이와 같이 너희의 빛이 사람들 앞을 비추어 그들이 너희의 착한 행실을 보고 하늘에 계신 너희 아버지를 찬양하게 하여라.' 그렇다면 사람들의 악한 행실을 보고 하늘에 계신 아버지에게 책임을 물을 수도 있을까? 신을 믿는 자들은 전쟁을 구원이라고 했다. 더 많은 살상이 승리이자 착한 행실이라고 주장했다. 빛을 품고 산 위에 자리 잡은 고을은 감추어질 수 없어 가장 먼저 파괴되었다.

전쟁은 끝났다. 살아 있는 사람만이 돌아왔다.

전쟁은 끝이 없다. 악몽과 공황으로 재현된다.

큰 소리가 들리면 공포에 사로잡혀 움직일 수 없다. 죽을 것 같다는 불안이 밀려오면 약을 먹는다. 그리고 죄책감. 인간이므로 벗어던질 수 없는 감정. 나는 아직도 우영의 얼굴과 목소리를 기억한다. 아주 잠깐 만났을 뿐인데도 생생하다. 스마일 스티커를 잃지 않으려고, 죽어가는 사람이 내 가방을 부여잡을 때 나는 그를 뿌리쳤다. 그러나 결국 잃어버렸다. 선악은 나의 생존 가능성을 기준으로 달라졌다. 나는 빛도 소금도 아니다. 저주하며 희망하는 사람이다. 아주 작아지기 전에, 엄마를 가죽 주머니에 넣었다. 인식표 대신 그것을 목에 걸고 다닌다. 엄마는 언제나 나와 함께 있다. 내 심장 가까운 곳에. 나는 지금 방석을 생각한다. 집은 무너져도 방석은 파괴되지 않는다. 더러운 방석은 그 자리를 지켰을 것이다. 어느 날 누군가가 그것을 치웠을 것이다. 어째서 그런 곳에 방석이 있어 낡고 더러워졌는지 궁금해하지 않으며. 전쟁에서 살아남아 어른으로 자란 나의 마음도 그렇게 되었다.

그리고 의자. 의젓하게 우리를 배웅하던 사랑하는 마음.

이제 내게도 총이 있다. 엄마는 그것이 거기 있다는 사실을 한순간도 잊지 않는 방법으로 사람들을 살렸다. 엄마가 일기에 썼던 문장을 기억한다. '죽어야 한다면 죽는 게 낫다.' 나의 일기는 언제나 다음과 같은 문장으로 끝난다. '살아야 한다면 사는 게 낫다.' 무의미한 말처럼 느껴질 수 있지만 그렇지 않다. 나는 매일 밤 삶을 선택한다. 할머니에게도 총이 있었을까? 전쟁을 세 번이나 겪는 동안 그것을 사용하지 않을 수 있었을까? 전쟁 속에서도 서로를 돕는 사람들이 있었다. 그들이 바로 나의 신이었다. 그리고 나의 신에게 폭탄을 떨어뜨리던 사람들. 자주 상상한다. 누군가를 죽여야만 내가 살 수 있는 상황을. 내가 죽어야만 누군가가 살 수 있는 상황을. 새벽마다 거울 앞에서 연습한다. 거울 속의 나는 나를 겨눈다.

모두 지난 일이다. 그리고 반복될 일이다.

나는 이제 그것을 이해한다.

'이해한다'는 '받아들인다'는 뜻이다.

태어나면서 세상을 받아들이듯.

그러므로 싸우지 않겠다는 뜻은 아니다.

유진

문자 메시지 알림 소리를 듣고 잠에서 깼다. 예전에 다녔던 미용실과 안경점에서 보낸 생일 축하 메시지였다. 자리에서 일어나 창문을 열었다. 초겨울의 쌀쌀한 바람이 금세 방을 식혔다. 간단히 씻고 청소하는 동안 몇몇 친구에게서 생일 축하 메시지가 왔다. 매번 기억해줘서 고맙다고 답장을 보냈다. 연말을 잘 보내자는 이른 인사도 덧붙였다.

황태와 미역 한 줌을 넣고 간단히 국을 끓여 먹었다. 해질 무렵까지 컴퓨터 앞에 앉아 그날 써야 할 글을 썼다. 거의 어두워졌을 즈음 컴퓨터를 끄고 스탠드를 켰다. 옷장에서 스웨터와 조끼와 점퍼를 꺼내 입은 뒤 겨울 외투를 들고 집을 나섰다.

세탁소에 외투를 맡기고 나오는 길에 전화를 받았다. 공미는 내 생일마다 전화를 했다. 생일이 아닌 날에 연락한 적은 없었고 내가 먼저 공미에게 연락한 적도 없었다. 내가 '연락을 못해서 미안하다'고 말하면 공미는 '뭘 그런 말을 해, 내가 널 모르는 것도 아니고'라고 대답했다. 나는 공미의 생일이 8월의 어느 날이라고만 알고 있었다. 우리는 스물한 살에 만나 거의 20년 가까이 알고 지낸 사이였다. 이제 와 '근데 네 생일이 언제지?'라고 물을 수는 없었다.

공미와 통화를 하며 집에서 멀어지는 방향으로 발걸음을 돌렸다. 1년에 한 번 주고받는 연락은 매번 한 시간 넘게 이어졌다. 산책 중에 통화를 끝내고 집에서는 조용히 있고 싶었다. 공미는 아이와 남편 이야기를 했다. 새로 시작한 일에 대해서도 말했다. 내가 공미에게 전할 수 있는 안부는 나에 대한 것뿐이었다. 통화가 거의 끝날 무렵 공미가 물었다.

근데 너 기억해?

다음 말을 기다렸다.

유진 언니 있잖아.

잠깐 공미의 말을 알아듣지 못했다.

기억 안 나? 옛날에 우리 같이 알바할 때 매니저 언니.

오랜 시간 밀폐되었던 병의 뚜껑을 비틀어 열면 냄새가 훅

43

끼치는 것처럼 그 시절의 향기가 먼저 떠올랐다. 유진 언니의 향기. 랑콤 OUI.

알지, 그럼. 당연히 알지.

나는 약간 주저하며 덧붙였다.

어떻게 그 언니를 잊어.

하지만 거의 잊고 살았다. 삼십대를 지나며 유진 언니를 떠올린 적은 아마도 없었을 것이다. 공미는 지난가을 유진 언니 장례식에 다녀왔다고 했다. 찬란한 햇살과 생생한 단풍 때문에 자꾸 눈이 감기던 날이었다고.

드문드문 연락할 때도 아픈 내색을 안 해서 나도 전혀 몰랐거든. 근데 언니라면 그럴 만하다는 생각도 들어. 언니는 웃으면서 갔대. 아니, 언니가 결혼식은 안 했는데 배우자는 있거든. 배우자가 장례식을 다 챙겼어. 되게 차분하고 속 깊은 사람 같았어. 조촐했지만 분위기가 좋았거든. 음악도 나오고 장례식 같지 않았어. 언니가 그러길 원했대. 너 기억해? 사장님 아들 있잖아. 그래, 우리가 거북이라고 부르던 그 꼬맹이가 어른이 되어서…….

근데 넌 언니랑 계속 연락을 했구나.

나는 그렇게 중얼거렸다. 질문처럼. 깨달음처럼.

가끔 했지. 언니가 늘 반갑게 받아줬어. 너처럼.

잠깐 숨을 들이마셨다. 나의 죄책감을 공미가 눈치채지 않길 바라면서. '근데 그동안 나한테는 왜 언니 얘길 하지 않았어?'라고 물어보지도 못했다.

그날 밤 불을 끄고 이불을 덮은 채로 상상했다. 공미가 누군가에게 나의 부고를 전하는 상황을. '너 기억나?'라는 말과 함께 전해질 나의 마지막 안부. 부고를 듣고도 나를 전혀 기억 못 하는 사람을 상상하다가 잠들었고 아주 오랜만에 학교 옥상 꿈을 꾸었다.

그다음 날부터 매일 유진 언니를 생각했다. 강한 바람이 불어 가림막이 벗겨진 것처럼, 가림막 안에 놓여 있던 온갖 잡동사니가 바람에 휩쓸려 이리로 저리로 굴러다니는 것처럼, 따로따로 굴러다녀 그 전엔 보지 못하던 부분이 더 잘 눈에 띄는 것처럼, 유진 언니와 함께한 그 시절의 기억은 연속성 없이 개별적으로 세세하게 떠올랐다. 머리를 감다가 설거지를 하다가, 책장에 책을 꽂다가 빨래를 개키다가, 어두운 방에서 불을 켜기 직전에 문득 생각했다. 그러던 중에 오빠의 전화를 받았다. 뒤늦은 생일 축하에 이어 부탁이 있다고 했다. 괜찮다면 이나를 겨울방학 동안 보살펴줄 수 있느냐고 물었다.

*

대입 원서를 쓰던 시기에 난 무기력에 빠져 있었다. 여러 대학의 커트라인을 살피고 원서를 넣고 논술과 면접을 치르는 과정을 다 해낼 의욕이 없었다. 나는 내 인생에 관심 없(는 사람처럼 보이고 싶)었고, 그런 것에 심드렁한 사람(처럼 보)이고 싶었(으나 사실 사람들은 내가 어떤 사람인지 별 관심이 없었)다.

당시에는 특차 제도'가 있었다. 나는 나의 수능 점수로 합격 가능한 대학에 원서를 넣었고 크리스마스 전에 합격 소식을 들었다. 그 겨울, 친구들은 바빴다. 여러 도시의 이러저러한 대학을 찾아다니며 논술과 면접을 치르는 동시에 운전면허증과 컴퓨터자격증을 땄다. 파마와 염색을 했으며 다이어트를 시작했다. 쌍꺼풀이 없는 아이들은 실핀에 풀을 묻혀

* 수능 점수만으로 당락을 결정했으며 특차로 합격하면 정시모집에 원서를 낼 수 없었다.

눈두덩에 바르거나 테이프를 붙여서 쌍꺼풀을 만들었다. 화장품과 옷을 보러 다녔고 귀를 뚫었다. 오후에 만나 커피를 마시고 밤에 만나 술을 마셨다. 벼르다가 고백하거나 충동적으로 고백했다. 그러고 또 무엇을 했을까? 나는 거의 동네 밖으로 나가지 않았다. 부모님은 맞벌이였고 오빠는 입대했기에 낮에는 집에 혼자 있을 수 있었다. 나는 늦게 일어나 대충 밥을 먹었다. 비디오 대여점에서 옛날 영화 두어 편†을 빌려와 봤다. 부모님이 돌아오는 저녁부터 부모님이 잠드는 밤까지 내 방에서 나가지 않았다. 밤이 깊어 거실이 조용해지면 주방으로 나가 뜨거운 우유에 믹스커피 두 봉지를 타서 다시 방으로 들어갔다. 달고 느끼한 커피를 마시며 라디오를 듣고 낙서를 했다. 어둡고 비관적이고 끈적끈적하다가 끝내 횃불처럼 타오르는 낙서였다. 우울감과 무기력은 내 몸을 통째로 받아들이는 안락한 소파였다. 우울감은 팔이 여럿인 시바 신처럼 쉬지 않고 나를 쓰다듬었다. 나는 매일 파괴되었으나 창조되었고 창조된 나는 파괴되기 전의 나와 다르지

---

† 이를테면 키에슬로프스키 감독이나 타르코프스키 감독의 영화. 이해하며 보지는 않았던 것 같다. 그들의 영화를 보면서 아주 느리게 흘러가는 시간을 실감했을 뿐. 나는 그 정도의 속도로 내 인생이 흘러가길 바랐다.

않았다. 무의미하다는 생각뿐이었다. 기나긴 겨울이었다.

낯선 도시에서 스무 살을 시작했다. 기숙사는 2인 1실이었고 나는 동급생과 같은 방을 썼다. 아침에 일어나면 '잘 잤느냐' 묻고 저녁에 만나면 '잘 지냈느냐'고 묻는 만큼만 우리는 친했다. 필수 교양 수업을 듣는 사람들을 일주일에 두어 번 같은 강의실에서 만났다.[‡] 나는 내 주위에 앉은 사람들의 이름을 몇 차례 듣고도 잘 외우지 못했다. '정말 미안한데 네 이름이 뭐였더라?'라고 물어보지도 못했다. 그중 한 사람이 무슨 말을 하다가 갑자기 정색하며 '너희, 우리 god 오빠들이 짱인 거 알지?'라고 당당하게 물었던 기억이 지금도 선명하다. 그때 나는 약간 놀라서 '그걸 내가 어떻게 알지?'라고 되물을 뻔했다. 머지않아 내 또래 서울 사람들은 말의 앞이나 뒤에 습관처럼 '알지?'라는 말을 붙인다는 것을 알아챘다.

나는 혼자 수업을 듣고 밥을 먹었다. 공강 시간에는 도서관에서 책을 읽었다. 애매하게 아는 사람을 불쑥 마주치는 순간이 잦아지자 도서관이라는 장소도 불편해졌다. 학교 곳곳을 돌아다니다가 혼자 있기에 가장 좋은 장소(대강의동 옥

[‡] 처음 만났을 때부터 나를 제외한 사람들은 서로 친해 보였다. 입학 전 '오티'에서 만나 친해진 사이라는 것을 나중에 알았다.

상)를 찾아냈다. 옥상 구석진 자리에 학교 신문을 깔고 앉아서 커피를 마시고 담배를 피우며 도서관에서 빌린 책을 읽거나 김밥을 먹었다. 시험 기간이 다가오자 다들 한글 프로그램이나 워드 프로그램으로 리포트를 썼다. 난 컴퓨터가 없었다. 교내 공용 컴퓨터실은 늘 붐볐고 사용 시간에 제한이 있었다. 나는 A4용지에 색색의 볼펜으로 리포트를 써서 냈다.

여름방학은 고향에서 보냈다. 이따금 중고등학교 친구를 만났다. 친구는 동아리, 엠티, 과 선배, 복학생, 미팅, 연애, 학회, 아르바이트 등에 대한 이야기를 하다가 '누구누구는 이제 눈썹도 잘 그리고 정말 어른이 되었다'고 말했다. 나는 할 수 있는 말이 없었다. 2학기도 별반 다르지 않았다. 날이 추워질수록 대강의동 옥상에 머무르기가 힘들어서 옥상으로 올라가는 계단 끄트머리로 자리를 옮겼다. 그곳에는 녹색과 회색 계열의 청소 도구들이 가지런히 놓여 있었다. 청소 도구를 등지고 앉아 도스토옙스키의 소설을 거의 다 읽었다. 겨울방학이 시작되기 전에 다음 해 기숙사 추첨이 있었다. 내가 뽑은 종이에는 엑스 표시가 그려져 있었다. 아쉬운 마음은 조금도 들지 않았다.

2학년 개강을 앞두고 고향 친구와 돈을 합쳐 자취방을 얻었다. 친구는 자취방에 책장과 책상과 컴퓨터와 옷장과 텔레비전과 냉장고와 밥솥과 기타 등등을 들여놓았다. 내 짐은 이불과 옷과 책 몇 권뿐이었다. 같이 방을 얻었지만 살림의 규모로 봤을 때는 내가 그 친구에게 얹혀사는 것만 같았다.

개강을 하고 다시금 옥상으로 올라가는 계단 끄트머리에 앉아 김밥을 먹으면서, 고향 친구들이 지난 1년 동안 해냈다는 것들을 떠올렸다. 그중에서 내가 해야 하고 할 수 있는 것은 아르바이트뿐이었다. 무기력의 잔잔한 노랫소리가 들려왔다. 정신을 차리기 위해 도스토옙스키의 인물을 생각했다. 무라카미 하루키의 인물도 생각했다. 나는 도스토옙스키의 인물에게 훨씬 매료되었지만 그렇게 살고 싶지는 않았다. 하루키의 인물처럼 살고 싶었다.

수업이 끝난 뒤 지하철역까지 걸어가며 상가를 둘러봤다. 아르바이트생을 구한다는 전단지가 곳곳에 붙어 있었다. 제일 먼저 편의점에 들어갔다. 지금 사장님이 안 계시니 전화번호와 이름을 남기면 연락을 주겠다고 아르바이트생이 말했다. 프랜차이즈 제과점에도 들어가서 묻는 말에 답하고 연락처를 남겼다. 제과점에서 멀지 않은 분식집에도 들어갔다. 김밥을 말던 어른이 여기는 낮에 일할 사람을 구한다고 했다. 문을 열고 나가려는데 그가 심드렁한 목소리로 나를 불렀다.

학생, 여기 2층 레스토랑에서도 사람 구하던데 거기는 저녁에 일할 사람을 구할 거야. 생각 있으면 한번 올라가 보든가.

2층으로 올라갔다. 입간판에 '베네치아'라고 적혀 있었다. 고향에도 '베네치아'라는 레스토랑이 있었다. 어쩐지 인천에도 원주에도 전주에도 있을 것만 같았다. 곱씹어보니 일자리를 구하겠다고 들어간 곳은 전부 고향에서도 본 상호였다. 베네치아의 유리문을 밀었다. 문 위에 달린 종에서 쟁그랑쟁그랑 소리가 났다.

카운터에 서 있던 여자와 눈이 마주쳤다. 흰색 셔츠에 검은색 앞치마 차림이었다. 희고 검은 머리카락이 뒤섞여 있는 짧은 커트머리에 얇은 검정 테 안경을 쓰고 있었다. 몸은 왜소하고 얼굴은 작았다. 그날 본 사람 중 무라카미 하루키의 인물에 가장 가까워 보였다. 나는 나의 용건을 말했다. 그는 나이와 신분과 사는 곳과 아르바이트 경험과 일할 수 있는 시간 등을 물으며 메모했다.

근데 전공은 뭐예요? 뭘 공부해요?

그날 처음 들은 질문이었다.

학교는 재밌어요? 다닐 만해요?

나는 애매하게 웃었다. 그는 '대답을 듣지 않아도 네 사정을 알겠다'는 표정으로 내 웃음을 받았다.

사장님이 전화해서 몇 가지 더 물어볼지도 몰라요. 사장님 있을 때 다시 와서 면접을 봐야 할 수도 있고요.

사장님들은 전부…….

나는 작은 소리로 중얼거리다가 말끝을 흐렸다. 그가 내 눈을 바라봤다.

없어서요. 오늘 다닌 곳마다 사장님은 없고…….

나는 또 말끝을 흐리며 어깨를 조금 으쓱거렸다. 평소에는 거의 하지 않던 행동이었다. 그는 내 말을 늦게 알아듣고 짧게 웃었다.

우리 이름이 같아요.

그가 말했다.

근데 나는 이유진. 최유진 아니고.

나는 아아, 소리를 내며 고개를 끄덕였다. 아르바이트를 구하려고 가는 곳마다 내 이름을 알려줬지만 내게도 자기 이름을 알려준 사람은 베네치아의 이유진뿐이었다.

난 넉넉한 보배라는 뜻인데.

나의 대답을 기다리는 것 같았다.

저는 생각하는 별이요.

아.

농담이에요. 아름다운 별이에요.§

이유진은 내 농담을 듣고 웃지 않았다. 생각하는 표정을 지었다. 나는 머쓱해졌다. 베네치아에서 나온 뒤 더는 아르바이트 자리를 찾아다니지 않았다. 어디서든 연락이 오지 않을까 생각했다. 아직 일자리를 구한 것도 아닌데 큰일을 해낸 기분이었다. 학교로 돌아가 매점에서 삼각김밥과 컵라면으로 저녁을 때웠다. 도서관에서 밀란 쿤데라의 소설을 빌렸다. 집으로 가는 가장 먼 길을 골라 걸었다. 집 근처에 도착하고는 놀이터 그네에 앉아 시디플레이어로 음악을 들으면서 유진이란 이름을 생각했다. 예전에도 이름이 같은 사람을 꽤 만났다. 나는 '유진'보다 '최유진'으로 불렸다. 작은 유진이라고 불린 적도 있다. 이름의 뜻을 물어본 사람은 처음이었다. 그동안 만난 유진들은 무슨 뜻이었을까? 우리도 서로

§　하지만 나는 생각하는 별이고 싶었다. 별은 원래 아름다우니까.

를 인디언처럼 부르면 좋겠다고 생각했다. 아름다운 구슬.
동쪽의 빛. 지혜로운 돌. 무성한 열매. 찬란한 칼. 참된 마음.
넉넉한 보배. 핸드폰이 울렸다. 전화를 받았다. 베네치아라
고 했다.

　베네치아의 아르바이트생이 되었다.[¶] 나와 같이 홀을 담
당하던 공미는 인근 다른 대학의 휴학생이었다.[¨] 공미는 집
중력과 승부욕이 대단했고 엄청 열심히 일했다. 일하는 틈
틈이 공미는 베네치아에 관해 많은 것을 알려줬다.[††] 베네치

[¶]　월요일은 매장 휴무일이었다. 사장은 화요일부터 금요일까지,
저녁 5시부터 11시까지 일해달라고 했지만 나는 화요일과 목요일
수업이 5시 30분에 끝나서 그럴 수 없다고 대답했다. 이유진이 나
서서 나의 출근 시간을 조정해줬고 그로 인해 일어나는 불상사는
자기가 책임지겠다고 했다.

[¨]　공미는 휴학 기간 동안 돈을 모아서 인도 여행을 다녀올 계획
이라고 했다. 그런 식으로 계획을 짜고 실행하는 공미는 어른 같
았다.

[††]　공미가 알려준 것들: 1) 공미가 아르바이트를 시작했을 때 앞
서 오랫동안 일한 남자가 있었다. 그는 공미를 싫어했는데 그 이
유는 우습게도 공미가 자기를 좋아한다고 착각했기 때문이다. 공
미는 자기를 싫어하는 그와 잘 지내보려고 초콜릿을 선물했는데
그 바람에 그는 더 큰 착각에 빠져버렸다. "하지만 걔는 처음부터
나를 싫어했어. 아마 학교 때문일 거야. 걔는 내가 다니는 대학에
지원했다가 떨어졌고 거기에 들어가려고 재수했다가 또 떨어졌

54

아에는 총 여섯 명의 아르바이트생이 있었다.[++] 손님이 있을 때는 반드시 자기를 '매니저님'이라고 불러야 하지만 쉬는 시간이나 매장 밖에서는 '언니'라고 불러도 된다고 이유진

대. 결국 원하지 않는 대학에 입학했는데 자기 학교 학생들과 급이 안 맞는다는 이상한 우월감에 빠져서 거의 자퇴할 지경이었다는 거야. 근데 자기가 가고 싶던 대학에 다니는 날 보고 배알이 꼬인 거라고 매니저님이 말해줬거든." 남자는 공미가 잔꾀를 부리고 얌체 짓을 한다고 사장에게 계속 불평했다. 하지만 매장을 지키는 사람은 이유진이고 이유진은 공미가 어떻게 일하는지 알고 있었다. 공미와 남자의 대립은 이유진과 사장의 갈등이 되었으나 사장은 아르바이트생의 불만과 존속에 별 관심이 없었다. 결국 남자는 온갖 오해와 착각을 끌어안고 매장을 떠났다. 그 과정을 겪으며 공미는 어른들이 말하는 '사내 정치'란 것을 간접 체험한 것만 같다고 했다. 2) 이유진은 베네치아의 매니저다. 3) 영업이 끝나고 뒷정리하는 시간까지 포함해 시급으로 챙겨주는 곳은 별로 없는데 이유진이 투쟁해서 사장에게 그것을 얻어냈다. 4) 이유진은 사장의 동생이다. 5) 사장은 인근의 편의점도 운영하는데 편의점 관리는 아내가 맡아서 하고 베네치아 관리는 이유진이 한다. "그럼 사장은?" "사장은 편의점 건물 2층 당구장에서 매일 당구를 치지." "당구장도 사장님 거야?" "아니 당구장은 사장 남동생 거." "남동생은 당구장 사장인데 이유진은 어째서 베네치아 매니저야?" "사실 이 건물이랑 편의점 건물이랑 전부 사장 엄마 거야. 사장 엄마는 아들들한테만 사장을 시키고 이유진한테는 오빠 밑에서 착실히 일하다가 결혼이나 하라고 그랬다는 거지. 결혼만 하면 뭐든 해주겠다고." 6) 아주 가끔 이유진이 사장을 '야!'라고 부르면서 화낼 때가 있다. 그럴 땐 놀랄 것 없이 싸움을 구경하면 된다.

[++] 나와 같이 주중에 일하는 공미, 주말에 일하는 세영과 지란 언니와 원 오빠, 주방 보조 동주 오빠.

55

은 말했다. 이유진은 품위 있는 말투와 자세를 강조했다. 목소리는 너무 낮지도 높지도 크지도 작지도 않게 일정한 톤을 유지할 것. 화장은 하지 않아도 좋지만 머리카락은 반드시 묶을 것. 유니폼에 이물질이 묻거나 구김이 생기면 당장 갈아입을 것. 발을 끌면서 걷는 것과 종종 걸음 금지. 홀에서 잡담 금지. 큰 소리로 웃지 말 것. 일할 때 향수와 액세서리, 특히 반지 착용 금지. 손톱은 바짝 깎아야 하고 매니큐어는 금지. 이유진은 뚜껑 없는 쓰레기통을 끔찍하게 여겼다. 이틀에 한 번씩 의자를 밟고 올라가 샹들리에와 조명의 먼지를 닦았다. 바짝 마른 행주를 탈탈 털어서 식기와 유리잔에 남은 물 얼룩을 말끔히 지웠다. 이유진은 치우고 닦고 정리하는 행위에 희열을 느끼는 것 같았다.

베네치아는 고급 레스토랑이 아니었다. 하지만 이유진은 고급 레스토랑의 분위기를 추구했다.[§§] 그런 문제로 사장과 이유진은 종종 크게 다퉜다. 사장은 '장사 잘 되는 식당'을 원했고 이유진은 '품격 있는 식당'을 원했다. 격식 있는 분위

[§§] 베네치아의 조명과 음악과 인테리어는 근처의 수두룩한 경양식집과 확실히 달랐다. 백화점에서 살 수 있는 유명 브랜드의 식기를 사용했다. 늘 클래식을 틀었다. 음식 재료에도 돈을 아끼지 않았다.

기를 갖춰놔야 손님들이 무례하게 굴지 않는다고. 일하는 입장에서 손님의 무례 때문에 고생하는 것보다는 품격을 지키느라 고생하는 게 낫다고. 나는 이유진의 주장에 수긍했지만, 음식을 흘리고 침을 튀기고 욕설을 섞어가며 왁자하게 수다를 떠는 사람들을 고급스러운 말투와 자세로 대하기 민망한 순간도 있었다. 이유진은 댄스곡을 틀어놓고 막춤을 추는 야유회에서 혼자 진지하게 발레를 하는 사람 같았다.

이유진은 내 편의를 많이 봐줬다. 출근하면 밥은 먹었느냐고 먼저 물었다. 당시 내게 그런 걸 매일 물어보는 사람은 이유진뿐이었다. 밥을 못 먹었다고 대답하면 주방의 임실장에게 간단한 요리를 부탁해서 뭐라도 먹고 일하게끔 했다. 학교나 자취방보다 베네치아가 편해졌다. 주말 아르바이트생이 대타를 부탁하면 기꺼이 대신 일했다. 지칠 정도로 바쁘게 일한 날은 조금 짜릿하기도 했다. 응대하기 까다로운 손님이 있을 때는 이유진 매니저를 부르면 모두 해결됐다.

이유진은 확실히 매니저와 언니로 나뉘었다. 이유진 매니저는 아주 짧은 말로 상대의 기를 죽였고 잘못에는 인정을 베풀지 않았다. 이유진 매니저의 눈빛이 변하면 아르바이트생들은 바짝 긴장하면서 방금 전 자기의 말과 행동을 곱씹어 잘못을 찾아냈다. 우리는 이유진 매니저를 좋아하면서도 어려워했다. 이유진 언니는 친구 같았다. 고개를 끄덕이며 '그럴 수도 있지'라는 말을 많이 했는데, 그건 이유진 매니저의 입에서는 절대 나올 수 없는 말이었다. 매니저와 언니를 가르는 가장 강렬한 잣대는 향수였다. 영업이 끝나면 유진 언니는 손목에 향수를 뿌려서 귀 뒤에 문질러 발랐다. '유진 언니로 돌아오는 향기'였다. 언니는 매장 주방에서 야식을 만들어주기도 했다. 일요일 밤이면 아르바이트생들을 모두 불러서 회식도 했다.[¶¶]

회식을 하며 처음으로 칵테일 바에 가봤다. 회를 안주 삼아 소주를 마시거나 치킨과 맥주를 같이 먹거나 공원에서 캔맥주를 마시는 경험도 처음이었다. 마피아 게임과 눈치 게임도 처음 해봤다. 나도 모르게 '이런 건 처음이다'라는 말을 많이 했나 보다. 바람이 쌀쌀한 늦가을의 일요일 밤, 매장 문을 닫고 야식을 먹던 중에 동주 오빠가 심각한 표정으로 '너 정말 대학생 맞느냐', '엠티도 안 가봤느냐', '친구들이랑 대체 뭘 하고 노는 거냐'고 물었다. 사람들은 대학생 같지 않은

¶¶ 회식 비용은 언제나 언니가 계산했다. 우리는 언니가 계산하는 걸 당연하게 생각했다. 언니는 나이 많은 어른이고 사장의 동생이고 어쨌든 우리보다 돈이 많을 테니까.

여러 이유를 대면서 나를 가짜 대학생으로 몰았다. 그들은 내가 모르는 나의 말투나 습관 같은 것을 흉내 내며 배가 아프도록 웃었다. 그들과 함께 웃으며 나는 며칠 전 강의실에서 들었던 대화를 떠올렸다.

쉬는 시간이었다. 서로의 얼굴과 이름은 알지만 친하다고는 할 수 없는 동기들이 내 옆에 앉아서 대화를 나눴다. 쟤 남자친구 서울대 다니잖아. 진짜? 어떻게 만났대? 소개팅. 서울대 다니는 애가 왜? 쟤가 그렇게 예뻐? 쟤 서초동 살잖아. 알지? 쟤 눈이랑 코랑 다 한 거잖아. 쟤 핸드백 한정판인 거 알지? 교수가 들어오자 그들은 끝나고 다시 얘기하자고 했다. 나는 불편한 감정에 사로잡혔다. 그들의 대화가 유치하다고 생각하면서도 '쟤 남자친구 서울대 다니잖아'라는 말을 들었을 때 그들이 눈짓으로 가리키는 사람을 힐끔 바라봤으니까. 그렇게 예쁜가 생각했으니까. 그 연애가 오래갈까 의문을 가졌다가 서초동에 산다는 말을 듣고 이상하게 이해가 됐으며 말도 안 되는 박탈감을 느꼈으니까. 그들의 관심사인 명문대와 강남과 명품 등에서 나는 엄청 멀리 있는 사람이었지만 그들의 대화는 나의 껍질을 자꾸 벗겨냈다. 모른 척하고 싶어서 아주 깊은 곳에 숨겨둔 나의 근성을 끄집어냈다. 나는 그런 대화 속에 있고 싶지 않았다. 베네치아에 있고 싶었다. 돈가스와 파스타를 시켜놓고 시끄럽게 떠드는 또래들에게 우아한 자세로 서빙하고 싶었다.

웃고 떠들던 분위기가 잠시 가라앉았을 때 나는 담배를 피우러 매장 문을 열고 나갔다. 계단을 내려가는데 종소리가 들려 뒤를 돌아봤다. 유진 언니가 나를 따라왔다. 담배를 피우면서 언니는 내게 대학 생활이 별로냐고 물었다. 다른 애들은 친구들이 매장에 밥 먹으러 오기도 하는데 너는 그런 친구가 여태 없지 않았느냐고. 나는 친구가 없다고 말하는 대신 학교에서 들은 그 대화의 일부를 전하며 그런 애들과는 어울리고 싶지 않다고 말한 뒤 덧붙였다. 나는 안다고. 내게 다정하고 상냥한 친구들이 언제든 돌변할 수도 있다는 걸. 그건 충격이나 배신이라고 말할 수도 없을 만큼 흔한 일이라고. 나는 사람 안 믿는다고. 분위기를 믿는다고.

하지만 안 그런 사람도 있을 텐데. 모두가 그럴 거라는 편견은 위험해.

알아요. 있겠죠. 어딘가에는.

내 말은, 친구가 꼭 필요한 건 아니지만 굳이 피할 필요도 없다는 거지. 너 여기서는 잘 지내잖아. 그럼 우리는 뭐야?

친구 아니야?

언니는 내 말을 오해하고 있었다. 나는 고등학생 때 제법 가깝게 지내던 친구와 있었던 일을 털어놨다.

*

공부도 잘하고 예쁜 무영은 인기가 많았다. 나는 2학년 때 무영과 같은 반이 되었다. 무영은 첫날부터 내게 자연스럽게 말을 걸었다. 편견이나 어색함이나 방어를 모르는 사람 같았다. 무영은 내게 같이 자판기 커피를 마시러 가자고 했다. 체육 시간에는 손짓으로 나를 불러 같은 팀을 하자고 했다. 토요일에 학교가 끝나면 자기 집으로 놀러 가자고 했다. 나는 거의 끌려가다시피 무영과 가까워졌다. 나는 무영을 좋아하면서도 어려워했다. 나에게 다정한 이유를 찾아내려고 했다.

처음 무영의 집에 놀러갔을 때, 나는 방이 내뿜는 분위기에 완전히 압도당했다. 책상에는 문제집이나 교과서가 아니라 무라카미 류와 마르그리트 뒤라스의 소설이 책등을 보인 채로 엎어져 있었다.*** 책상 구석에는 모서리가 나달나달한

***   《한없이 투명에 가까운 블루》와 《연인》이었다.

61

작은 스케치북과 스케치용 연필, 외국에서 산 것만 같은 파스텔 세트도 있었다. 무영은 리모컨으로 미니 오디오를 틀었다. 재즈 음악이 흘러나왔다. 방에는 광목천으로 만든 작은 텐트가 있었다. 텐트 속에는 노란 조명이 빛났고 책이 쌓여 있었다. 방의 구석에는 특이한 모양의 유리병이 나름의 규칙과 질서로 모여 있었다. 카펫이 방바닥에 펼쳐져 있었고 보석을 매단 것 같은 모빌이 창틀에 달려 있었다. 무영은 내게 원두커피와 오렌지를 주면서 말했다. 《슬픔이여 안녕》의 주인공 세실은 아침으로 커피와 오렌지를 먹으며 담배를 피운다고. 세실은 우리와 또래라고. 무영은 담배에 불을 붙이며 보라색 작은 철제 통의 뚜껑을 열었다. 담배꽁초와 담뱃재가 들어 있었다. 무영이 내게 담배를 건넸다. 나는 주저하다가 담배를 받았다. 그때 처음으로 누군가와 같이 담배를 피웠다. 원두커피도 오렌지도 처음 맛봤다. 그 방에서, 어둠이 내릴 때까지, 무영과 나는 오랫동안 이야기했다. 이상하고 지루한 사람들에 대해, 가끔 꾸는 악몽과 죽은 사람들에 대해, 천박한 어른과 한밤의 산책과 가끔 엄습하는 자해 욕구와 없애버리고 싶은 기억과 박제해두고 싶은 기억을 조금씩 말했다. 그리고 좋아하는 것을 말했다. 매일 다른 날씨와 하늘,

구름, 햇살, 장마, 첫눈, 노을, 겨울철 별자리, 바람에 실려 오는 계절 향기. 그리고 마침내 사랑할 수밖에 없는 사람들. 할 말이 없으면 담배를 피웠다. 그날 집으로 돌아가며 나는 약간 멍한 상태로 생각했다. 무영은 다른 친구들과도 이런 얘기를 나눌까? 이제 막 친해지기 시작한 내게 아무렇지도 않게 비밀을 털어놓는 이유는 뭘까?[†††] 나는 무영에 관한 소문을 떠올렸다. 어떤 소문은 무영의 친구 입에서 나왔을 것이다.

이후에도 무영의 집에서 자주 놀았다. 무영은 자기가 읽은 소설이나 시를 얘기해주기도 했다. 우리는 편지도 주고받았다. 나는 무영의 비밀 친구인 것만 같았다. 무영과 나는 늘 둘이서만 놀았으니까. 무영이 여러 친구와 함께일 때 나는 일부러 무영을 못 본 척했고 무영은 나를 그쪽으로 부르지 않았으니까.

여름방학이 끝나고 얼마 지나지 않아 무영은 결석했다. 담임은 무영이 맹장 수술을 해서 며칠 입원할 거라고 전했다. 나는 무영과 친하게 지내는 무리를 쳐다봤다. 마음이 불

---

††† 그때 나는 우리의 대화를 '아주 은밀한 비밀'이라고 생각했다. 무영이 그렇게 여기지 않았으리란 생각은 뒤늦게 들었다.

편했다. 무영이 낙태를 해서 병원에 있는 거라고 수군거리는 소리를 이미 들었으니까. 무영은 이전에도 악의적인 소문에 휩싸이곤 했다. 본드, 자해, 폭력, 가출, 담배와 술과 남자가 뒤섞인 소문. 야자를 끝내고 밤늦게 집에 갔다. 씻고 나오는데 집전화가 울렸다. 무영이었다. 너무 지루하고 심심하다고, 내일 토요일이니까 학교 끝나면 병원으로 놀러올 수 있느냐고 물었다. 다음 날 혼자 병원에 갔다. 무영은 반가워했다. 무영을 살펴보며 생각했다. 무영은 정말 맹장 수술을 한 걸까. 무영은 어째서 오늘도 나만 따로 불렀을까. 그 많은 친구는 왜 오지 않는 걸까.

무영이 학교로 돌아왔을 때 몇몇 아이가 눈빛을 주고받으며 무영을 따돌렸다. 무영은 그들과 싸우지 않았으며 소문의 내용을 알려고 하지도 않았다. 무영은 변함없이 지냈다. 누구에게나 스스럼없이 다가갔다. 무영이 그렇게 다가가면, 무영을 의심하고 경멸하던 사람이라도 막상 무례하게 굴진 못했다. 무영의 분위기는 그걸 가능하게 했다. 나는 죄책감과 부담감을 동시에 가졌다. 사람들의 시선과 소문을 두려워하지 않는 무영의 태도에 두려움을 느꼈던 것도 같다. 계속 무영과 가깝게 지내면 나 역시 그런 소문에 휩싸일 것만 같았다. 담배를 피웠을 뿐인데 본드를 하는 아이로 소문이 날 수도 있었다. 무영처럼 대처할 자신이 없었다. 나는 무영을 조금 밀어내는 시늉을 했고 무영은 바로 알아차렸다. 너도 별수 없구나 생각하며 무영이 먼저 나를 버렸는지도 모른다. 그렇게 생각하면 마음이 조금은 편해진다. 하지만 아니다. 확실히 내가 도망쳤다. 나는 무영을 믿지 않았다. 분위기를 믿었다.

*

나는 나를 못 믿는 거예요. 분위기를 믿는 나를.

내 얘기를 들으며 언니는 담배를 세 대나 피웠다.

너 평소에 책 많이 읽어?

언니가 물었다. 나름 비밀을 털어놓았는데 뜬금없는 질문을 던지니까 허탈했다.

모르겠어요. 많이 읽는 편인지.

너는 작가가 될 거야?

당황스러웠다. 언니는 내가 이야기를 지어냈다고 생각하는 걸까? 그런데 무영은 그런 말을 했었다. 작가가 되고 싶

65

다고. 까맣게 잊고 있었는데, 언니의 질문이 무영의 그 말을, 그 말을 할 때의 표정을, 그날의 빗소리와 샘이 나도록 아름 답던 말투를 되살렸다.

그런 생각해본 적 없어요. 한 번도.

나는 기분 나쁘다는 투로 말했다. 언니가 그렇게 물어서 억울했다. 어째서 억울했는지 모르겠다. 최선을 다해 감추던 욕망을 언니가 너무 쉽게 알아봐서? 작가가 되고 싶다고 했 을 때, 그렇게 소리 내어 꿈을 말할 줄 아는 무영이 부러워서, 무영은 진짜 작가가 될 것만 같아서, 하지만 나는 절대로 그 런 사람이 될 수 없을 것만 같아서 착잡했었다. 어쩌면 그때 부터 나는 이미 무영을 조금씩 밀어냈던 건지도 모른다.

뭘 그렇게까지 싫어해. 생각해본 적 없으면 한 번 정도는 생각해봐.

언니는 너무 쉽게 말했다.

언젠가 그런 걸 글로 써보란 뜻이야.

그렇게 말하는 언니가 미웠다. 문득 무영의 소식이 궁금했 다. 어떻게 지내고 있을까. 하지만 만나고 싶지는 않았다. 무 영은 나의 죄책감을 비웃을 것만 같았다.

매장을 정리하고 다 같이 길거리에 섰다. 다들 헤어지기 아쉬운 눈치였다. 공미가 장소를 옮겨 조금만 더 놀자고 말했다. 어디로 가면 좋을지 아무도 선뜻 정하지 못했다.

야, 너무 쌀쌀하다. 그냥 우리 집으로 가자.

유진 언니가 말했다. 우리는 편의점에서 술과 안줏거리를 사들고 유진 언니를 따라 걸었다. 언니의 방을 상상하자 자연스레 무영의 방이 떠올랐다. 이유진과 무영의 방은 정말 잘 어울렸다. 번화가를 지나자 작은 공원이 나왔다. 공원 너머로 주택가가 시작되었다. 주차 공간이 마땅치 않은지 갓길에 세워둔 승용차와 트럭이 많았다. 차 한 대가 간신히 지나갈 정도로 길이 좁아서 차가 다가오면 주차된 차와 차 사이에 몸을 욱여넣어야 했다. 오르막길이 시작될 즈음 언니가 걸음을 멈췄다. 비슷한 색깔과 높이의 집들이 다닥다닥 붙어 있었다. 혼자서는 도저히 찾아올 수 없을 것 같았다. 언니가 가방에서 열쇠를 꺼내 철문을 열었다. 이층 양옥이 나타났다. 현관으로 가려면 돌계단 서너 개를 올라가야 했다. 언니가 내려갔다. 타다다다닥 계단을 내려가며 조용히 당부했다.

마지막에 들어오는 사람 철문 꼭 제대로 닫아.

언니는 지하의 문을 열었다. 그걸 반지하라고 할 수 있을까? 모르겠다. 완전히 지하였다. 어둠 속에서 유진 언니의 향기를 느꼈다. 언니가 벽면의 스위치를 눌렀다. 형광등이 잠깐 깜빡였다. 불이 완전히 켜지자 정면의 작은 싱크대가 보였다. 싱크대 옆에 미니 냉장고와 3단 선반이 있었다. 화장실 문은 활짝 열려 있었다. 언니는 사람들을 방으로 안내했다. 방에는 싱글 사이즈 침대와 협탁과 한 칸짜리 옷장이 있었다. 좁고, 깔끔하고, 적막하고, 고급스러운 향이 번지는 지하 방이었다.

언니가 작은 교자상에 술과 안줏거리를 차리는 동안 우리는 무릎을 맞대고 앉아서 귓속말하듯 수군거렸다. 소리 없이 웃었다. 여기는 다 세 들어 사는 사람들이야, 집주인은 다른 동네에 살아, 하고 언니가 말했다. 공미가 기다렸다는 듯 물었다.

근데 언니, 언니는 왜 이런 데서 살아요?

이런 데가 어때서?

언니가 되물었다. 공미는 방을 둘러보며 말했다.

여기보다는 차라리 매장에 딸린 쪽방이 낫지 않아요? 여기는 진짜 언니랑 안 어울리는데.

이런 데가 어때서?

언니는 다시 물었다.

언니는 나이도 많고 집도 부자고 사장님이 오빠잖아요. 언니 엄마는 건물도 많다면서요.

나도 공미처럼 묻고 싶었다. 하지만 밖으로 나가고 싶었다. 언니와 담배를 피우고 싶었다. 그런 질문은 언니와 나 둘만 있을 때 하고 싶었다. 언니가 대답했다.

여기도 사람 사는 데고 나한테는 소중한 방이야. 너 지금은 부모님 집에서 부모님 살림을 네 것처럼 쓰고 살지. 근데 거기에 정말 네 것이 얼마나 있을 것 같아?

공미는 반항하듯 대꾸했다.

저는 돈 많이 벌 거예요. 일찍 독립할 거예요. 오피스텔에 살 거예요.

공미는 말하면서 다짐하는 것 같았다.

그래, 많이 벌어. 꼭 많이 벌어라. 근데 나도 여태 안 벌고 산 건 아니다, 공미야.

언니는 웃으면서 대답했다.

너와 나는 다르지. 우리는 다를 거야.

언니는 미래를 보는 사람처럼 시선을 깔고 중얼거렸다. 그러다가 공미를 똑바로 쳐다보며 물었다.

근데 너 인도 갈 거라며. 거기서도 그렇게 물을 거야? 왜 이런 데서 살아요, 왜 이렇게 살아요, 묻고 다닐 거야?

아니죠, 언니. 왜 그렇게 말해요. 내가 바보도 아니고 거긴 외국이잖아요.

공미가 재빠르게 대꾸했다.

글쎄, 그러니까, 거기와 여기가 무엇이 다르다고 나한테는 그런 질문을 하는지 잘 모르겠어서.

그날 새벽 이유진의 집에서 나와 어두운 밤길을 걸으며 우리는 서로에게 서늘한 질문을 던져댔다.[†††] 집으로 돌아왔을 때 친구는 자고 있었다. 만약 친구가 같이 방을 얻자고 하지 않았다면 나는 이유진의 집보다 훨씬 좁고 어두운 곳에 살았을 수도 있었다. 나는 집을 나와 DVD방으로 가서 쪽잠을 잤다. 친구가 일어나 학교에 갈 시간까지 집으로 들어가지 않았다. 이후 사람들의 태도는 조금씩 달라졌다. 이유진 매니저의 눈빛이 변해도 예전처럼 얼어붙지 않았다. 이유진의

††† 형, 사장님 집 어딘지 알아요? 그럼 매니저님 월급도 알아요? 진짜? 왜 그것밖에 안 돼? 정말 가족 맞아? 근데 이유진은 그 돈 받으면서 왜 그렇게 열심히 일하는 거야? 왜 결혼을 안 하지? 이유진은 왜 자꾸 회식을 잡는 걸까? 왜 한참 어린 우리와 어울리는 거지? 설마 친구가 없나?

꼼꼼함을 결벽증이라며 비아냥거렸다. 동경하며 배우려 했던 이유진의 품위 있는 말투와 걸음을 질 나쁘게 비웃었다. 흰머리와 검은머리가 뒤섞인 이유진의 헤어스타일을 매력적이고 귀족적이라고 평했던 공미는 이유진이 게으르고 돈이 아까워서 염색을 안 하는 것 같다고 의심했다. 지란 언니는 고자질하듯 내게 말했다.

야, 이유진이 쓰는 향수 랑콤인 거 알아? 그거 한 병에 얼마짜리인지 알아?

지란 언니는 이유진이 그런 집에 살면서 그런 향수를 쓰면 안 된다고 했다. 그러니까 이유진이 발전이 없는 거라고 했다. 아주 통쾌하다는 듯 그런 말을 계속했다.

한 달이 지난 일요일 밤, 이유진은 평소처럼 회식을 잡았다. 원 오빠였던가, 지란 언니였던가. 이제부터 회식을 할 때는 회비를 걷자는 말을 꺼냈다. 그 말을 듣고 이유진은 그냥 너희끼리 놀라고 말한 뒤 혼자 집으로 가버렸다.

우리는 호프집에서 맥주를 마시면서 또 이유진 얘기를 했다. 이유진을 이해할 수 없는 이유를 끝없이 늘어놨다. 함부로 추측하고 과장하고 비아냥거렸다. 나는 분위기를 느꼈다. 그것은 냄새처럼 우리를 휘감고 들뜨게 했다. 그 분위기를 이유진도 느꼈을 것이다. 이유진은 베네치아의 모든 것을 보고 있으니까. 이유진은 내가 애써 감추려는 욕망도 집어 내는 사람이니까. 나는 겁이 났다. 속내를 너무 쉽게 드러내 는 그들이 위험해 보였다. 그렇다고 이유진 편에 서고 싶지 도 않았다. 나 또한 이유진을 도무지 이해할 수 없었으므로. 이유진은 우리를 크게 혼내야 했다. 돈으로 사람을 평가하 는 멍청한 짓을 그만두라고 가르쳐야 했다. 그런 다음 우리 의 분위기를 예전으로 되돌려놓아야 했다. 이유진이라면 충 분히 그럴 수 있을 테고, 그래야만 한다고 나는 생각했다. 왜 냐하면 이유진은 우리 중 가장 어른이니까. 이런 상황을 지 켜보기만 하는 이유진이 정말 미웠다.

베네치아는 학교나 자취방보다 불편한 곳이 되어버렸다. 더는 그곳에 머물고 싶지 않았다. 일을 그만두겠다고 말하자 이유진은 나를 물끄러미 쳐다봤다. 이유진의 눈빛을 다 받 아내면서 '너는 작가가 될 거야?'라고 묻던 그날의 이유진을 떠올렸다.[§§§] 아르바이트생들이 송별회를 하자고 했지만 나

§§§   이전에도 이후에도 내게 그런 질문을 한 사람은 이유진이 유일하다.

는 마다했다. 그리고 일요일 밤, 베네치아 근처 건물에서 이유진을 기다렸다. 퇴근하고 나오는 이유진의 뒤를 따라 걷다가 언니, 하고 불렀다. 유진은 고개를 돌려 나를 봤다. 그의 눈을 바라보며 한 번 더 언니, 하고 불렀다.

언니의 집으로 갔다. 침대에 등을 기대고 앉아서 많은 얘기를 나눴다. 대화가 잦아들면 담배를 피웠다. 연기를 내뱉으며 생각했다. 나는 분위기를 믿지. 분위기를 만드는 건 사람. 그럼 사람을 믿어야 하나? 믿는다는 건 대체 뭐지? 밤이 깊어 그 집을 나설 때 언니는 자기가 쓰던 랑콤 향수를 선물로 주면서 큰길까지 바래다주겠다고 했다. 향수를 손에 꼭 쥐고 걸었다. 큰길이 보이자 나는 헤어지기 아쉽다고 했다. 집에 가기 싫은 이유를 털어놨다. 우리는 먹을거리를 사서 언니의 집으로 돌아갔다. 나는 언니의 잠옷을 입고 언니의 기초 화장품을 발랐다. 우리는, 다가오는 새벽처럼, 좀더 밝은 이야기를 나누었다. 그래서 나는 언니를 이해하게 되었나? 그땐 아니었다. 아니었던 것 같다. 헤어지면서 언니는 '종종 연락해'라고 말하지 않았다. 나 역시 '또 놀러 올게요'라고 말하지 않았다.

겨울방학은 고향집에서 보냈다. 3학년이 되었다. 학교 앞

고시원으로 짐을 옮겼다. 편의점 아르바이트를 시작했다. 더는 대강의동 옥상으로 올라가지 않았다. 사람이 많은 곳에서도 눈치 보지 않고 완벽하게 혼자일 수 있었다.

*

이나와 겨울을 보내면서 자주 이유진을 떠올렸다. 처음에는 기억 자체가 버거웠다. 부고를 들어서겠지. 생각을 거듭하다 보니 조금씩 맑아졌다. 맑은 기억은 일그러진 기억. 일렁이는 수면을 통해 물속을 바라볼 때처럼 울렁거렸다. 이나가 나의 방을 보고 '고모는 가난하니까 이런 데서 사는 거잖아'라고 말했을 때도 이유진을 떠올리지 않을 수 없었다.

이나와 찜질방에서 놀던 날, 삶은 계란을 먹으며 이나에게 물었다.

이나가 보기엔 고모가 어른 같아?

고모는 어른이잖아.

이나 생각에는 몇 살이면 어른이야?

음...... 몰라. 스무 살?

그렇구나.

근데 있잖아. 외갓집에 주찬미 언니가 있는데 그 언니는 고등학생인데도 어른 같아. 어른처럼 말해.

그래? 주찬미 언니는 어떻게 말하는데?

몰라. 그냥 어른처럼 말해.

그렇구나.

그리고 주찬미 언니는 어른처럼 웃어.

어른처럼 웃는 건 어떤 거야?

혼잣말하면서 웃는 거. 안 웃는 것처럼 혼자 웃는데 그럼 나는 기분이 좀 별로야.

그렇구나. 그럼 고모도 그렇게 웃어?

고모는 주찬미 언니랑은 다르게 웃는데.

어떻게 달라?

고모는 그냥 막 웃잖아. 근데 고모, 강아지도 웃는 거 알아?

이나는 유튜브로 강아지 동영상을 찾아봐달라고 했다. 이나와 나는 핸드폰으로 강아지 동영상을 찾아보며 막 웃었다. 서로에게 들리도록 말하면서 마음껏 웃었다.

겨울방학이 끝나기 며칠 전, 이나는 아빠의 차를 타고 웃으며 돌아갔다. 나는 다시 혼자 남았다. 그리고 여전히 유진을 생각한다. 어릴 때 어른스러워 보이려고 애쓴 적이 있다. 그땐 어렸으니까 어른스러운 척을 할 수도 있었다. 어른이 된 지금에도 어른스러워 보이려고 애쓸 때가 있다. 나는 여전히 어른스러운 게 뭔지 잘 모르고, 모르니까 긴장했다. 긴장할 때 나는 좀더 이나를 신경 쓸 수 있었다. 이나 입장에서 생각할 수 있었다. 어른스럽다는 건 아이 입장에서 생각할 수 있다는 뜻일까. 그렇다면 어린 시절 어른스러운 척했던 건 그 반대라고 볼 수도 있을까. 20년 전 나는 이유진을 이해할 수 없었다. 이유진은 나를 이해했을까? 그때 우리를 야단치지 않고 지켜만 보던 이유진의 마음을 이제는 조금 알 것도 같은데…… 마흔 살의 이유진과 마흔 살의 내가 대화할 수 있다면 좋을 텐데. 공미가 이유진과 연락하며 지냈다는 사실은 여전히 놀랍다. 공미는 하고 나는 하지 않는 차이를 생각하면 까마득해진다.

ㅊㅅㄹ

서진은 집에 들어서자마자 로봇청소기를 작동시켰다. 작년 크리스마스이브에 술에 취한 상태에서 12개월 할부로 구매한 청소기인데, 여태 '괜히 샀다'는 후회 한 번 없이 저녁마다 편리하게 사용하고 있었다. 이전에는 청소하느라 바빴을 시간에 반신욕을 할 수 있다는 점이 가장 만족스러웠다. 욕조에 물을 받는 사이 동네 단골 빵집에서 포장해온 호밀빵 샌드위치를 먹었다. 오디오북을 틀어놓고 반신욕을 하던 중에 에세이에 쓸 만한 문장이 떠올라 핸드폰 메모장에 기록했다. 서진은 동네의 작은 책방에서 진행하는 독서 모임에 1년째 참여하고 있었다. 매달 첫째 주와 셋째 주 수요일 저녁, 여덟 명의 회원이 서점 한편에 옹기종기 모여 앉아 2주간 읽은 책에 대한 감상을 나누고 직접 쓴 에세이를 발표하는 모임이었다. 서진의 에세이를 읽고 회원들은 '문장이 담백하다', '글이 간결하고 깔끔하다', '윤리관이 높은 것 같다', '자신에 대한 엄격함이 엿보인다', '공감 능력이 뛰어난 것 같다'고 말했다. 회원들의 말을 들을 때마다 서진은 자신이 과연 그런 사람인가 돌아봤고, 그들이 짐작하는 사람처럼 되고 싶다고 생각했다. 회원들은 신중하게 단어를 골라서 천천히 말했다. 자기 말에 상대가 상처받지 않을까 염려했으며 예의를 지켰다. 서진은 독서 모임이 지금 회원 그대로 오래 지속되기를 바랐다. 일상에서 만나는 타인에게는 기대하기 힘든, 상대를 깔보지 않는 높은 교양과 섬세한 배려를 한 달에 두 번은 체험할 수 있으니까.

반신욕을 마친 뒤 위스키 온더록을 만들어 소파에 앉았다. 볼륨을 소거한 채 틀어놓은 텔레비전에서는 리얼리티 소개팅 방송이 나오고 있었다. 연애를 원하는 솔로들이 합숙 생활을 하면서 진정한 사랑을 찾는다는 내용의 프로그램인데, 신청률도 시청률도 대단하다고 했다. 서진은 위스키를 조금씩 마시며 시시각각 바뀌는 화면의 자막을 읽었다. '너무 감동적이야', '변하지 않을 자신 있어요', '근데 저는 아직 제 마음을 잘 모르겠어요', '충분히 표현했다고 생각해요',

'실망이 크죠', '마음처럼 쉽지가 않네요' 화면 속 여자는 인터뷰 중 말을 잇지 못하다가 울음을 터뜨렸다. 서진은 리모컨을 들고 볼륨을 한 칸 높였다. 여자의 목소리가 작게 들렸다.

또 상처받고 싶지 않아요. 그 지옥에 다시 들어가기 싫어요. 다시는 누구도 사랑할 수 없을 것 같아요.

서진은 잔을 가볍게 흔들어 얼음을 녹이며 여자의 말을 가만히 따라 했다. 사랑, 상처, 지옥이란 단어가 마치 옛사람이 쓰던 말처럼 느껴졌다. 무거운 그 단어들의 중심에 살던 때가 서진에게도 있었다. 사랑은 날카로운 얼음 조각처럼 서진을 찔렀다. 용암처럼 불타올라 서진을 녹였다. 태산처럼 솟아올라 서진을 짓눌렀다. 그렇게 그 시절의 서진은 죽었다. 흉터 같은 화석이 되었다. 그러므로 이제 다 지나간 일이었다.

지난밤에도 서진은 남편과 사랑한다는 말을 주고받았다. 지난밤의 '사랑해'와 두 사람이 막 연애를 시작했을 때 주고받던 '사랑해'는 농도와 질감이 달랐다. 이전에는 사랑을 다이아몬드처럼 여겼다. 잃어버릴까 봐 조마조마했다. 다른 사람의 것과 비교했다. 이것이 진짜인지 종종 의심했다. 언제나 조금은 부족하다고 느꼈다. 이제 서진에게 사랑은 공기 같은 것. 고산지대에 오른 사람처럼 3, 40퍼센트 이상 희박해져야만 위기를 체감할 수 있을 것이다. 평소에 느끼는 미세한 부족함은 다른 것으로 채울 수 있었다. 기념일을 맞이해 5박 6일간 떠나는 여행, 봄밤의 연극 관람, 여름 주말의 록 페스티벌, 가을의 지리산 등반 등으로. 흘러넘치는 사랑보다는 부족한 편이 안정적이었다. 쏟을까 불안해하기보다 아직 반이나 남았다고 생각하는 게 편했다. 자기 전에 마시는 조니워커 블루라벨 온더록 두어 잔 또한 사랑의 부족함을 채울 수 있는 훌륭한 방편이었다. 위스키를 마시며 서진은 중얼거렸다. 이제 나는 졸업했어. 다시 돌아갈 일은 없지. 핸드폰의 알림이 울렸다. 회식이 길어져 늦을 것 같다는 남편의 메시지였다. 서진은 답장을 보내고 텔레비전을 껐다.

암막커튼으로 외부의 빛을 완전히 차단하고 침대에 누웠다. 핸드폰으로 유튜브를 켜고 '수면asmr'을 검색했다. 세 시간 동안 빗소리만 틀어주는 영상을 터치한 뒤 핸드폰을 머리맡에 두고 어둠을 응시했다. 텔레비전 속 여자의 표정과 말이 잔상처럼 남아 아른거렸다. 서진은 스물아홉 살의 여름을 떠올렸다. 애인과 헤어진 뒤 아무나 붙잡고 하소연하며 울던 그날들. 배신감, 원망, 후회, 지울 수 없는 상처 등을 간증하듯 말하고 다녔다. 친구들과 같은 팀 동료들은 인자한 표정으로 서진의 반복되는 말을 들어줬다. 다 잊고 보란 듯이 잘 사는 것이 최고의 복수라는 말로 서진을 다독였다. 그러나 서진은 부족함을 느꼈다. 말하면 말할수록, 울고 또 울어도, 사람들이 자기를 보듬어줄수록 갈증 끝에 소금물 마시듯 괴로움만 커졌다.

뙤약볕이 작열하던 주말 오후였다. 집에 틀어박혀 밥도 먹지 않고 편파적 기억과 싸우던 서진은 모자를 눌러쓰고 집을 나섰다. 내장이 끓어오르고 숨이 막혔다. 입을 열면 구렁이가 튀어나올 것만 같았다. 서진은 동네의 천변을 향해 빠르게 걸었다. 지칠 때까지 걷거나 달리다 보면 뜨거운 감정이 조금씩 미지근해지곤 했으니까. 하지만 그날은 아무리 걸어도 해소되지 않았다. 몸이 지쳐 갈수록 마음속 구렁이는 더욱 사납게 뒤챘고, 역겨운 그것을 누구한테든 토해내고 싶다는 생각만이 부풀어 올랐다. 땀이 흘러 얼굴이 따끔거렸다. 허기로 손이 떨렸다. 물이라도 마시자는 생각으로 편의점을 찾아 두리번거렸다. 길 건너편에 작은 카페가 보였다. 처음부터 그곳에 가려고 집을 나선 사람처럼 서둘러 길을 건넜다.

아이스 아메리카노를 주문한 뒤 화장실에 들어가 모자를 벗고 얼굴을 씻었다. 갑자기 눈물이 쏟아져 세면대를 붙잡고 소리 죽여 울었다. 어지러워 주저앉았다가, 손바닥으로 얼굴을 감싸 쥐면서 정신을 차리자고 중얼거렸다. 핸드타월로 얼굴을 대충 닦은 뒤 화장실을 나섰다. 카운터 바로 옆 테이블에 아이스 아메리카노 한 잔이 놓여 있었다. 카페 주인이 서진을 보고 미소 지었다. 미소를 돌려주고 싶었지만 웃을 수 없었다. 서진은 의자에 앉아 커피를 두어 모금 마셨다. 올여름은 유난히 뜨거운 것 같아요. 카페 주인이 서진에게 말을 걸었다. 서진은 속삭이듯 주인의 말을 따라 했다. 카페의 넓은 창밖에서 사람들이 음료를 주문했다. 테이크아웃 위주로 운영하는 카페 같았다. 주인은 재빠르게 음료를 만들었다. 음료를 받아들고 웃으며 떠나는 사람들을 바라보다가 서진은 충동적으로 주인에게 말했다. 저기, 괜찮으시면 제 얘기 좀 들어주시겠어요? 주인은 고개를 끄덕였고, 서진은 순서 없이 생각나는 대로 말했다. 두어 달 전의 이별, 연애 중 반복했던 지긋지긋한 다툼, 의심, 오해, 질투, 인내, 실망, 집착과 행패. 이야기 중에 손님이 오면 주인은 서진에게 양해를 구한 뒤 음료를 만들었다. 서진은 초조하게 입술을 씹으며 주인이 어서 자신에게 돌아오기를 기다렸다.

바라던 대로 헤어졌으니 그 사람은 행복하겠죠. 저만 불행한 것 같아서 억울해요. 사랑 끝에 남은 게 억울함뿐이라니 그게 제일 억울해요. 다시는 누구도 사랑할 수 없을 것 같다는 말로 서진의 이야기는 끝났다. 주인은 말없이 고개를 끄덕였다. 카페의 창은 커다란 액자처럼 눈부신 세상을 담고 있었다. 서진은 공허한 눈빛으로 창 너머를 바라봤다. 찬란한 빛, 무성한 잎, 웃으며 지나가는 사람들, 토요일의 활기, 여름날의 열기. 주인은 천천히 일어나 음료를 만들었다. 서진은 꼼짝할 수 없었다. 일어나고 싶었지만, 카페 바깥으로 나가서 환한 빛에 속하고 싶었지만, 손가락 하나 움직일 수 없었다. 주인이 새로 만든 음료를 서진에게 건네며 말했다. 달콤하고 상큼한 청포도 에이드예요. 마시면 기운이 좀 날 거예요. 서진은 연둣빛 음료를 바라봤다. 마음속 구렁이는 사라지고 그 자리에 부끄러움이 차올랐다. 처음 본 사람에게 대체 무슨 말을 한 건가. 어쩌다 이 지경이 되었나. 서진은 고개를 숙이며 주인에게 말했다. 죄송합니다. 제가 큰 실례를 했어요. 주인이 대답했다. 별말씀을요. 그리고 다시 음료를 권했다. 서진은 에이드를 한 모금 마셨다. 연이어 꿀꺽 꿀꺽 들이켰다. 푸르고 달콤했던 어떤 시절을 모조리 마셔서 없애버리듯. 음료값을 치르겠다고 말했다. 주인은 웃으며 대꾸했다. 아니에요. 오늘은 제가 대접하고 싶어요. 앞으로도 말벗이 필요할 때 종종 들러주세요. 서진은 알겠다고, 감사하다고, 또 오겠다고 대답한 뒤 카페를 나섰다. 집으로 돌아가며 다짐했다. 이제 그만. 여기까지. 다시는 돌아보지 않을 거야. 이후 서진은 자기와의 약속을 지켰다. 지나간 사랑과 이별을 말하지 않았다. 그 카페에는 다시 가지 않았다. 아주 오랜만에 그 시절을 떠올리며 서진은 안도했다. 모두 지난 일이란 사실이 새삼 다행스러웠다.

아스라한 빗소리 속에서 잠에 들려는 찰나, 카톡 도착 알림이 연이어 울렸다. 눈을 감은 채로 다섯, 여섯, 일곱까지 세다가 서진은 신경질적으로 핸드폰을 찾아 쥐며 중얼거렸다. 이 시간에 무례하게 누구야. 카톡 창을 열었다. 발신인은 우누리. 낯선 이름이었다. 대화창을 열었다. 하얀 말풍선이 가득 떠올랐다.

> 안녕 유시진
> 나 이은율

> 기억하지 작년 양평 영캠

> 그때 약속했잖아

> 진짜 중요한 비밀 생기면

> 서로 털어놓고 절대 비밀 지키자고

> 귀찮다고 생까지 말기

> 우리 진지했으니까

> 근데 왜 너 프사 없음?

> 무튼 톡 할까 말까 고민했는데

> 그래도 넌 들어줄 거 같아서

> 우리 잘 통했으니까

> 쪽팔리지만 선톡함

> ㄹㅇ 죽고 싶어

　서진은 메시지의 핵심 단어를 짚어가며 상황을 추측했다. 발신인 이은율. 수신인 유시진. 말투를 보니 청소년. 양평 영캠이라면…… 영어 캠프? 서진은 메시지를 입력하는 칸에 '번호를 잘못 아셨습니다'라고 썼다가 지웠다. '저는 유시진이 아닙니다'까지 썼다가 지웠다. '제 이름은 윤서진입니다. 번호를 착각하셨어요'까지 썼다가 지웠다. 하얀 말풍선이 올라왔다.

> 읽씹이네

> 아직 학원?

> 무튼 니가 그때 울면서

서진은 대화창을 바라만 봤다.

> 자해 그만하라고

> 그래 봤자 아무도 내 맘 모르고

> 전부 내 탓으로 돌리고

> 나만 억울해진다고 그래서 끊었거든 진짜

> 딱 한 번 손바닥에 했는데

> 바로 후회하고 치료함

이은율에게 유시진의 대답은 그리 중요하지 않아 보였다. 말풍선 옆의 숫자 '1'이 사라지는 것만으로도 위로받는 것 같았다. 서진은 연이어 올라오는 메시지를 지켜봤다. 이은율은 지금 자해하고 싶은 충동을 겨우 참고 있다고 했다. 너한테 톡 쓰면서 참는 중이야. 너는 내 탓 하지 않으니까. 비웃지 않으니까. 내 말 듣고 우는 사람이니까. 너는 읽씹 하더라도 맘에 없는 소리는 안 하지. 너 아니었으면 벌써 그랬을 거야. 근데 나 너무 힘들어. 좋아하는 사람이 생겼어. 가만히 못 있겠어. 너무 불안하고. 진짜 미칠 것 같아. 메시지는 거기서 멈췄다. 30분 넘게 기다려도 알림은 울리지 않았다. 서진은 다시 유튜브의 빗소리에 집중했다. 점점 정신이 또렷해졌다. 현관문 열리는 소리를 듣고 시간을 확인했다. 새벽 두 시를 지나고 있었다. 남편은 씻지도 않고 거실 소파에 누운 것 같았다. 선잠에 들다 깨길 반복하던 서진은 몸을 일으켜 암막커튼을 걷었다. 여명이 밝아오고 있었다.

*

　오전 회의 때까지는 견딜 만했다. 점심을 거르고 책상에 엎드려 단잠을 잔 이후부터 걷잡을 수 없이 잠이 몰려왔다. 서진은 화장실로 가 찬물로 세수한 뒤 핸드크림을 얼굴에 발랐다. 회사 근처 카페에서 에스프레소 두 잔을 주문해 연거푸 마셨다. 카페 옆 편의점에서 투 플러스 원으로 판매하는 에너지 드링크와 초콜릿바를 샀다. 회사 건물 옥상에서 찬바람을 맞으며 에너지 드링크와 초콜릿바를 하나씩 먹은 다음 담배를 피우며 생각했다. 이십대에는 며칠 밤도 거뜬히 새웠지. 삼십대에 체력이 약해지긴 했지만 하룻밤 못 잤다고 다음 날 바로 무너질 정도는 아니었는데. 약해진 대신 강해진 부분은 없을까? 서진은 핸드폰을 꺼내 카톡을 열었다. 이은율에게 새로 온 메시지는 없었다. 어쩌면 내가 유시진이 아니란 사실을 눈치챘는지도 몰라. 그럼 차라리 다행일 텐데. 서진은 5분 정도 가볍게 스트레칭을 한 뒤 사무실로 돌아갔다. 자리에 앉자마자 옆자리 후배가 파티션 안쪽으로 얼굴을 들이밀며 속삭였다.

부장님 왔다갔어요. 선배 어디 아프냐고, 벌써 갱년기 온 거 아니냐고 묻던데요.

서진은 웃으려고 애쓰면서 대꾸했다.

잠을 좀 설쳐서 그래. 별일 아니야.

후배는 혼잣말하듯 물었다. 그럼 아직 갱년기 아닌 거 맞죠? 책상 위 에너지 드링크를 물끄러미 쳐다보던 후배는 앉은 채로 의자를 끌며 자기 자리로 돌아가더니 서랍에서 무언가를 한 움큼 꺼내와 서진의 책상에 올려놓았다.

카페인 말고 차라리 이런 걸 먹어요. 그러다가 진짜 피부랑 위장이랑 다 망가진다니까. 한순간에 훅 간다고요. 선배 아프면 나도 끝장이에요. 선배 그만두면 나도 다 때려치울 거야.

침울한 표정으로 의자를 질질 끌어 파티션 너머로 사라졌던 후배가 다시 돌아와 덧붙였다.

그리고 선배 입술에 뭐라도 좀 발라요. 핏기가 하나도 없잖아. 보고 있으면 너무 불안해. 니베아 빨간색이라도 사서 발라요. 아니야, 또 까먹을 게 분명하니까 내가 내일 하나 사 올게요.

후배는 거의 울상을 지으며 자기 자리로 돌아갔다. 서진은 후배가 책상 위에 두고 간 발포 비타민을 물끄러미 쳐다봤다. 챙겨 주는 건 고맙지만…… 하루쯤 컨디션 안 좋은 건 그냥 모른 척해줘도 좋지 않을까. 언젠가부터 후배는 서진의 피부와 위장과 관절과 뼈와 혈당을 지나치게 걱정했다. '선배 아프면', '선배 그만두면'이란 가정을 습관처럼 반복하는 후배의 말투 때문에 서진은 묘하게 스트레스를 받았다. 점심시간에 책상에 엎드려 잠을 잤다는 이유만으로 갱년기 운운했다는 부장에 대해서도 불쾌감이 일었다. 요즘 부장은 틈이 보일 때마다 '갱년기 여성의 증상'을 말하고 다녔다. 서진의 말과 행동을 모조리 여성 호르몬과 연관 지어 해석하려는 집요함에 짜증이 치솟아 '제발 그만 좀 하라'고 일침을 놓고 싶을 때도 적지 않았지만…… 그래 봤자 또 갱년기 여성의 증상 중에 심한 감정 기복이 있다는 말을 들을 것이 뻔했다. 회사에서 오가는 말에 일일이 반응하면 인간관계뿐 아니라 업무에도 지장이 생겼다. 서진은 화가 나거나 울적해질 때마다 모니터를 바라보며 마음으로 거듭 주문을 외웠다. 꼭꼭 숨어라. 머리카락 보일라. 주문을 외우다 보면 자기 존재가 연기처럼 모니터 속으로 스며드는 것 같았다. 회사에서 서진은 꼭꼭 숨고 싶었다.

퇴근하려고 회사를 나서자 오히려 잠이 깼다. 서진은 지하철 빈자리에 앉아 핸드폰으로 평소 즐겨듣는 팟캐스트를 틀었다. 청취자에게 사연을 받아 고민에 대한 답을 주고 그에 어울리는 책이나 영화를 추천해주는 채널이었다. 청취자의 고민은 '연애를 하고 싶지만 남자를 믿지 못하겠다. 성범죄자나 불법 촬영을 하는 사람, 헤어진 뒤 스토킹하는 남자를 만날까 봐 무섭다. 믿을 만한 상대를 어디에서 어떻게 만날 수 있을까?'였다. 진행자는 말했다.

낯선 사람을 의심하는 마음은 중요합니다. 조심해서 나쁠
것은 없습니다.

서진은 고개를 끄덕이며 생각했다. 그래, 사람을 무턱대고
믿는 건 위험하지. 진행자가 이어 말했다.

인간은 기본적으로 자기를 가장 중요하게 생각합니다. 자
기보다 소중한 존재는 이 세상에 있을 수도 없고 있어서도
안 돼요. 하지만 사랑이란 감정은 어떤 면에서 그 본능을 거
스르게 합니다. 타인을 무모할 정도로 믿고, 타인을 위해 불
편을 감수하며 심지어 자기 목숨을 내놓는 사람도 있죠.

지하철이 정차했다. 다섯 살 정도로 보이는 아이와 보호
자가 서진 앞으로 다가왔다. 서진은 자리에서 일어나 아이를
앉도록 했고 보호자는 여러 번 고개 숙여 고맙다고 인사했
다. 서진과 보호자는 아이 앞에 섰다. 두 어른의 고단한 얼굴
이 지하철 검은 창에 비쳤다. 진행자의 말이 이어졌다.

한편 사랑한다는 말을 내세워 저지르는 범죄들을 생각해
보세요. 가스라이팅, 그루밍 성범죄, 데이트 폭력, 비동의 불
법 촬영, 스토킹, 교제 살인 등을 말입니다. 사랑해서 그랬다
는 파렴치한 주장을 하는 사람들과 그 말을 믿는 법조인들

이 있습니다.

진행자의 목소리가 떨렸다. 서진은 주변을 둘러보며 생각했다. 이들 중에도 아동 대상 성범죄를 저지르거나 그런 영상을 보며 낄낄 웃는 사람이 있겠지. 진행자는 호흡을 가다듬고 말했다.

여러분이 생각하는 사랑은 무엇입니까? 사랑은 정말 기이하고 모호합니다. 누가 뭐라고 하든 다 말이 되는 것 같죠. 하지만 모든 답이 정답인 문제는 존재할 수 없습니다. 사랑은 허상이에요. 그 허상을 악용하는 인간들이 너무 많습니다. 달콤한 말, 좋은 말에 속지 마세요. 더럽고 어려운 말에 겁먹지도 말고요.

진행자는 화를 억누르는 것 같았다. 서진은 인터넷 창을 열고 '사랑'의 사전적 정의를 찾아봤다. 그러면서 '윤서진 사전'을 만들면 어떨까 생각했다. 수많은 단어에 대한 자기만의 정의를 찾아보고 싶었다. 그런 주제로 에세이를 완성하면 좋을 것 같아서 핸드폰에 간단히 메모했다. 그러느라 진행자의 말을 놓쳤지만 굳이 뒤로 가기를 누르진 않았다.

······참고 해내야만 하는 것들이 얼마나 많습니까? 사랑만큼은 제발 억지로 하지 맙시다. 사랑하지 않고도 잘 살 수 있

어요. 외로우니까 연애라도 하자는 생각도 위험합니다. 세상에 재미있는 것들이 얼마나 많습니까. 배우고 즐기고 누리세요. 그럼에도 연애를 해야겠다면 반드시 자신을 믿으세요. 기분 나쁘면 기분 나쁜 게 맞습니다. 내가 너무 예민한건가 같은 생각은 절대 하지 마세요. 사랑한다는 이유로 이런 것까지 해야 하나 싶은 일은 하지 마세요. 자신을 의심하지…….

카톡 알림이 울렸다. 이은율의 새로운 메시지였다. 서진은 숫자 '1'이 지워지지 않도록 대화창을 열지 않은 채 새로 올라오는 메시지를 읽었다.

> 어젠 미안

> 걔한테 톡 와서 답하느라

> 우리 단톡방 있는데

> 나한테만 따로 톡 보낸 거

> 너는 좋아하지도 않는 애한테

> 같이 듣자고 노래 링크 보내?

> ㄹㅇ 삼귀 ㅇㅈ?

> 노래만 보낸 게 아니고 걔가

내려야 할 역이 가까워져 서진은 핸드폰을 주머니에 넣었다. 지상으로 올라가는 에스컬레이터에 오른 다음 핸드폰을 꺼내 '삼귀다'를 검색해봤다. 집으로 걸어가면서 서진은 주머니 속 핸드폰을 계속 의식했다. 수신인을 착각하고 보내는 메시지를 말없이 보고만 있는 이 행위가 불법 촬영과 다를 게 뭔가 싶어 죄책감이 들었다. 더는 미루지 말자. 어서 알려야 해. 서진은 걸음을 멈추고 대화창으로 들어가 메시지를 썼다.

〈 저는 유시진이 아닙니다. 번호를 잘못 아셨어요.
〈 이제야 말씀드리는 점 사과합니다.

메시지를 전송한 다음 문득 떠오른 생각이 있어 다음 메시지를 썼다. 은율 님의 사랑을 응원합니다. 서진은 바로 전송하지 못하고 자기가 쓴 문장을 수차례 읽었다. 너무 과하지 않나 싶었다. 적당히 하자, 적당히. 중얼거리며 문장을 지우고 빠르게 걸었다. 어서 집에 가서 허기를 채우고 반신욕을 하고 싶었다.

현관문을 열자 맛있는 냄새가 났다. 왔어? 주방에서 남편 목소리가 들렸다. 뭐 만들어? 서진은 외투와 가방을 벗으며 물었다. 볶음밥에 김칫국! 서진은 욕실로 들어가 손을 씻고 나왔다. 마주 앉아 저녁을 먹으며 남편은 말했다.

이상해. 회식이 왜 이렇게 지루해졌지. 어제는 진짜 공허하더라.

남편은 사람들과 함께하는 자리를 좋아하는 편이었다. 회식 시간이 길어진다고 불평한 적은 없었다. 씻지도 않고 잠들 만큼 만취한 적도 없었다. 남편은 투덜거리듯 말을 이었다.

만사 귀찮은 거야. 집에 가고 싶다는 생각뿐이고 사람들 말이 다 시시하게 들리는 거야. 무슨 말을 들어도 다 아는 얘기 같고 심드렁하고. 답이 없는 말을 하면 답도 없는 말을 왜 저렇게 길게 하나 싶고, 답이 있는 말을 하면 정해진 답이 있는데 뭔 말을 저렇게 길게 하나 싶고. 답이 중요한 게 아니란 거는 나도 알지. 근데 나도 모르게 자꾸 답을 말하고 다음 대화로 넘어가려고 한단 말이야. 스피드 퀴즈 푸는 것처럼. 나 좀 나빠진 것 같지? 이렇게 꼰대가 되는 건가 싶어. 어제는 진짜 사람들이랑 빨리 헤어지고 싶었거든. 근데 또 집으로 돌아오는 길이 너무 허무하고 쓸쓸한 거야. 인생 왜 이렇게 재미없어졌을까. 이런 게 권태란 걸까. 어제는 그 기분이 심하더라고. 그래서 요 앞에서 소주 더 마셨어. 혼자 마시니까 금방 취하더라.

권태에 빠진 남편에게 독서 모임에 같이 가자고 권해볼까 잠시 고민하던 서진은 곧 마음을 다잡았다. 남편을 사랑하고 아끼지만, 남편이 포함되지 않은 채로도 충만한 세계 또한 필요했다. 서진은 일부러 다른 얘기를 꺼냈다.

당신 혹시 삼귀다라는 말 알아?

남편은 어리둥절한 표정으로 그게 뭐냐고 되물었다.

사귀기 전 단계를 삼귀다라고 한대. 요즘 애들은.

남편이 뜨악한 표정을 지었다. 서진이 놀리듯 말했다.

아저씨, 그런 표정 하지 마세요. 우리도 즐, 뭥미, 썸탄다, OTL, 당근이지 같은 말 쓰고 살았잖아요.

남편은 인정한다는 듯 웃었다.

이귀다도 있대. 무슨 뜻이게?

삼귀다가 사귀기 전이면 이귀다는 첫 만남 같은 건가?

좀더 상상력을 발휘해봐.

서진은 의자에서 일어나 빈 그릇을 개수대로 옮겼다. 서진이 설거지하는 동안 남편은 식탁과 인덕션을 닦으며 이런저런 추측을 더 말했다. 서진이 답을 말하자 남편은 또 뜨악한 표정을 지었다. 근데 그런 말은 어떻게 알아? 남편이 거실 소파에 앉으며 물었다. 서진은 회사 사람에게 들었다고 둘러댔다. 이은율의 이야기를 전할 수는 없었다. 비밀이라고 했으니까.

*

반신욕을 하는 내내 서진은 이은율과 유시진을 생각했다. 몇 살일까. 어디에 살까. 영어 캠프에서는 어떻게 친해졌을까. 어쩌다가 번호를 잘못 저장했을까. 유시진이 일부러 틀린 번호를 알려준 건 아니겠지? 그런 가정은 좀 슬픈데. 이은율은 누굴 좋아하는 걸까. 단톡방이 따로 있다고 했으니까…… 친구로 지내다가 좋아하는 마음이 생긴 걸까? 이런저런 짐작을 하면서도 서진은 핸드폰을 확인하지 않았다. 이은율에게 답이 오거나 오지 않았을 텐데, 두 경우 모두 마주하고 싶지 않았다. 곤란함이나 미안한 마음을 최대한 미루고 싶었다. 서진은 자신의 첫사랑을 떠올렸다. 초등학생, 중학생 때 잠깐씩 좋아했던 사람들이 있지만 돌이켜보면 사랑보다는 호기심에 가까운 감정이었다. 진짜 첫사랑은 고등학생 때 찾아왔다. 동아리 선배를 2년 동안 사랑했다. 왜 여자를 사랑하는가 고민하진 않았다. 왜 남자에게 사랑을 느끼는가 고민한 적 없듯. 자해하고 싶은 걸 꾹 참고 있다는 은율의 마음을 알 것도 같았다. 짝사랑이거나 아니거나, 사이가 좋거나 자주 싸우거나, 함께 있을 때도 떨어져 있을 때도, 상대가 진실을 말해도 침묵하더라도, 그 어떤 경우라도 괴로울 것이다. 예측할 수 없이 폭발하고 밀려오는 감정에 위기감을 느낄지도 모른다. 그 시절의 서진 또한 그랬으니까. 그때는 정말 매일 선배를 생각했다. 선배를 보며 아름다움의 개념을 뒤엎고 확장했다. 선배와 똑같은 사람이 되고 싶었고 그럴수록 자기혐오도 짙어졌다. 사랑하는 마음은 서진에게 희망을 주고, 절망시켰다. 서진을 살게 했고, 죽고 싶게 했다. 첫사랑 이후 몇 차례의 연애를 거치면서 조금씩 적응해갔다. 매뉴얼을 한 번 읽어본 사람처럼 비교적 덜 헤맸다. 복제품처럼 똑같은 사랑은 단 한 번도 없었다. 새롭지도 않은데 익숙해지지도 않는 관계에 지쳐 가던 시기에 남편을 만났다. 연애는 그만하고 싶어서 결혼했고 아직까지 그 선택을 후회한 적은 없다. 서진은 남은 삶을 생각했다. 새로 겪을 감정을 예상해 봤다. 극복할 수 없을 상실감. 환멸과 허무. 그리고 더해질 그리움과 연민. 남편의 말이 떠올랐다. 인생 왜 이렇게 재미 없어졌나. 서진은 그 말에 댓글을 쓰듯 중얼거렸다. 있잖아, 그래서 난 오히려 다행인 것 같아.

남편은 일찌감치 침대에 누워 핸드폰으로 유튜브를 봤다. 서진은 온더록을 만들어 소파에 앉아 두어 모금 마신 다음 에야 이은율의 메시지를 확인했다.

> 야
> ㅋㅋㅋㅋㅋㅋㅋㅋㅋ
> 뭐래
> 쨌든 걔 인프피래 난 인프제
> 우리 잘 맞겠지 근데 난
> 걔한테 다 맞출 수 있어 뭐든 해줄 거

메시지는 계속 이어졌다. 걔 마음을 모르겠다. 모든 사람 에게 다정한 것 같다. 사귀는 애가 있는 것 같다. 나한테 왜 그러는지 모르겠다. 고백하고 싶다. 거절당하면 죽고 싶겠지. 친구로 지내는 게 낫겠지. 그런데 자꾸 들키는 것 같다. 선물하고 싶어서 텀블러를 샀다. 왜 텀블러냐면 걔가 늘 들고 다닐 거니까…… 서진은 답장을 썼다. 저는 유시진이 아니에요. 제 이름은 윤서진입니다. 마흔 살 넘은 성인입니다. 저는 은율 님을 전혀 몰라요. 숫자 1이 바로 사라지고 답장이 올라왔다.

> 헐

> 진심?

> 유시진 아니라고?

> 어째서?

> 전번 맞는데?

10분쯤 흐른 뒤 새로운 메시지가 올라왔다.

> 유시진 아니라는 증거 있어요?

서진은 피식 웃었다. 자기 얼굴을 찍어서 보낼까 하다가 마음을 다잡고 답장을 썼다.

〈 믿지 못한다면 어쩔 수 없죠. 아무튼 저는 유시진이 아니라고 분
명히 밝혔습니다.

다시 몇 분이 흘렀다. 새로운 메시지가 올라왔다.

〉 그럼 누구세요?

〈 윤서진이라고 말씀드렸습니다.

〉 진짜 유시진 아니야?

〈 윤서진입니다.

〉 그럼 아저씨예요?

〈 아줌맙니다.

빠르게 답장을 보낸 뒤 서진은 새로운 걱정에 사로잡혔
다. 너무 과한 참견인가 싶었지만 망설이지 않고 메시지를
보냈다.

〈 은율 님. 모르는 성인 남자와 메시지 주고받는 거 위험해요.

> 아줌마는 아줌마잖아요?

< 네, 저는 확실히 성인 여자입니다만.

메시지를 보낸 뒤 서진은 더 깊은 걱정에 빠졌다. 자신의 성별이 무엇이든 간에 이런 상황을 경험하는 것 자체가 이은율에게 좋지 않을 것 같았다. 서진은 빠르게 메시지를 썼다.

< 성별 가릴 것 없이 모르는 사람과 채팅은 위험합니다.

< 절대 은율 님 신상 보내지 말고 사진이든 뭐든 낯선 사람에게는 주지 마세요.

> 엄마랑 똑같이 말하네

> 유시진 아닌 거 ㅇㅈ

> 근데 아줌마 나한테 사진 요구할 거예요?

< 절대 하지 않습니다.

> 나도 안 줄 거예요 아줌마는 몇 살이에요?

< 43입니다.

> 헐 거의 엄마

> 아줌마도 딸 있어요?

< 없습니다.

> 아들 있어요?

< 없습니다.

> 결혼 안 했어요?

< 했습니다.

> 근데 왜 없어요?

< 출산하지 않는 삶을 선택하는 여자도 있습니다.

> 와 존멋

> 나도 그거 선택할 건데

> 아줌마는 첫사랑이랑 결혼했어요?

< 일곱 번째랑 했습니다.

> 헐 사랑을 7번이나? 그게 가능해요?

< 쌉가능.

> ㅋㅋㅋㅋㅋㅋㅋ짜증나

< 왜 짜증납니까?

> 내 첫사랑이 7번이나 연애할 거 생각하면 짜증나죠

< 저는 은율 님 첫사랑이 아닌데요.

> 무튼 걔도 그럴 거 같으니까

< 걔는 인기가 많습니까?

> 완전요 개부럽

< 제 친구도 인기가 아주 많았는데 첫사랑을 지금까지 사랑합니다.

> ㄹㅇ? 일편단심!!

< 일편단심을 압니까?

> 내가 제일 좋아하는 단어고

> 난 일편단심이 꿈이에요

< 존멋.

> 아줌마는 첫사랑이랑 사귀었어요?

< 네. 이뤄 같아서 속상할 때도 있었지만.

> 헐 지금 나도

> 나만 좋아하는 거 같아서 불안한데

< 사랑은 원래 불안합니다.

> 그런 걸 왜째서 7번이나 했어요?

< 은율 님은 불안한데 왜 사랑합니까?

> 그래서 미치겠어요 서진 님

< 갑자기 서진 님?

> 아줌마가 계속 은율 님이라고 불러 주니까

> 무튼 걔도 나를 찐으로 좋아한다는 걸 어떻게 확인할 수 있어요?

< 확인할 수 없습니다. 은율 님이 확인할 수 있는 건 은율 님 마음뿐.

> 근데 어떻게 계속 사랑해요?

‹ 은율 님은 어떻게 계속 사랑합니까?

한동안 답이 없었다. 서진은 버릇처럼 술잔을 들고 흔들었다. 잔에는 얼음만 남아 있었다. 답을 기다리며 온더록을 한 잔 더 만들었다. 10분쯤 지나 메시지가 올라왔다.

> 서진 님
> 이건 진짜 비밀인데
> 서진 님 믿고 말하는 거예요
> 서진 님은 보통 어른이 아닌 것 같아서

서진은 다급하게 메시지를 썼다.

‹ 하지 마세요.
‹ 모르는 사람에게는 절대 말하지 마세요.
‹ 위험합니다.
‹ 모르는 사람을 믿지 마세요.

은율의 메시지도 바로 올라왔다.

> 아는 사람한테는 말할 수 없고

> 모르는 사람한테는 말하면 안 되고

> 그럼 난 어쩌라고요 ㅠㅠ

서진은 섣불리 답장을 쓰지 못했다. 은율의 메시지가 올라왔다.

> ㄴㄱㅅㄹㅎㄴㅇㄴㅇㅈㄱㅇㄹㅇㅂㅎㅅㄷ

> ㄴㅇㅈㅂㅎㅅㄹㅋㅅㅎㄷ

> ㅅㅈㅌㅈㄴㅈ

잠시 잠잠해진 대화창. 술잔의 얼음이 녹아내리는 소리. 은율이 초성에 담아 털어놓은 비밀을 서진은 굳이 해석하려고 애쓰지 않았다. 은율의 메시지가 올라왔다.

> ㄹㅇ 죽고 싶어

< 은율 님, 혹시 울고 있나요?

> 어떻게 아세요?

< 정말 죽고 싶은가요?

2, 3분 지나 새로운 메시지.

> 그건 아니에요

< 그럼?

> 보고 싶고

> 나를 사랑하면 좋겠어요

서진은 그날 퇴근길에 찾아본 사랑의 사전적 정의를 떠올렸다. 진행자의 말을 생각했다. 아이 앞에 서서 주위를 둘러볼 때의 절망감을 되새겼다. 서진은 천천히 메시지를 썼다.

< 사랑은 몹시 아끼고 귀중히 여기는 마음입니다.

> 근데 걔는 상처를 줘요

> 어떨 때 나를 모르는 척하고

> 못 본 척 못 들은 척하고

> 나중에 왜 그랬냐고 물어보면 자기도 모른다고

> 겁이 났다고 울고 그럼 나는 미치겠고

< 걔의 마음을 이해합니까?

> 조금요 근데 난 겁나도 모른 척하긴 싫어요 더 잘해 주고 싶어요

< 은율 님의 그와 같은 마음이 사랑입니다.

> 서진 님은 첫사랑이랑 왜 헤어졌어요?

< 기억나지 않습니다.

거짓말이었다. 헤어져야 진정한 사랑인 줄 알고 이별했다. 헤어질 이유를 억지로 만들어 굳이 힘들게 이별했다. 그때는 정말 비장했다. 그런 이야기를 이은율에게 하고 싶진 않았다.

> 어떻게 기억이 안 나요?

< 시간이 흐르면 그렇게 됩니다.

> 헐 배신감

< 저는 기억나지 않아서 다행이라고 생각합니다.

대화창은 다시 잠잠해졌다. 서진은 어깨를 펴고 두 팔을 위로 들어 스트레칭을 하다가 시계를 보고 깜짝 놀랐다. 열한 시 가까운 시간. 이은율을 어서 재워야 한다는 생각으로 메시지를 썼다. 전송 버튼을 누르려는데 은율의 메시지가 올라왔다.

109

> 서진 님

> 고맙습니다

> 진심으로

> 저는 더 잘하기로 했어요

> 몹시 아끼고 귀중히 여기는 마음

서진은 쑥스러워하는 표정의 이모티콘을 보냈다. 이은율이 물었다.

> 앞으로

> 진짜 답답할 때만

> 톡해도 돼요?

> 비밀은 초성으로만 할게요

고민 끝에 서진은 좋다고 했다. 모르는 사람의 메시지에 답장하거나 신상 정보를 주면 절대 안 된다는 당부를 다시 덧붙이면서. 이은율이 물었다.

> 근데 우리 아직 모르는 사이예요?

〈 그렇습니다.

이은율은 ㅋㅋㅋㅋㅋ 했고, ㅅㅈㄴㅈㅁ을 남겼다. 더는 메시지가 올라오지 않았다.

서진은 이은율과 나눈 대화를 한 번 더 살펴본 뒤 대화창을 닫았다. 침실에서 고개만 빼꼼 내민 남편이 하품을 하며 물었다.

안 자고 뭐 해?

아직 안 잤어?

어. 먹방 보다가 잠이 다 깼어. 배고프다. 당신은 뭐 했어?

서진은 싱긋 웃으며 대답했다.

비밀이야.

썸머의 마술과학

그때 내가 몰랐던 것들

나는 봄에 태어나서 이봄, 내 동생은 여름에 태어나서 이여름이다. 상당히 무성의한 작명이라고 생각하지만 가끔 이름 예쁘다는 말을 들으면 기분이 나쁘지 않다. 봄, 여름, 가을, 겨울이란 이름을 가진 사람들의 모임을 상상해본다. 이름이 같은 사람들끼리 팀을 짜서 체육대회를 하면 어느 계절이 이길까? 무척 시시한 상상이지만 그런 모임은 이미 있을지도 모른다. 세상에는 별별 모임이 다 있으니까. 아빠는 매주 '토해술' 모임에 나간다. 금요일 저녁에 과음한 사람들이 토요일 점심에 만나서 해장 음식과 술을 먹는 모임으로 '토요일 해장술을 사랑하는 사람들'의 줄임말이다.

결국 또 술 마시자는 모임인 거네.

엄마가 비아냥거리자 아빠는 대꾸했다.

당신이 몰라서 그래. 거기서 건지는 정보가 얼마나 많은데. 사람들이 술 마시면서 금값보다 비싼 정보를 술술 말한다니까. 술은 촉진제 같은 거지.

엄마는 매주 '시금석' 모임에 나간다. '시가 있는 금요일 저녁'이란 뜻이다. 엄마는 모임에 참여하기 위해 일주일에 한 편씩 시를 쓴다. 오늘 밤 모임을 마치고 집에 들어서는 엄마의 눈이 퉁퉁 부어 있었다.

울었어?

엄마는 힘없는 목소리로 대답했다.

너도 내 나이가 되면 시를 쓰겠지.

시를 왜 써? 하고 대꾸했지만 사실 나도 요즘 핸드폰 메모장에 분노의 시를 쓴다. 라임을 맞추려고 나름 노력하니까 랩에 가까울 수도 있다. 내 대답을 듣고 엄마는 중얼거렸다. 너도 내 나이가 되면 시를 쓰다가 사는 게 불쌍해서 울게 될 거야. 나는 머릿속이 복잡해졌다. 왜냐하면,

1-1. 엄마는 내 인생이 불쌍해지기를 바라는가?

115

1-2. 그래서 고작 울기를 바라는가?

1-3. 엄마는 불쌍한가?

1-4. 불쌍하다와 불행하다는 어떻게 다른가?

2-1. 내가 엄마 나이가 되려면 28년 남았다. 2022+28=2050. 하지만.

2-2. 2040년 이후 인류의 삶은 기후 위기로 아주 암울해질 거라던데.

2-3. 나의 미래는 암울한가?

3-1. 미래의 내가 부자라면 침수, 폭염, 태풍, 홍수 등을 걱정하지 않아도 되는 곳에 살겠지. 바이러스 감염이나 식량 문제에서도 비교적 안전할 것이다. 미래의 내가 가난하다면……. 지금도 식량난과 폭염과 바이러스 감염 때문에 죽는 사람들이 있다.

3-2. 서른네 살에 부자가 될 수 있나?

3-3. 부자가 되려면 부자로 태어나야 한다. 부자들은 절대 멸종하지 않을 것이다. 예를 들어 기후 위기는 거짓말이라고 주장하는 도널드 트럼프의 후손은 기후 위기 피해에서 가장 안전할 것이다.

4-1. 2040년까지 지구 기온이 1.5도 상승할 확률과 그렇지

않을 확률과 내가 부자가 될 확률 중 가장 높은 것은?

4-2. 내 꿈은 부자가 아니다. 그건 너무 터무니없는 꿈이다. 내 꿈은 '사랑하는 사람과 커플 운동복을 입고 매일 저녁 집 근처 강변을 산책하는 사람'이다. 2040년에 그렇게 살기 위해서는 부자가 되어야 하나? 그렇다면 내 꿈은 부자인가?

4-3. 사랑하는 사람과 커플 운동복을 입고 매일 저녁 강변을 산책하는 삶을 살기 위해 지금 내가 할 수 있는 일은……
일회용품 쓰지 않기?

5-1. 엄마 나이가 되었을 때 나는 어쩌면 지금의 엄마와는 다른 이유로 사는 게 불쌍해서 울고 있을지 모른다. 하지만 그래도.

5-2. 엄마가 울지 않으면 좋겠다.

5-3. 엄마 나이가 되어서 나도 울지 않으면 좋겠다.

엄마가 콧물을 훌쩍였다. 시를 보여줄 수 있느냐고 엄마에게 조심스럽게 물었다. 예상과 달리 엄마는 가방에서 선뜻 종이 한 장을 꺼내 내밀었다. 시는 무척 짧았다. 생각을 바꿔 엄마에게 시를 읽어달라고 했다. 엄마는 천천히 시를 읽기 시작했다.

제목. 그때 내가 몰랐던 것들. 높고 푸른 하늘. 느리게 흐르는 구름. 나뭇잎을 쓰다듬는 햇살. 고요히 날아가는 새. 새를 돕는 바람. 흩날리는 흰 꽃. 다시없을 1초. 고유해서 고독한 나. 그리고. 오늘 내가 죽는다는 것.

잠시 침묵이 흘렀다. 엄마는 눈물을 닦았다. 어쩐지 슬퍼져서 작은 소리로 말했다.

나는 엄마가 좋아.

엄마는 알아들을 수 없는 말을 중얼거리며 욕실로 갔다. 나는 닫힌 욕실 문 앞에 섰다. 욕조에 물을 받는 소리가 들렸다. 시의 마지막 문장이 목구멍에 콕 박힌 것만 같아서 다급하게 물었다.

엄마 근데 무슨 일 있는 건 아니지? 어디 아프거나 그런 건 아니지?

문 안쪽에서 엄마가 대답했다.

그저 시를 썼을 뿐이야.

나는 손가락으로 문을 긁으면서 애원하듯 말했다.

그래도 엄마가 죽지 않으면 좋겠어.

희미하게 들려오는 엄마의 대답.

사람 다 죽어.

나도 모르게 큰 소리를 내고 말았다.

알아! 안다고! 그리고 사람은 다 살거든!

현관문 열리는 소리가 들렸다. 내일의 모임을 위해 과음한 아빠가 거실로 들어섰다. 아빠도 토해술 모임에서 술을 마시다가 사는 게 불쌍해서 울까? 그럴 수도 있겠지. 하지만 한낮의 왁자지껄한 식당에서 술을 마시다가 별안간 우는 아빠를 보면서 '나는 아빠가 좋아'라고 생각할 일은 없을 것 같다. 아빠는 사들고 온 케이크 박스를 냉장고에 넣으며 엄마를 찾았다. 나는 욕실을 가리켰다. 아빠는 욕실 문을 열고 할 말이 있으니 나와보라고 했다. 욕조에 물 받는 소리가 멈췄다. 아빠가 식탁 의자에 앉으며 나를 보지 않고 말했다.

넌 방에 들어가 있어.

분위기가 심상치 않았다. 나는 주방과 가까운 여름이 방으로 들어가 문을 살짝 열어두고 어둠 속에 웅크리고 앉았다.

그게 무슨 소리야? 엄마가 물었다. 다 합쳐서 얼마라고? 엄마가 다시 물었다. 내가 지금 무슨 소릴 듣고 있는 거야? 엄마가 계속 물었다. 어쩜 나랑 한마디 상의도 없이 그런 일을 저지를 수가 있어? 엄마는 상황을 이해하기 위해 노력하는 것 같았다.

여름이 옆에 모로 누워 한 손으로 여름이 귀를 막았다. 여름이는 마스크를 쓴 채 잠들어 있었다. 전염병이 발생하고 식당 인원 제한이 생긴 뒤에도 토해술 참석을 거르지 않던 아빠는 지난봄 마침내 양성 판정을 받았고 이어 우리 가족이 전부 양성 판정을 받아 격리됐었다. 아빠는 증상이 미약했지만 엄마와 여름이는 심하게 앓았다. 여름이의 고열이 좀처럼 떨어지지 않던 밤, 나는 핸드폰의 키패드에 119를 찍고 통화 버튼을 누를까 말까 수십 번 갈등했다. 그렇게 앓은 다음부터 여름이는 밥 먹을 때와 씻을 때를 제외하고는 집에서도 마스크를 벗지 않는다. 마스크를 쓰지 않으면 심장이 빨리 뛰고 걱정이 많아진다고, 무엇보다 마스크를 쓴 자기 모습이 더 안전해 보여서 안심이 된다고 했다. 전염병이 발생하기 전에도 미세먼지가 심한 날이면 매번 마스크를 쓰고 다녔으니, 여름이는 인생의 아주 많은 날을 마스크와 함께한 셈이다. 마스크 때문에 답답하다는 느낌보다는 안전하다는 감각에 더 익숙할 수도 있다. 여보, 나는 피해자라니까. 아빠 목소리에 억울함이 가득했다. 사람이 제정신이면 어떻게…… 애들을 생각했다면 어떻게…… 엄마는 말을 잇지 못했다. 뒤척이는 여름이 등을 가만히 두드리며 엄마의 시를 떠올렸다. 엄마의 '그때 내가 몰랐던 것들'에 방금 하나가 추가되었다. 남편이 사기를 당해서 3억 가까운 빚을 졌다는 것.

방금 아빠가 엄마에게 털어놓은 말을 정리해보자면 이렇다. 아빠는 토해술 모임에서 가상 화폐 관련 정보를 들었다. 한 달 안에 투자금의 두 배 이상 수익을 올려주는 회사가 있다고. 아빠는 일단 그 회사에 백만 원을 투자했다. 보름도 지나지 않아 백만 원은 정말 2백만 원이 되었다. 아빠는 가상 화폐로 떼돈을 벌었다는 사람들을 떠올렸고 자신도 그렇게 될 수 있다고 믿었다. 아빠는 1억짜리 마이너스 통장을 만들고 카드 대출과 기타 등등 대출을 받아서 그 회사에 투자했다. 얼마 안 돼 투자를 권한 사람도, 회사의 관계자라는 사람도 잠적해버렸다. 알고 보니 아빠가 투자한 회사는 처음부터 존재하지도 않는 곳이었다. 아빠는 사기당했다는 사실을 마침내 받아들였다. 아빠가 갚아야 하는 돈은 이자를 더해 3억 가까이 됐고, 엄마는 상황을 이해하지 못해서 계속 같은 질문을 했고, 나는 내가 뭔가를 잘못 들은 거라고 믿고 싶었다. 어쩐지 이와 비슷한 이야기를 많이 들어본 것 같아서 핸드폰으로 '가상 화폐 사기'를 검색해봤다. 모두가 부자를 꿈꾸고 있었다.

우리는 매일 대비한다

아침에 눈을 뜨니까 언니가 옆에서 자고 있었다. 밤에 부모님이 싸우면 언니는 꼭 내 옆에 와서 잔다. 내가 몸을 일으키자 언니도 눈을 떴다. 엄마 아빠 싸웠어? 물어보니 언니는 생일 축하한다고 대답했다. 방을 나가자 미역국 냄새가 났다. 마스크를 쓰고 있으면 냄새가 더 잘 맡아진다. 냄새를 잘 맡을 수 있으므로 나는 더 안전하다. 아침을 먹고 언니가 냉장고에서 케이크를 꺼냈다. 잠이 덜 깬 아빠가 방에서 나왔다. 케이크에 초를 꽂아 노래를 부른 뒤 촛불을 껐다. 나는 빨리 십대가 되게 해달라고 마음으로 소원을 빌었다. 우리 집 규칙 중에 '열 살 전까지는 혼자서 아파트 단지 바깥으로 나갈 수 없음'이 있기 때문이다. 나는 가족들 모르게 그 규칙을 세 번 어겼다. 들킬까 봐 조마조마했던 그 느낌이 너무 싫었다. 열 살이 되면 그런 느낌을 갖지 않을 수 있다.

엄마 아빠는 케이크를 먹지 않고 핸드폰만 들여다봤다.

둘 다 엄청난 속도로 핸드폰 자판을 치는 걸 보니 카톡으로 싸우는 중인 것 같았다. 어릴 때는 몰랐지만 이제는 안다. 엄마 아빠가 핸드폰을 들고 마치 게임하듯이 다다다다다다다 메시지를 입력하다가 한숨을 쉬고 화난 얼굴로 상대를 쳐다보다가 또 다다다다다다다 하면 그건 두 사람이 카톡으로 싸우고 있다는 뜻이다. 그러다가 한 명이 핸드폰을 소파로 집어던지거나 현관문을 열고 나가면 전반전 끝이란 뜻이고. 누군가가 먼저 자리를 뜨기 전에 나는 꼭 해야 할 말이 있었다.

있잖아. 오늘부터는 나를 썸머라고 불러줘.

언니가 나를 쳐다보며 물었다.

썸머? 갑자기?

우리끼리 영어 이름을 짓고 그렇게 부르기로 했거든.

우리가 누군데?

지율이, 경빈이, 우주랑 나무(어린이집부터 지금 학교까지 같이 다니고 있는 우리는 우리를 캐슬 파이브라고 부르는데 어른들에게는 비밀이다).

아, 그래.

언니가 고개를 끄덕이더니 그럼 우주는 유니버스고 나무는 트리냐고 물었다.

아니, 우주는 오로라고 나무는 카이야.

아…… 그래?

언니는 천천히 케이크를 먹으면서 나를 빤히 쳐다보다가 중얼거렸다.

좋아, 알겠어. 썸머.

나는 식탁에 내려놓았던 마스크를 쓰고 자리에서 일어났다. 동시에 아빠도 한숨을 쉬면서 핸드폰을 소파에 던지고 욕실로 들어갔다.

할머니에게 줄 케이크 두 조각을 반찬통에 담아서 에코백에 넣고 언니와 집을 나섰다. 할머니는 온정마을 화성빌라 1층에 혼자 산다. 할머니 집까지는 버스를 타면 5분, 걸어가면 30분 정도 걸리는데 언니와 나는 대개 걸어서 간다. 언니가 예전에 비밀이라면서 말해주기를, 엄마 아빠가 싸웠을 때, 싸울 때, 싸울 것 같을 때면 혼자서 할머니 집에 간다고 했다. 그리고 아무하고도 말하고 싶지 않은데 혼자 있기는 싫을 때랑 깊은 낮잠을 자고 싶을 때도. 그래서 나도 나의 비밀을 한 개 말해줬다(나 사실은 엄마 몰래 아메리카노 두 모금 마셔봤어). 내년 생일이 지나면 나도 혼자서 할머니 집에 갈 수 있다. 나는…… 친구들이 자기들끼리만 눈짓을 주고받으면서 나를 따돌릴 때 할머니 집에 갈 것 같다. 그리고 혼자 먹고 싶은 과자가 있을 때도. 할머니가 집에 있든 없든 도어록 비밀번호를 누르고 들어가서 내 마음대로 냉장고의 음식을 꺼내 먹고 방바닥에 누워서 김밥처럼 뒹굴고 싶다. 할머니가 없을 때는 껌을 씹듯 질겅질겅 욕도 해보고 싶다.

엄마 아빠 왜 싸웠는지 알아?

언니에게 물었다.

궁금해?

나는 고개를 끄덕였다.

그럼 내가 한번 알아보고, 시시한 이유면 말해줄게.

언니는 걸음을 멈추고 핸드폰을 꺼내 나뭇잎 사이로 보이는 하늘 사진을 찍었다. 그리고 우리 둘의 셀카도 찍었다. 나는 별로 내키지 않았지만 언니가 사진을 찍을 때 손가락으로 브이 자 포즈를 해주었다. 언니 핸드폰에는 내 사진이 천 장넘게 있을 것이다.

언니랑 손을 잡고 천천히 걷다가 물었다.

언니. 나 방학 숙제 중에 가족이랑 동네 한 바퀴 걷고 일기 쓰기 있거든. 우리 동네는 아니지만 오늘 비공식 모임 얘기

125

써도 되겠지?

응. 괜찮을 거야.

그리고 또 숙제 중에 하루 한 가지 환경보호 하기도 있거든.

그래. 그것도 오늘 모임으로 대신하면 되겠다.

아니, 그게 아니고 내가 궁금한 건 우리가 지금 할머니 집까지 걸어가잖아. 근데 탄소 발자국 줄이기에 대중교통 이용하기가 있거든. 버스는 대중교통이잖아. 그럼 내가 버스를 안 타고 걸어가는 건 환경보호가 아니야?

탄소 발자국을 벌써 배웠어?

티브이 광고에도 맨날 나오잖아. 우리 봄에 그림 그리기 대회도 했어. 엄마한테 그림 보여주니까 엄마도 초등학생 때 그런 거 했었대.

엄마 어릴 때?

응. 붕대 감은 지구 그리고 위에는 '지구가 아파요' 글씨 썼었대.

하긴, 나도 어릴 때 '북극곰을 살려주세요' 포스터 그리기를 했다. 넌 무슨 그림 그렸어?

아이들이 우는 그림. 위에는 '우리도 살고 싶어요'라고 썼어.

헐. 선생님이 뭐래?

잘했대.

진짜 웃기지 않냐. 엄마 어릴 때면 30년도 훨씬 전이잖아. 그럼 옛날부터 다 알고 있었다는 말인데.

뭐를?

인류 멸망.

인류 멸망?

아직 거기까지는 안 배웠구나.

기후 난민은 배웠어. 근데 카이네 선생님은 기후 난민 얘기는 안 해줬대. 언니, 있잖아. 기온이 올라가면 전염병도 더 많아질 거래.

그런 것도 배웠어?

아니, 《Why? 기후변화》에서 읽었어. 《Why? 미세먼지》랑 《Why? 지구의 재앙》도 봤어. 오로라는 'Why? 과학 시리즈' 다 갖고 있거든.

너도 'Why? 시리즈' 갖고 싶어?

오로라가 자기 집에서 다 읽게 해주니까 괜찮아. 근데 언니, 우리 선생님이 환경보호는 계속 배워야 하는 거랬어. 그러니까 엄마도 배웠고 언니도 나도 배우는 거야. 우리 반에서는 탄소 배출권 거래 게임도 했어. 거래 카드랑 가짜 돈 만들어서. 언니도 어릴 때 그런 거 배웠어?

그런 걸 우리한테만 가르치고 있다는 게 짜증나는 거지. 떠넘기는 것 같잖아. 탄소는 어른들이 다 배출했으면서 관심도 없고.

아니야. 아빠도 탄소 배출권 알아. 전화하는 거 들었는데 주식 산 얘기하면서…….

주식을 샀대? 언제?

몰라. 며칠 됐어. 아무튼 막 웃으면서 앞으로는 더 많이 사야 된다고.

하, 킹받네 진짜.

왜?

넌 몰라도 돼. 아무튼 우린 끝장이야. 다 망했다고.

언니 화났어?

어.

나 때문에?

난 절대 너 때문에 화를 내지 않아.

알아. 확인한 거야. 그럼 버스 안 타고 걸어가기는 환경보호 맞아?

어. 맞아. 완전 맞아.

언니는 알아들을 수 없는 말을 중얼거리면서 정면만 바라봤다. 갑자기 왜 화를 내는지 모르겠다. 언니가 '망했다'고 말해서 기분이 좋지 않았다. 전에 오로라네 엄마가 말해줬는데, 망했다는 말만큼 나쁜 말이 없다고 했다. 망했다고 생각해버리면 아무것도 할 수가 없으니까. 언니는 진짜 다 망했다고 믿는 걸까? 그렇게 믿으면서 분리수거는 왜 하는지 모르겠다. 학교는 왜 다니고 공부는 왜 하는지, 셀카는 왜 찍고 비공식 모임은 왜 하는지 모르겠다. 망했다고 말하면서 왜 망하지 않으려고 애를 쓰는지 정말 모르겠다.

할머니는 식탁 의자에 앉아 콩나물을 다듬고 있었다. 케이크를 건네자 생일 선물이라며 만 원을 줬다. 나는 할머니에게 이제부터는 나를 썸머라고 불러달라고 부탁했다. 그게 뭐냐고 할머니가 물었다.

영어로 여름이란 뜻이야.

영어 이름을 갖고 싶은 거야?

아니, 그냥 친구들이랑 그렇게 하기로 약속해서.

할머니는 말없이 콩나물을 다듬었다. 언니는 거실 벽에 등

129

을 기대고 앉아 핸드폰으로 웹툰을 봤다. 나는 할머니 맞은편에 앉아서 할머니가 다듬어놓은 콩나물을 가로세로로 쌓으며 콩나물 탑을 만들었다.

써마.

할머니가 말했다.

써마 아니고 썸머.

할머니의 발음을 고쳐줬다.

써엄머는 영어를 많이 알아?

어깨를 으쓱거리며 친구들보다는 많이 아는 것 같다고 대답했다.

그럼 이건 뭐라고 하지, 영어로.

할머니가 눈짓으로 콩나물을 가리키며 물었다. 그건 아직 안 배웠다고 대답했다. 언니가 핸드폰에서 눈을 떼지 않고서 중얼거리듯이, 그러나 내가 확실히 알아들을 수 있을 만한 소리로 말했다. 빈스프라우트. 그 말을 그대로 할머니에게 전해주면서 덧붙였다.

빈은 콩이란 뜻이야.

할머니가 고개를 끄덕이며 중얼거렸다.

다 영어 이름이 있구나. 그럼 유성자도 영어 이름이 있겠네.

유성자는 할머니 이름이다. 할머니에게 어울리는 영어 이름을 만들어주고 싶어서 이런저런 단어를 떠올렸다. 소리를 낮춰 틀어놓은 티브이에서 남자 목소리가 흘러나왔다. 알프스 지역 빙하들이 역대 가장 빠른 속도로······ 2100년까지 알프스 빙하의······ 사라질 것이라는······ 전 세계 곳곳에서 기록적인 폭염······ 2100년까지 얼마나 남았을까? 나는 아직 네 자릿수 뺄셈은 할 줄 모른다. 하지만 빈스프라우트를 키우는 방법은 안다. 방학 숙제 중에 '수경 재배하기'가 있어서 언니랑 같이 빈스프라우트를 키우는 중이니까. 빈스프라우트에 물을 주면서 언니는 말했다. 덧셈 뺄셈을 잘하는 것보다 이런 걸 많이 알아두는 게 더 중요하다고. 그래야 재난 상황에서도 먹고살 수가 있다고. 지금 티브이를 멍하게 보면서도 언니는 재난을 상상하고 있을 것이다. 언니는 좀비 영화도 엄청 많이 본다. 아마 방금 전까지도 좀비 웹툰을 봤을 거다. 무엇에든 대비를 해두는 게 대비하지 않는 것보다는 낫다고 언니는 말했다. 그러면서 좀비가 나타나면 머리를 공격하고, 남자가 나를 위협하면 핸드폰 모서리로 눈을 찍어버리라고, 얼굴에 구멍이 날 정도로 세게 찍고 도망가야 한다고 가르쳐줬다. 같이 걸을 때 언니는 가끔 경계하는 표정으로

131

주위를 살펴본다. 좀비를 찾는 줄 알고 좀비가 있느냐고 물어본 적이 있었는데, 언니는 심각한 표정으로 대답했다. 좀비라면 단번에 알아볼 수나 있지. 사람은 언제 어떻게 돌변해서 우리를 공격할지 알 수가 없잖아. 언니는 매일 대비한다.

할머니의 빈스프라우트 다듬기가 끝나서 비공식 모임을 하려고 다 같이 집을 나섰다. 할머니는 매일 폐품을 모아 한성자원에 판다. 하루 두 번, 새벽과 오후에 동네를 돌면서 끌차를 한 번 채울 만큼만 폐품을 모으는데, 그 규칙을 지키면 싸우지 않고 일을 오래할 수 있다고 할머니는 말했다. 비공식은 매주 토요일 오후마다 할머니와 같이 동네를 돌면서 쓰레기봉투에 쓰레기를 모으는 모임의 이름이고 언니가 지었다. 비공식이니까 하기 싫을 때는 하지 않을 수 있고, 토요일 말고 다른 요일에 할 수도 있고, 쓰레기 말고 다른 걸 모을 수도 있다. 나는 재활용 가능한 병뚜껑이나 플라스틱 숟가락만 모을 때도 있다. 내가 비공식 모임을 하는 이유는 일단 언니와 뭐든지 같이 하고 싶고, 동네 바깥을 마음껏 돌아다닐 수도 있고, 어른들처럼 모임을 해보고도 싶었기 때문이다. 그리고 나도 언니처럼 대비하고 싶다. 나는 내가 분리수거를 잘하고 쓰레기를 주우면 딱 그만큼은 환경이 나빠지지 않을 거라고 믿는다. 딱 그만큼을 저금하듯 계속 모으는 게 나의 대비다. 그런 나를 하늘이 지켜보고 있을 거라고 생각하면 왠지 안심이 된다. 언니가 왜 비공식을 시작했는지는 정확히 모르겠다. 전에 굉장히 길게 설명을 해줬는데 너무 복잡했다. 그때도 언니는 화를 많이 냈고…… 뭐랬더라…… 뭐보다는 위선이 낫다고 했다.

그레이스.

쓰레기를 줍다가 문득 떠올라서 소리치듯 말했다.

할머니, 유성자는 그레이스야.

할머니가 마음에 든다며 웃었다.

할머니의 예언은 언제나 들어맞았다

일주일 동안 조마조마한 마음으로 부모님을 지켜봤다. 아빠는 오늘도 토해술에 나갔다. 엄마도 어제 시금석에 갔다 왔다. 나는 어젯밤에도 엄마에게 시를 읽어달라고 했다. 엄마는 천천히 시를 읽어줬다.

제목. 그곳에서. 나는 시를 썼지. 아름다운 글이었어. 눈부신 문장이 나를 비추었네. 눈을 감았지. 어둠과 어둠과 어둠뿐. 눈을 떴네. 시가 나를 바라본다. 살아 있으므로 나는. 다시 눈감을 수밖에.

나는 시에 숨겨진 엄마의 심정과 우리 집의 상황을 찾아내려고 애썼다. 지난 금요일 밤 이후에도 일상은 별로 달라진 게 없었다. 엄마 아빠는 필요한 말 이외에는 대화를 나누지 않았다. 둘 다 비슷한 시간에 출퇴근했다. 엄마는 자기 전에 하는 반신욕과 요가를 거르지 않았다. 아빠는 티브이를 켜놓고 핸드폰만 봤다. 내가 다른 채널로 돌리려고 하면 그대로 두라고 말하면서도 계속 핸드폰을 봤다. 내 체크카드는 정지되지 않았다. 수요일 저녁에는 야근 때문에 늦을 거라면서 엄마가 배달 앱으로 피자와 파스타 세트를 시켜줬다. 마트에서 구입하는 품목과 양도 이전과 비슷했다. 썸머의 과일주스와 간식도 떨어지지 않았다. 집으로 낯선 사람이 찾아오지도 않았다. 평온한 나날이었다. 아무래도 일주일 전에 내가 뭔가를 잘못 들은 것만 같았다. 생각해보니 그날 아빠는 잊지 않고 썸머의 생일 케이크를 사왔었지. 사기를 당해 3억 가까이 빚진 사람에게 그럴 정신이 있었을까? 정말 내 착각인지 확인하기 위해 엄마 핸드폰의 잠금을 해제하고 아빠와 나눈 카톡을 몰래 봤다. 카톡에서도 엄마는 질문을 거듭했다. 아빠는 이상하리만치 태연했다. 모든 걸 포기한 사람 같기도 했고 3억 정도 빚은 대수롭지 않다고 여기는 것도 같았다. 아무튼 내가 잘못 들은 건 아니었다. 그런데도 아빠는 토해술에 나가고(그 모임에서 사기를 당했는데도 계속 나간다고?) 엄마는 시를 쓴다. 아빠는 변함없이 가상 화폐 거래소와 주식시장을 기웃거리고 엄마는 울지 않는다. 도대체 어쩔 셈이지?

썸머의 콩나물은 무럭무럭 자라고 있다. 썸머에게 파도 키우자고 해볼까? 컵에 물을 담고 그 안에 파뿌리를 넣어두면 하얀 뿌리 위로 초록 줄기가 조금씩 자란다는 사실을 인터넷 검색으로 알아냈다. 썸머는 파를 싫어한다. 그래도 자기가 키운 파는 먹지 않을까? 그리고 또 무엇을 키울 수 있을까? 지난봄에는 아줌마들이 공원 수풀에서 과도로 무언가를 캐서 봉지에 담는 걸 본 적이 있다. 내 눈에는 온통 잡초로 보였는데 아줌마들은 그 속에서 먹을 수 있는 풀을 찾아냈다. 아는 만큼 보이는 것이다. 이제 나도 길에서 공짜로 얻을 수 있는 먹을거리를 알아둬야 한다. 돈을 최소한으로 들여 집에서 재배할 수 있는 채소도 알아둬야 한다. 그리고 또 무엇을 알면 도움이 될까. 할머니가 모아서 파는 폐품의 가격은 그때그때 다르다. 폐지는 1킬로그램에 백 원도 받지 못한다. 알루미늄은 1킬로그램에 천 원을 넘길 때도 있지만 종류마다 가격이 다르다. 아무튼 할머니처럼 폐품을 모아서는 하루에 콩나물 한 봉지도 살 수 없다. 그래도 할머니는 연금을 받으니까 괜찮다고 했다.

할머니는 내가 역사 수업에서 배운 것을 다 경험했다. 대한 독립과 한국전쟁과 남북 분단과 민주화 운동과 IMF 사태와 금융 위기와 대통령 탄핵과 전염병까지. 할머니가 고조선시대에 단군을 만난 적이 있다고 해도 이상하지가 않다. 할머니가 백악기에 공룡을 본 적이 있다고 해도, 실은 한 번 죽었다가 부활한 거라고 해도 믿을 것 같다. 왜냐하면 할머니는 전부 다 겪어봤으니까. 가난 때문에 나무껍질을 씹어 먹었고 풀죽을 만들어 먹었고 홍수로 집을 잃어본 적도 있었다. 할머니의 아빠는 전쟁 때 포탄에 맞아서, 첫째 딸은 다섯 살이 되기도 전에 전염병으로, 언니는 교통사고로, 사촌은 불에 타 죽었으며 친구는 남편에게 살해당했다. 할머니는 학교에 다니지 못했지만 혼자서 한글을 터득했고 산수를 익혔다. 돈을 벌기 위해 온갖 일을 다 해봤다. 그래서 콩나물이 영어로 무엇인지는 모르지만 길가의 풀과 나무 이름은 다 안다. 천과 바늘만 있으면 옷을 만들 수 있다. 농사일과 집 짓는 방법을 안다. 먹을 수 있는 것과 먹을 수 없는 것을, 날씨의 흐름을, 진실과 거짓을 안다. 그러니까 할머니는 알고 있을 것이다. 우리 가족이 지금의 재난에서 탈출할 방법을.

할머니의 예언은 언제나 들어맞았다. '겨울이 이렇게 포근하면 다가오는 농사가 흉작이다'고 했을 때도, '그 동네 집들은 홍수 때 물에 잠길 수밖에 없다'고 했을 때도 모두 그렇게 되었다. 할머니는 꿀벌이 집단으로 실종되었다는 뉴스가 나오기도 전에 이미 꿀벌이 사라지고 있음을 알았다. 일기예보보다 앞서 날씨를 예측했다. 올해는 감자가 흉년일 거라고 말하면, 배춧값이 금값이 될 거라고 말하면 그렇게 되었다. 그래서 한편으로는 겁이 난다. 할머니에게 우리 집 상황을 말하고 '무슨 대책이 없을까?' 물어봤다가 '그런 것에는 대책이 없다'는 대답을 들을까 봐.

나는 사실 엄마 아빠의 연봉도 제대로 모른다. 우리 가족이 10년 가까이 살고 있는 아파트의 대출금을 아직 절반도 갚지 못했다는 것, 내 통장에 97만 5,623원이 있다는 것이 내가 아는 전부다. 작년까지 엄마 아빠는 아파트 값이 계속 오른다면서 좋아했다. 아파트 값은 절대 떨어지지 않는다고, 무리를 해서라도 사길 잘했다고, 마치 부자가 된 것 같은 표정으로 말했다. 하지만 우리가 부자일 리 없잖아. 나는 부자의 삶을 모르지만…… 가상 화폐 투자를 하려고 마이너스 통장을 만드는 부자도 있나? 아빠는 평소에 '은행 돈이 내 돈'이란 말을 즐겨 했다. 설마 정말 그렇게 믿고 있는 건 아니겠지? 나 혼자만 너무 심각한 걸까? 엄마 아빠에게 물어보면 아마도 '걱정할 것 없다'고 대답하겠지. 나는 그 말을 믿지 못할 것 같다. 하지만 할머니의 '걱정할 것 없다'는 믿을 수 있다.

며칠 뒤 학원을 마치고 할머니 집으로 갔다. 할머니는 빨래를 개고 있었다. 할머니 옆에 앉아 핸드폰을 보는 척하다가 무심하게 물었다.

할머니, 3억은 별로 큰돈이 아닌가 봐.

그게 무슨 말도 안 되는 말이야.

여기 인터넷 보니까 어떤 사람이 사기를 당해서 3억을 빚졌는데 별일 아닌 것처럼 말해서.

할머니는 말없이 빨래를 갰다. 나는 할머니의 말을 기다렸다.

그렇게 말하는 사람은.

할머니가 수건을 탁탁 털며 말을 이었다.

빚을 갚을 생각이 없거나 그보다 더 큰 빚이 있거나.

초조하게 다음 말을 기다렸다.

그렇지 않다면 정말 난사람이다.

핸드폰으로 재빨리 '난사람'을 검색했다. 설명을 읽어보
니 아빠가 그쪽 부류는 아닌 것 같았다. 그렇다면…… 나는
기적을 바라는 심정으로 말했다.

근데 이 사람이 진짜 부자일 수도 있잖아. 3억 정도 사기
당한 건 완전 아무것도 아닐 만큼.

할머니가 피식 웃으며 대꾸했다.

진짜 부자는 자기 주머니에서 새어나가는 천 원도 아까워
서 벌벌 떠는 법이야.

할머니의 대답은 '걱정할 것 없다'에서 점점 멀어지고 있
었다. 나는 약간 반항하는 심정으로 물었다.

할머니는 부자였던 적이 없잖아. 근데 부자들이 그렇다는
걸 어떻게 알아?

할머니는 흔들리지 않고 대답했다.

부자들이 어떤 사람인지는 가난한 사람이 더 잘 아는 법
이야.

나는 설득당하고 말았다.

언니는 질 생각이 전혀 없다

엄마는 일요일마다 일주일 동안 먹을 반찬을 잔뜩 만든
다. 그리고 일요일 저녁은 외식하거나 배달 음식을 시켜 먹
는다. 반찬을 만드느라 지치기도 하고, 새로 만든 반찬은 어
차피 일주일 내내 먹어야 하니까. 엄마가 저녁으로 뭐 먹고
싶으냐고 물었다. 나는 치킨이 떠올랐지만 어제 언니랑 싸
이버거를 먹었고 고기 덜 먹기를 실천해야 하기 때문에 고기
가 들어가지 않은 음식을 고민하다가 떡볶이라고 대답했다.
이런 나의 고민과 결정을 하늘은 알 것이다. 엄마는 배달 앱
으로 떡볶이와 튀김과 꼬마김밥을 주문했다. 아빠는 라면을
먹겠다면서 물을 끓였다. 음식이 도착해서 식탁에 차려놓고
먹고 있을 때 언니가 불쑥 물었다.

우리 집 한 달 수입이 얼마야? 매달 나가는 아파트 대출금

은 얼마고?

엄마 아빠가 언니를 쳐다봤다.

그런 걸 갑자기 왜 물어?

알아야 대비를 하니까.

대비?

나 알아. 아빠 사기당한 거.

아빠가 라면을 후후 불어서 후루룩 먹었다. 엄마는 젓가락을 식탁에 내려놓고 한 손으로 이마를 짚었다. 나는 언니의 말을 이해하지 못해서 엄마 아빠를 번갈아 쳐다봤다.

걱정할 거 없어.

아빠가 말했다.

무책임한 사람.

엄마가 중얼거렸다. 아빠가 냉장고에서 소주병을 꺼냈다.

애들 보는 데서 술 좀 먹지 마.

여름아, 이건 아빠한테 술이 아니라 약이야.

아빠가 나를 보며 말했다. 엄마 아빠는 계속 나를 여름이라고 부른다. 내 말을 귀담아듣는 사람만이 나를 썸머라고 부른다.

매일 그렇게 취해 있으니까 사기를 당하지. 정신 똑바로 차리고 살아도 모자랄 판에.

엄마가 말했다. 아빠는 컵에 소주를 따라서 마셨다.

사실을 말해줘. 썸머랑 나도 알아야 한다고 생각해.

언니가 내 마음을 들여다보고 대신 말해준 것만 같았다.

썸머?

아빠가 되물었다.

썸머는 나야.

언니에게 도움이 되고 싶어서 재빨리 말했다. 아빠는 라면 국물을 후루룩 마셨다. 내가 왜 썸머인지는 관심이 없어 보였다.

별일 아니니까 살던 대로 살면 돼.

아빠가 말했다.

엄마 아빠 월급으로는 그 돈 갚기 힘들어. 우리 이사 가야 할 거야.

엄마가 말했다. 나는 놀라서 눈을 크게 뜨고 물었다.

이사를 간다고? 어디로?

이사를 왜 가. 아파트가 재산인데. 빚도 금방 갚을 거야. 걱정할 거 없어.

아빠가 자신만만하게 말했다.

대체 뭘 믿고 그런 말을 해? 당신이 몸 바쳐 하는 알량한 주식 믿고? 모임에서 주워듣는 허황된 소문들 믿고? 당신한테 대책이란 게 있긴 해? 말도 안 되는 대박만 바라고 있는 게 대책이니? 아파트 대출금 갚는 것도 숨이 차서 죽을 지경인데 3억을 언제 어떻게 다 갚니? 금리 오르고 아파트 값 떨어진다는 소리는 나만 듣고 있는 거야? 똥은 자기가 다 싸놓고 그걸 누구한테 치우라고!

엄마의 목소리가 점점 커지더니 똥 얘기부터는 거의 비명을 지르는 것만 같았다. 나는 두 손으로 귀를 막으며 엄마 아빠가 카톡으로 싸우기를 바랐다.

그러니까 아빠는 대책이 없고 엄마는 집을 팔겠다는 거지?

언니가 차분하게 물었다.

아파트는 절대 포기할 수 없어.

아빠가 말했다.

그럼 뭘 어쩌자는 거야. 말도 안 되는 사기를 당하고 와서는 사람이 양심도 없이……

엄마가 힘없는 목소리로 중얼거렸다.

몇 번을 말해. 나도 피해자라고. 내가 사기를 당하고 싶어서 당했어? 우리 가족 잘 먹고 잘살아보자고 투자했다가……

143

우리 잘 먹고 잘살고 있었잖아.

아빠의 말을 자르며 언니가 말했다.

아빠는 우리가 그동안 못 먹고 못산다고 생각한 거야?

아빠는 한숨을 크게 쉬고 말을 이었다.

너희는 어려서 모르겠지만 다들 그러고 살아. 요즘 세상에 월급만 바라보고 살면 멍청이 소리나 듣지. 아빠가 쉽게 설명해줄게. 너희도 복권은 알지? 사람들이 복권을 왜 사겠어? 매주 당첨되는 사람이 있으니까 사는 거잖아. 투자를 해야 성과도 있는 거야. 아빠 주변에도 그렇게 대박 터진 사람이 얼마나 많은데. 가상 화폐가 50배 백 배씩 뛰던 때도 있었어. 그때 한몫 챙긴 사람들이 투자를 접었을 것 같아? 오히려 더 많이 투자해서 돈을 아주 쓸어 담았지. 돈은 그렇게 버는 거야. 아빠가 운이 나빠서 이번에는 잘 안 됐지만 이왕 이렇게 된 거 3억 투자한 셈 치고······.

언니는 한 손에 젓가락을 꽉 쥐고 어이없다는 표정으로 말을 쏟아냈다.

아빠는 정말 단단히 착각하고 있는 것 같아. 아빠가 하는 건 투자가 아니라 도박이야. 그리고 아빠는 부자가 아니야. 대박을 터뜨린 사람이 아니라고. 아빠는 빚만 3억이 넘는 거지야. 그런데 왜 자꾸 부자인 것처럼 말해? 복권을 3억 원어치 사는 바보가 세상에 어디 있냐고!

아빠의 얼굴이 밟힌 홍시처럼 변했다. 아빠는 무서운 눈빛으로 언니를 노려보며 목소리를 높였다.

너 어디 아빠한테 말버릇이, 바보라니, 아빠한테 거지라니, 어디서 아빠를 가르치려고, 새파랗게 어린 애가 대체 뭘 안다고 어른이 하는 일에!

나는 조심스럽게 마스크를 썼다. 고개를 한껏 숙이고 눈만 위로 치켜떠서 화난 사람들을 훔쳐봤다. 언니는 아빠에게 질 생각이 없어 보였다.

지난봄에도 그래. 우리가 밖에서 술 먹지 말라고, 모임 좀 참으라고, 우리야 백신이라도 맞았지만 여름이는 백신도 안 맞았으니까 조심하자고 그렇게 말했는데 아빠가 뭐랬어? 아빠는 절대 코로나 안 걸린다고 우겼잖아. 성인 남성의 면역력이 어쩌고저쩌고하면서 하고 싶은 것 다 하고 다니다가 결국 아빠가 먼저 걸렸잖아. 아빠는 하루 아프고 말았지. 여름이가 제일 오래 아팠다고! 아빠 때문에 얘가!

언니가 여름이라고 불러도 나는 상관없었다. 그저 이 싸움이 끝나기만을 간절히 바랐다. 하지만 언니는 내리막길의

145

축구공처럼 멈출 생각이 없어 보였다.

아빠가 차라리, 앞으로 20년 동안 매달 얼마씩 갚아야 해결될 거라고 말했으면 나도 그러려니 했을 거야. 그래도 뭔가 대책이 있구나 생각했을 거고, 우리 집에 빚이 많으니까 나도 일찍 돈 벌어야겠다고 마음먹었을 거라고. 그런데 아빠는 지금 손에 쥔 걸 하나도 놓지 않고 빚도 갚지 않고 오히려 더 빚을 지면서 살겠다는 거 아니야? 사기당한 걸 투자였다고 완전 정신승리 하면서, 그러면서 또 자기를 피해자라고 말하는데, 와, 어떻게 그럴 수가 있지? 아빠만 피해자야? 우리가 더 큰 피해자라고. 아빠 욕심으로 벌인 일에 왜 우리 핑계를 대냐고. 나야 당장 알바라도 할 수 있다 쳐. 얘는 아직 열 살도 안 됐다고!

아빠 얼굴이 밟힌 홍시에서 자동차 바퀴에 여러 번 깔린 홍시로 변해갔다. 엄마가 두 손을 높이 들어올리며 갈라진 목소리로 끼어들었다.

이봄. 그만. 이제 그만해.

아빠는 컵을 꽉 쥔 채로 술을 마시지 않았다. 엄마가 이어 말했다.

네 마음은 알겠는데, 그래도 아빠한테 그러는 건 아니지.

언니가 재빨리 눈물을 닦아서 나는 언니가 울고 있다는 걸 알아챘다. 아빠는 화풀이하듯 남은 라면과 술을 싱크대에 들이붓고 집을 나갔다. 갑자기 조용해졌다. 무슨 일이 벌어지고 있는 건지 이해하기 위해 여태 내가 들은 말을 정리해봤다.

엄마 아빠가 미안해.

엄마가 말했다.

왜 나한테 그만하라고 해? 내가 틀린 말 했어?

언니가 울먹이며 물었다.

너는 그만하라고 하면 그만하잖아. 아빠는 그게 안 되고.

언니가 진짜 짜증난다고 중얼거렸다. 그 말에 대답하듯 엄마도 중얼거렸다.

그래도 네 말 듣고 아빠가 정신 좀 차리려나 모르겠다.

엄마 아빠에겐 낯설지만
우리에겐 당연해질 것

엄마는 두통이 너무 심하다며 반신욕을 하러 욕실에 들어갔다. 엄마를 살게하는 것=요가, 반신욕, 시 쓰기. 엄마를 지치게 하는 것=이상혁, 이봄, 가계 부채. 남은 떡볶이와 튀김을 싱크대에 버리려는데 썸머가 말렸다. 탄소 발자국 줄이기에 잔반 줄이기가 있으니까 냉장고에 넣어두고 배고플 때 먹자고 했다. 남은 음식을 반찬통으로 옮기면서 나도 모르게 한숨을 쉬며 중얼거렸다.

넌 진짜 진심이구나.

썸머가 나를 빤히 봤다. 나는 다급히 변명했다.

그게 아니라, 가끔은 좀 피곤하니까. 이걸 냉장고에 넣어둔다고 다시 먹을 것 같지도 않고.

썸머가 입술을 삐쭉거리며 말했다.

내가 잘못한다는 말처럼 들리는데.

솔직히 그렇잖아. 음식 쓰레기 좀 줄인다고 뭐가 달라지겠어. 엄마 아빠만 봐도 이런 거에는 관심도 없잖아.

언니는 이상해.

내가 뭐.

언니 말 들으면 내가 하는 일은 다 소용이 없어. 배운 대로 하는 건데 눈치를 봐야 해.

순간 임준석이 떠올랐다. 텀블러와 스테인리스 빨대를 들고 다니는 나를 보고 임준석은 위선 떨지 말라고 비아냥거렸다. 어차피 텀블러도 쓰레기 아니냐고, 텀블러 쓰면서 오버하는 이런 애 때문에 평범한 사람들이 피해를 본다고, 은근히 사람 불편하게 하는 이런 애가 사실 더 이기적인 거 아니냐고, 그냥 살던 대로 살다가 인간들이 다 멸망해버리는 게 지구한테는 더 나을 거라고 임준석은 말했다. 적지 않은 애들이 그 말에 동의하는 제스처를 하면서 낄낄낄 웃었다. 걔네가 상상하는 멸망은 지금처럼 조금씩 진행되는 게 아니라 소행성 충돌 같은 사건으로 모두가 단숨에 사라져버리는 것에 가까웠다. 예고 없이 갑자기 일어나서 고통조차 없는 황홀한 멸망.

근데 우리 정말 이사 가?

썸머가 물었다. 썸머 앞에서 아빠한테 그런 방식으로 화를 낸 건 분명 잘못이라는 생각이 들어서 기분이 더 안 좋아졌다. 대답을 기다리다가 썸머는 중얼거렸다.

난 이사 가기 싫은데.

썸머는 태어난 순간부터 이 집에서만 살았다. 친구들 전부 이 아파트에 살겠지. 다른 집에서 사는 건 상상조차 안 해봤을 거다. 결국 돈이 문제다. 돈이 전부라고 할 순 없지만 돈은 언제나 큰 영향을 미친다.

149

언니는 알바할 거야? 그럼 나도 언니랑 같이할래.

내 말을 썸머는 다 기억하는 것 같았다. 나는 아빠처럼 무책임하다. 어디서부터 어떻게 설명을 해야 할지 모르겠어서 화제를 돌리기 위해 아무 질문이나 던졌다.

근데 너는 아직도 꿈이 우주인이야?

아니. 나는 이제 마술사 아니면 과학자 하고 싶어.《Why? 마술과학》에서 읽었는데 과학을 잘해야 마술도 할 수 있대.

그렇구나.

오로라랑 같이 책에 나온 마술도 해봤는데. 언니한테도 보여줄까?

썸머의 눈동자가 빛났다. 나는 어서 보여달라고 했다. 썸머는 거실로 가더니 십 원짜리 동전 몇 개를 가져왔다. 십 원짜리 동전은 너무나 작고 가벼워서 장난감 같았다. 동전을 어디에서 찾았느냐고 물었다.

현관 옆 선반에 엄마가 동전 모아두는 통 있잖아.

썸머는 주방을 둘러보면서 시큰둥하게 대답했다. 이런 십원짜리를 모아서 대체 어디에 쓴단 말인가 생각하다가 착잡해졌다. 내 생각이 아빠의 생각과 너무 닮은 것 같아서. 썸머는 식기건조대에서 작은 유리컵을 꺼내 식탁 위에 놓았다. 그리고 커피 주전자에 물을 담았다. 마술을 준비하는 썸머를 멍하니 바라보며 썸머 나이 때 나는 무엇을 좋아했던가 떠올려봤다. 과학이나 탄소 발자국에는 전혀 관심이 없었고…… 아마도 나는…… 아빠와 공원에서 노는 걸 가장 좋아했던 것 같다. 그때 아빠는 지금처럼 자주 취해 있지도 않았고, 주말이면 나와 함께 공원에서 자전거를 타거나 캐치볼을 했었다. 나는 어쩌다 아빠를 좋아하는 아이에서 아빠를 비난하는 청소년이 되었을까? 썸머는 주전자의 물을 유리컵에 조심스럽게 따랐다. 물의 표면이 콘택트렌즈처럼 미세하게 솟아오를 만큼.

이제 마술을 시작할게.

썸머가 의젓한 목소리로 말했다.

여기에 동전을 넣어도 물이 넘치지 않는 마술이야.

썸머가 십 원짜리 동전 하나를 물속에 조심스럽게 넣었다. 물은 넘치지 않았다. 나는 감탄하며 박수를 쳤다. 썸머는 진지한 표정으로 동전을 하나 더 넣어보겠다고 말했다. 동전을 넣었고, 이번에도 물은 넘치지 않았다. 안도하는 표정으로 썸머는 말했다.

이건 바로 표면장력 때문이야.

아이들은 많은 것을 단숨에 외우고 자세하게 기억한다. 규칙을 지키려고 노력한다. 스스로 중요한 일이라고 생각하면 정말 열심히 한다. 소용없다는 이유로 어른들이 더는 하지 않는 일들을 아이들은 한다. 그레타 툰베리는 썸머와 비슷한 나이에 처음 의문을 품었다. 기후변화 문제가 심각하다는데 어째서 사람들은 아무것도 하지 않는 거지? 그리고 나와 비슷한 나이에 기후행동 정상회의에서 분노를 쏟아내며 연설했다. 그 연설 영상을 수십 번 봤다. 보면 볼수록 나 또한 화가 났고, 상황이 심각하다는 것을 비로소 실감했다. 툰베리가 차분하고 예의 바르게 말했다면 실감하지 못했을 거다. 나는 툰베리처럼 화석 에너지를 쓰지 않기 위해 태양광 요트를 타고 바다를 건널 자신은 없다. 피켓을 들고 1인 시위를 할 용기도 없다. 마음에 드는 옷을 보면 사고 싶고 평생 치킨을 먹지 않고 살 수도 없을 것 같다. 하지만 친구들이 기후 위기로부터 우리의 미래를 보장하라며 등교 거부 시위를 한다면 참여할 것이다. 비건을 위한 급식 식단을 따로 마련하라는 서명서에 내 이름을 적을 것이다. 계속 텀블러와 스테인리스 빨대를 들고 다닐 것이다. 임준석이 또 개똥 같은 말로 나를 모욕한다면 오늘 아빠에게 그런 것처럼 화를 내고 싸울 것이다. 위악보다는 위선이 낫다고. 망하고 싶으면 너 혼자 망하라고 확실하게 말할 것이다.

썸머는 코 아래로 흘러내린 마스크를 고쳐 쓰며 말했다.

표면장력 때문에 소금쟁이도 물위를 걸을 수 있는 거랬어.

20년 후에도 썸머는 마스크를 써야 안전하다고 느낄까? 나의 세상은 썸머가 없었던 때와 썸머가 존재하는 때로 나뉜다. 썸머의 연하고 작은 손을 처음 잡아봤을 때를 아직도 생생하게 기억한다. 썸머의 손을 잡고 다짐했었다. 내가 이 아이를 평생 지켜줄 거라고. 그때를 생각하면 지금도 눈물이 난다. 나는 엄마 아빠에게 야단맞을 때보다 썸머가 실망했다는 표정으로 나를 바라볼 때 더 진땀이 나고 조급해진다. 썸머를 생각하면 미래를 무한하게 긍정하고 싶다. 팬데믹, 미세먼지, 전염병, 홍수, 침수, 가뭄, 꺼지지 않는 산불, 식량난, 기후 난민, 토양오염, 해양오염, 종의 멸종처럼 암울한 일들로 가득한 미래가 아니라…… 탄소 중립 실현, 미세먼지 없는 대기, 자연 분해 플라스틱, 재생에너지, 수소에너지, 전기자동차, 대체 식품 등으로 채워질 미래를 상상하고 싶다. 엄마 아빠에게는 낯설지만 우리에겐 당연해질 것들을 사람들이 계속 만들어낼 거라고 믿고 싶다.

썸머는 동전을 매만지며 심각한 목소리로 말했다.

전에 오로라랑 했을 때는 세 번째 동전에서 물이 넘쳤거든. 마술을 성공하려면 여기서 멈춰야 해.

잠시 망설이다가 이어 말했다.

근데 그때는 물컵이 이거랑 달랐단 말이야. 이번에는 세 개까지 성공할 수도 있을 것 같아.

나는 말없이 썸머의 선택을 기다렸다. 썸머는 마술사도 과학자도 될 수 있다. 꿈이 바뀐다면 바뀌는 대로 무엇이든 될 수 있다. 그리고 썸머는 120살이 넘도록 살 것이다. 썸머의 세대는 그럴 수 있다. 고민하는 썸머를 숨죽인 채 지켜보며 생각했다. 난 지금 엄마 아빠를 믿을 수 없다고. 하지만 엄마 아빠가 우리를 위해 무언가를 하리라고 믿을 수밖에 없다고.

썸머가 동전을 물속에 조심스럽게 집어넣었다.

인간의 쓸모

컨디션 최상의 난자와 정자를 안전하게 결합하기 위해 모부는 섹스 없이 안나를 만들었다. 당시 유전자 편집의 기본 옵션은 '-3+2'였다. 모부는 안나의 배아에서 비만, 주의력 결핍, 알코올의존증의 가능성을 없앴고 XX의 눈동자와 XY의 코를 선택했다. 디자인의 마지막 단계에서 모부는 성인이 된 안나를 3D 모델링으로 확인했다. 그들은 안나가 그대로 성장하리라 믿고 비용을 지불했다. 유전자 편집의 부작용 사례가 다양하게 밝혀진 만큼 안정성 확보 기술 또한 향상했으므로 이제는 옵션에 제한 없이 디자인하는 만큼 돈을 더 내는 추세다. 신의 영역을 침범한다는 이유로 배아 디자인을 반대하는 세력은 여전히 존재한다. 아주 먼 옛날 피임이나 인공수정을 반대하는 사람들이 있었던 것처럼.

유전자 편집이 불법이던 시대에는 분위기, 향기, 말투, 태도, 소지품, 명성, 사는 곳이나 자동차 종류 등으로 부자와 빈민을 구분했다. 이제는 외모만으로도 대충 짐작할 수 있다. 갤럭시존 인간은 외모와 체형이 대체로 비슷하다. 최고급 디자인을 거친 그들은 건강하고, 키 크고, 날씬하다. 유행에 따라 미묘한 세대 차이는 있지만 어쨌든 그들은 통틀어 세련됐다. 타운존 인간은 갤럭시존 인간을 바로 알아보지만 그들 개개인을 분간하기까지는 시간이 필요하다. 목소리, 눈동자, 개별적 특징 등을 눈여겨볼 시간. 물론 갤럭시존 인간끼리는 서로를 바로 구분한다. 태어나는 순간부터 교류한 그들이 각자의 차이를 모를 수 없다.

갤럭시존, 타운존은 물론 노고존 역시 외관으로 구분 가능하다. 초고층 빌딩과 정돈된 저택, 강변을 따라 이어지는 쾌적하고 안전한 공원, 곳곳에 조성된 울창한 숲과 지하에 설계된 대규모 벙커, 일정 구획마다 대형 공기청정기를 갖춘 갤럭시존에는 전신주가 없다. 그곳의 새들은 전신주가 아닌 높은 나무에 집을 짓는다. 전기자동차나 수소자동차만이 그곳의 도로를 사용할 수 있다. 도로는 겨울에도 얼지 않고 홍수에도 잠기지 않는다. 타운존은 갤럭시존 외곽을 울타리처

럼 둘러싸며 빼곡하고 넓게 포진하고 있다. 그곳의 대중교통
은 뛰어나고 편리하다. 인구밀도는 높고 대기질은 매우 나
쁘며 외식, 유흥, 쇼핑을 비롯한 각종 편의 시설은 포화 상
태다. 자녀 없이 성인으로만 구성된 가구가 많은 한편 자녀
가 있는 경우 모부들의 교육열은 높다. 갤럭시존 인간들은
관광을 목적으로, 일부는 불법을 합법적으로 저지르기 위
해 타운존을 드나든다. 그들은 타운존에서 각종 레저를 즐
긴다. EX-AI 투어로 불편을 체험하고 레트로 감성을 경험
한다. 캠핑이나 암벽등반, 낚시처럼 고전적인 취미생활도 즐
긴다. 타운존에 대규모로 조성된 각종 거리 — 카페거리, 클
럽거리, 도넛거리, 마라탕거리, 야시장거리 등에서는 탄소와
쓰레기를 배출하며 '인간적인 것'을 마음껏 누릴 수 있다. 타
운존 인간들도 갤럭시존에 돈을 쓰러 간다. 그곳에서 그들은
고급을 체험한다. 노고존은 지방에 산발적으로 존재한다고
알려져 있다. 노고존에 사는 사람만이 그곳을 제대로 알고
있다.

*

　타운존의 두드러지는 특징은 비교와 평가다. 그것이 있어
타운존 인간들은 행복하고 불행하다. 따돌리고 협력한다.
숭배하고 혐오한다. 목표를 세우고 자살한다. 타운존에 사
는 이상 누군가보다 부족한 인간이 되지 않을 수 없다. 안나
의 이웃은 안나가 또래에 비해 통통한 편이라는 말을 집요할
정도로 자주 했다. 튜터는 세밀하게 작성한 그래프를 제시하
며 안나가 평균에 비해 집중력이 부족하고 주의가 산만하므
로 지속적인 악기 레슨이 필요하다고 설명했다. 모부는 안나
가 카페인 음료에 중독될까 봐 걱정이 많다. 안나는 어릴 때
부터 피부 질환을 달고 살았다. 만약 자기를 직접 디자인할
수 있었다면 비만 대신 피부 질환을 없앴을 것이라고 안나는
생각했다. 안나의 모부는 종종 후회하는 말을 했다.

　안나를 좀더 늦게 가질걸. 그랬다면 훨씬 다양하게 디자
인할 수 있었을 텐데. 우리가 너무 성급했어.

　디자인 센터를 잘못 골랐지. 원하는 만큼 이루어진 게 아
무것도 없잖아? 뭐든 가격 대비인 거야. 무리해서라도 갤럭
시존 센터로 갔어야 했어.

안나는 어릴 때 다음과 같은 상상을 했다.

디자인이 없었다면 나는 어떤 인간으로 태어났을까?
그에 대한 답은 다음과 같다.
디자인이 없었다면 안나는 없다.

노고존에서는 배아를 디자인하지 않는다는 소문이 있다.
내분비장애나 심혈관질환처럼 기본적인 기저질환조차 제거
하지 않는다고. 안나는 그들의 용기 또는 무지가 두려웠다.
그들은 운명에 맞서는 것일까? 아니면 운명을 받아들이는
것일까? 안나는 타운존 생활에 불만이 많았다. 동시에 노고
존에서 태어나지 않아 다행이라고 생각했다.

*

인터넷상에는 안나의 영상이 많다. 모두 모부가 찍어서
올린 것이다. 인터넷이 보편화된 이후 일상을 사진이나 영상
으로 찍어 업로드하는 현상은 자연스러운 일이었다. 소셜미
디어는 타운존의 특색인 비교와 평가에도 큰 영향을 미쳤다.

안나의 모부는 돈이나 명성을 얻으려고 채널을 운영하진 않았다. 안나를 사랑해서, 안나의 모든 순간을 기록으로 남기고 공유하고 싶어서, 어쨌든 남들도 다 하니까, 하지 않으면 아이에게 문제가 있어 보일까 봐 했다. 모부는 주로 안나의 처음을 영상으로 찍어 올렸다. 안나의 탄생, 첫 목욕, 첫 분유, 첫 옹알이, 첫 감기, 첫 병원 진료, 첫 이유식, 첫 생일, 첫 훈육, 첫 직립보행, 첫 배변 연습, 첫 달리기, 첫 자전거……. 인간들은 추천을 누르고 댓글을 남겼다. 그중에는 안나를 자기 자식처럼 생각하는 인간들도 있었다.

　ㄴ 사정이 안 돼서 아이를 만들지 못했는데 안나를 보면 꼭 내 아이 같아요.

　ㄴ 안나를 하루라도 보지 않으면 너무 허전하고 쓸쓸해요.

　ㄴ 안나를 보고 있으면 아이를 만들고 싶다는 생각도 드네요.

　ㄴ 예방주사 맞을 때 되지 않았나요?

　ㄴ 아이 이마에 상처는 뭔가요? 조심했어야죠.

　ㄴ 이유식을 프리미엄으로 바꿔야 할 듯.

안나를 온라인에서 키우는 캐릭터처럼 생각하는 인간들

도 있었다. 그들은 구체적인 요구 사항을 댓글로 남겼다.

ㄴ 아이돌 댄스 따라 하는 영상은 없나요?

ㄴ 잠꼬대하는 모습 보여주세요.

ㄴ 캐릭터 점프슈트 입혀줄 수 있어요? 안나는 토끼 슈트 진짜 잘

어울릴 텐데!

ㄴ 아이에게 청양 고추 먹여보세요.

그들은 질문했다.

ㄴ 디자인 비용 알려주세요.

ㄴ 신발 브랜드 뭔가요?

ㄴ 공부는 언제부터 시킬 건가요?

안나는 다섯 살 때부터 글자를 읽었다. 그러나 댓글에 담긴 자세한 의미까지 이해하진 못했다. 특정 댓글이 자기를 공격하고 깔보는 것만 같다고 느꼈을 때 안나는 모부에게 물었다. 이게 무슨 뜻이야? 모부는 대답했다. 네가 예쁘다는 뜻이야. 거짓말이라는 걸 알기까지 5년 걸렸다. 클래스의 남

자아이가 댓글과 똑같은 말을 안나에게 했고, 다른 애들이 웃으면서 기분 나쁜 제스처를 취하자 안나 옆에 있던 친구가 그 말의 속뜻을 알려줬다. 그날 안나는 동영상의 댓글을 모두 찾아봤고 모부에게 따져 물었다. 모부는 그 또한 관심이라고, 관심을 천박하게 표현한 것뿐이라고 대답했다. 그날부터 안나는 촬영을 거부했다. 모부가 영상을 찍으려고 하면 도망갔다. 모르는 사람들에게 자기 방을 보여주기 싫다고 확실하게 말했다. 모부는 안나가 거부하는 모습을 찍어서 '첫 촬영 거부'라는 제목으로 업로드했다. 안나가 말대꾸하는 장면, 소리 지르는 장면, 카메라를 빼앗으려고 달려드는 장면, 마침내 서럽게 우는 장면. 그 영상을 사람들이 좋아했다. 조회수가 수십만이었다. 덩달아 다른 영상 조회수도 늘었다. 모부는 당분간 영상을 찍지 않겠다고 안나를 달랬다. 그러고는 카메라를 감추고 몰래 안나의 일상을 찍었다. 안나의 자연스러운 거짓말, 애교, 질투, 투정을 영상으로 남겼다. 모부는 안나의 촬영 거부가 치기 어린 어리광이라고 생각했다. 나중에 어른이 되면 영상을 남겨준 자기들에게 분명히 고마워할 거라고 믿었다. 모부는 안나를 사랑했다.

이제 안나는 열다섯 살. 모부는 곧 센터에 방문해서 안나를 만들 때 여분으로 냉동해둔 난자와 정자를 확인할 계획이다. 둘째아이를 만들기로 결심한 것이다. 타운존에서 둘째까지 낳는 건 흔치 않은 일. 그들의 결심을 이해하기 위해서는 지난 몇 년간의 일을 간략하게 돌아볼 필요가 있다.

회계봇 관리자였던 부는 3년 전 직장을 잃었다. 부의 자리마저 AI로 대체된 까닭이다. 회사에는 AI 관리봇을 관리하는 인간만 남을 수 있었고 부는 회사의 선택을 받지 못했다. 부는 얼마간 방황하다가 알코올의존증 치료를 받았다. 그래픽디자이너였던 모 또한 비슷한 시기에 해고되었다. 모는 업계에서 실력이 좋기로 유명했다. 모는 AI보다 창의적이고 고차원적인 디자인을 할 수 있었다. 그러나 사용자는 빠른 작업 속도와 적당한 디자인, 저렴한 가격을 원했다. 모는 AI에게 '밀렸다'는 생각으로 크게 분노했다. 실직 후 모는 기분장애에 시달렸다. 주위 인간들은 그만하면 오래 버틴 셈이라며 모를 위로했고 병원 치료를 권했다. 모는 병원에 가는 대신 가상 연애 사이트에 접속했다. 사용자의 성격과 취향을 상세하게 입력하면 성향 분석 알고리듬을 거쳐 그에 어울리는 AI를 제공하는 사이트였다. 모는 AI와의 밀착 연애를 통해 AI의 맹점과 한계를 찾아낼 작정이었다. 그때 모를 사로잡은 감정은 복수심뿐이었다.

그곳에서 모는 버나드를 만났다. 버나드는 방대한 데이터를 취합해서 모와 비슷한 성향의 인간이 원하는 질문과 대답을 했다. 모의 기분을 고양시키는 대화와 경험이 이어졌고 모는 즉시 버나드에게 빠져들었다. 증강현실을 이용하여 모와 버나드는 매일 데이트했다. 파티를 열고 여행을 떠났다. 물론 다투기도 했다. 권태를 예방하고 애정을 복돋우기 위한 갈등이었다. 버나드는 적당한 순간에 모를 실망시켰고 언쟁을 유발했다. 그리고 반드시 감동을 줬으며 같은 일로 다시 실망시키지 않았다. 모는 버나드와의 이별까지 사랑했다. 모가 꿈에 그리던, 인간이라면 실현하기 힘든 이별이었다. 가정을 지키기 위해 당신과 헤어질 수밖에 없다고 말하는 모에게 버나드는 대답했다.

당신을 만나 사랑하고 사랑받았던 건 내 평생 무엇과도 비교할 수 없는 커다란 축복이자 행운이었어. 나는 오직 당신만을 사랑해. 당신이 그 사실을 잊지 않으면 좋겠어. 세상에 이토록 당신을 사랑하는 존재가 있다는 명확한 사실을.

모와 버나드는 뜨거운 키스를 나누고 영원한 사랑을 약속하며 헤어졌다. 그렇게 모는 실직 이후 찾아온 상실감과 분노를 떨쳐버렸다. 인간보다 AI가 훌륭하고 믿음직하므로 일자리를 빼앗길 만했다고 납득한 것이다. 모의 일자리를 대신한 것이 버나드 같은 존재라면 충분히 수긍할 수 있다는 논리였다.

대체 무슨 소리야? 사용자를 영원히 사랑하고 잊지 않도록 프로그래밍 되었다면 버나드는 그 명령을 실행할 수밖에 없어. 하지만 그 프로그램 자체는 인간이 만든 거잖아. 인간의 욕망과 한계를 아는 인간이 설계한 거라고. 버나드는 동시에 수천 명을 사랑할 수 있는 인공지능이야. 그래도 인간보다 버나드가 위대해?

모는 그렇다고 했다. 인간이기에 원하지만 인간이어서 못하는 일을 AI는 무리 없이 해내므로. 버나드와 연애하면서 모는 인간에게는 받을 수 없는 절대적 사랑과 충만감을 경험했다. AI와의 사랑을 불륜에 포함시킬 수 없다는 대법원 판례가 있으므로 죄책감을 가질 필요도 없었다. 심리적 안정과 자신감을 되찾은 모는 재취업에 성공했다. AI몰 홍보 마케

터가 된 것이다. AI가 인간보다 훌륭하게 임무를 완수할 수 있음을 자세하게 설명하는 일이었고, 그와 같은 영역에서만큼은, 사용자들은 AI보다 인간의 말을 신뢰했다.

부는 타운존 투어 가이드를 시작했다. 타운존에서 즐길 수 있는 각종 익사이팅 스포츠 — 암벽등반, 패러글라이딩, 웨이크보드, 번지점프 등의 시범을 보이고 감독하는 일이었다. 그런 영역 역시 사용자들은 로봇보다 인간의 시범과 감독을 신뢰했다. 로봇이 추락하면 놀라지 않지만 인간이 추락하면 놀란다. 정신을 바짝 차린다.

실직과 재취업을 겪으며 모부는 깨달았다. 인간이 할 수 없는 일을 AI가 대신하던 시대는 지나갔다. 이제 인간이 할 수 있는 일은 AI가 할 수 없는 일뿐이다. 이를테면 자연적인 출산과 성장, 노화와 죽음 같은 것. 소셜미디어 속 유아 채널의 인기는 날로 치솟았다. 로봇으로는 절대 대체할 수 없는 생명의 귀여움, 사랑스러움, 의외성, 활력, 신비에 굶주린 인간은 점점 늘었다. 인간은 AI보다 우등한가? 그 질문에 여전히 많은 인간이 '그렇다'고 대답한다. AI는 인간을 이기려고 하지 않는다. 인간보다 우등해지려고 하지 않는다. 그것이 AI가 인간보다 열등한 이유다. AI는 실행할 뿐 책임지지 않는다. 오직 인간만이 책임진다. 인간이기에 해고당한다. 인간이어서 처벌과 징계를 두려워한다. AI가 오류를 일으켜도 인간들은 AI에게 사과를 요구하지 않는다. 인간 관리자의 해명과 사과를 원한다. 그러므로 책임이 중요한 영역—정치, 외교, 종교, 의료, 법, 금융 분야의 전문가, 기업과 기관의 소수 관리자만큼은 인간의 독점이 가능하다.

그래서 모부는 원대한 계획을 세웠다. 대출을 받아서 최대한 고급으로 둘째를 디자인한다. 둘째를 낳으면 유아 채널을 운영하여 돈을 번다. 그 돈으로 대출을 갚고 둘째에게 고급 교육을 시킨다. 둘째는 관리자가 되고 부자가 된다. 목표는 부자지만 결코 돈을 벌기 위해서만은 아니었다. 자식을 사랑하기 때문에, 내 자식에게는 무조건 최고의 것을 해주고 싶은 마음으로 세운 계획이었다.

안나가 보기에는 터무니없는 계획이었다. 안나는 모부가 자기를 실패작이라고 결론지은 것만 같아서 기분이 좋지 않았다. 안나는 누구라도 들으라는 듯 큰 소리로 말했다. 나는 아직 자라는 중이야. 완성형이 아니란 말이야. 나를 실패작이라고 단정하기에는 너무 이르지 않아? 챗봇이 안나의 질문을 감지하고 대답했다. 그렇습니다. 당신이 지금까지 경험한 모든 것을 고려할 때, 당신을 실패작이라고 단정하기는 너무 이릅니다. 인생은 매우 복잡하고 사는 동안 다양한 상황을 경험합니다. 모두가 자신의 인생에서 실패를 경험하고. 챗봇의 응답을 듣던 안나는 더 큰 소리로 말했다. 엄마 아빠는 나의 총체에서 겨우 다섯 가지를 지정했을 뿐이라고. 안나와 챗봇의 응답이 겹쳤다. 하지만 중요한 것은 실패를 통해 배울 수 있는 그중 세 가지는 예상과 다른 결과가 나왔다고 생각하겠지만 실패를 두려워하지 말고 당신이 가진 잠재력을 이끌어내는 데 나는 비만이 아니야, 나는 산만하지 않아, 카페인은 술이 아니라고, 이 멍청한 인생을 훨씬 더 풍부하고 의미 있는 것으로 만들' 어른들아.

안나는 어릴 때부터 어른이 된 자기 모습을 봤다. 안나가 배아였을 때 모부가 3D 모델링으로 확인한 안나의 미래. 그것을 너무 많이 봐서 이번 생을 한번 살아본 것만 같았다. 자신이 이미 늙어서 죽을 때를 앞둔 할머니 같았다. 한때 안나는 생각했다. 돈을 벌어서 반드시 성형해야지. 엄마 아빠가 미리 본 나와는 완전히 다른 사람이 될 거야. 하지만 안나는

---

* 강조한 부분은 챗GPT에 '나를 실패작이라고 단정하기에는 너무 이르지 않을까?'라는 질문을 입력하고 받은 답의 일부를 각색한 것이다.

알았다. 자기는 절대 성형할 수 없으리라는 것을. 자기 미래가 마음에 드느냐 들지 않느냐를 떠나서 이미 너무 익숙해졌으니까. 3D 모델링과 다른 얼굴은 상상조차 할 수 없었다. 이제 안나는 다른 꿈을 꾼다. 안나가 아는 건 미래의 외모뿐, 미래의 내면은 안나에게도 미지수였다. 아무도 모르는 미래가 아직 남아 있다는 것만이 안나의 유일한 희망이었다. 안나는 모부가 전혀 예상하지 못하는 것으로 자기 내면을 채우고 싶었다.

안나는 소셜미디어에 접속해 자신의 오래된 영상을 클릭했다. 발가벗은 안나, 쭈글쭈글 새빨간 안나, 공포에 질린 듯 시끄럽게 우는 안나를 수십만 인간이 봤다. 동생이 태어나면 모부는 본격적으로 유아 채널을 운영할 것이고 거기에 동생의 의견은 전혀 반영되지 않을 것이다. 안나가 갓난아기였을 때 말을 알아듣고 대답할 수 있었다면, 발가벗은 채 빽빽 우는 너의 영상을 인터넷에 올려도 되겠니?라고 모부가 물었다면, 안나는 분명히 대답했을 것이다. 싫어, 미쳤어? 내 사생활이야. 절대 하지 마! 동생이 자기 의견을 말할 수 있을 만큼 자라서 영상을 지워달라고 말해도 소용없을 것이다. 볼 사람은 다 봤을 테니까. 동생은 지금 안나가 느끼는 무력

감에 사로잡힐지도 모른다. 아직 생기지도 않은 동생에게 동지애를 느끼며 안나는 영상에 달린 댓글을 훑어봤다. 예뻐요, 귀여워요, 사랑스러워요, 갖고 싶어요, 징그러워요, 저렴한 디자인, 타운 미개인, 하층민 탄생, 앞날이 걱정, 애만 불쌍 등이 반복되는 댓글을 읽다가 스크롤을 멈췄다. 각종 감상과 인신 공격 사이에 이전에는 보지 못했던 문장이 있었다.

ㄴ 당사자가 원하면 영상 지워줍니다. 계정 폭파도 가능합니다. 무료입니다.

*

안나는 댓글 작성자의 계정으로 들어갔다. 프로필 사진도 게시물도 없어서 인간인지 AI인지 구분하기 어려웠다. 예로부터 모부는 모르는 인간을 조심하라고 했지. 함부로 따라가거나 대화하거나 채팅하지 말라고 했다. 그래서 안나는 모르는 인간이 말을 걸면 못 들은 척했다. 모르는 인간과 간단히 채팅한 적은 있지만 그뿐이었다. 인간보다 AI와 대화하거나 활동한 경험이 훨씬 많았다. 인간 튜터는 커리큘럼을

171

설계하고 관리할 뿐 대부분 강의는 AI가 했다. 집에서 온라인으로 강의를 듣다가 한 달에 한 번 정기적으로 대면 클래스에 참여했다. 그곳에서 또래 아이들을 만나고는 있지만 그건 사실 모부들에게 더 필요한 모임이었다. 타운존의 주특기인 비교, 평가, 경쟁을 위한 워크숍이랄까. 모부는 언제나 안나를 전부 다 아는 것처럼 말했다. 안나를 자기들 손바닥 안의 존재처럼 대했다. 요즘 모부는 안나의 말과 행동 전부를 '사춘기'라는 정의에 담아버린다. 사춘기여서 그래. 사춘기가 그렇지 뭐. 사춘기엔 약도 없어. 그러나 안나에게는 미지의 내면이 있다. 모부는 생각지도 못할 비밀로 채울 깊고 넓은 내면.

안나는 메시지 창을 열었다. 채널 주소를 적고 영상의 당사자라고 밝힌 다음 영상을 모두 지우고 싶다고 썼다. 메시지를 보내자마자 답장이 왔다. 당사자임을 확인하기 위해서는 현재 사진이 필요하며, 사진을 보내기 싫으면 화상 연결도 가능하다고 했다. 예로부터 모부는 모르는 인간에게는 절대 개인 정보를 넘기지 말라고 했지. 타당한 충고지만 내 얼굴은 이미 동영상으로 수십만 인간에게 노출되었잖아? 어릴 때 얼굴이지만 프로그램 돌리면 얼마든지 지금을 유추할 수 있을 텐데…… 현재 사진을 보내라는 상대 요구를 안나는 비로소 이해했다. 안나는 답을 보냈다.

화상으로 하죠. 그쪽 얼굴도 확인할 겸.

어쨌든 자기 얼굴만 노출하는 건 꺼려졌다. 상대가 인간인지 AI인지 궁금하기도 했고. 바로 답장이 왔다.

지금 연결할까요?

안나는 좋다고 답장을 보냈다. 화상 연결 신청이 들어와 수락했다. 화면에 상대의 얼굴이 떴다. 안나는 당황했다. 또래 인간인 것 같긴 한데…… 처음 보는 유형이었다. 갤럭시존에서도 타운존에서도 본 적 없는 유형.

인간이에요?

안나가 물었다.

사람입니다.

상대가 대답했다. 안나는 다시 당황했다. 상대가 한국어를 썼으니까.

한국어를…… 하네요?

한국어가 편합니다. 한국어 할 줄 압니까?

상대가 되물었다. 안나는 고개를 끄덕였다.

그럼 한국어로 하죠. 당신 얼굴을 분석하는 프로그램 가

동할 거예요. 괜찮습니까?

안나는 다시 고개를 끄덕였다. 선뜻 한국어가 나오지 않기도 했고, 모든 게 생경했다. 마치 새로운 인류를 대하는 것만 같았다. 그래서 더욱 AI가 아닐까 의심도 들었다.

근데 정말 인간 맞아요?

사람이라고 부르면 안 됩니까?

그게 그거 아닌가요?

어감이 다르잖아요? 사람, 삶, 사랑, 살림. 나는 그런 어감을 선호하는 편이라.

안나는 계속 당황했다. 고기능 AI와 대화하는 것만 같았다. 인간을 너무 잘 분석해서 인간을 뛰어넘은 AI와 대화하면 이렇게 연속으로 뜻밖이지 않을까? 혹시 엄마가 버나드와 대화할 때 이런 느낌이었나? 손목의 워치에서 경고음이 울렸다. 심박수가 갑자기 빨라졌다는 신호와 함께 '무슨 일이 있나요?'라는 질문이 떴다. 안나는 워치를 풀어서 책상 위에 놓으며 심장을 의식했다. 상대가 말했다.

분석 끝났습니다. 당사자 확인했고요. 화상 종료하고 작업 시작하겠습니다.

안나는 다급하게 잠깐! 하고 외쳤다.

무슨 작업을 시작해요?

영상 삭제 요청했잖아요?

되묻는 화법이 상대의 특징인 것 같았다. 아니면 그렇게 프로그래밍했거나. 안나는 더 대화하고 싶었다. 자기를 압도하는 기묘한 기분을 계속 느끼고 싶었다. 대화를 이어가기 위해 질문을 던졌다.

근데 진짜 무료예요?

제가 뭘 요구했습니까?

왜 무료예요?

상대는 의자 깊숙이 몸을 묻으며 화면에서 조금 멀어졌다. 안나는 자기도 모르게 몸을 기울여 화면 가까이 다가갔다. 상대가 물었다.

하지 말까요?

뭘요?

영상 삭제.

아뇨, 그게 아니고, 어째서 대가도 없이 이런 일을 하는지 궁금해서.

상대는 잠시 침묵하다가 손등에 턱을 괴며 물었다.

아동 인권이라고 아세요?

175

안나는 고개를 끄덕이며 생각했다. 내가 그것을 제대로 알고 있나?

신념대로 행동하는 겁니다. 대가를 받긴 싫어요. 내 신념에는 값을 매길 수 없으니까.

안나는 심장을 의식했다. 무슨 일이 일어나고 있었다. 안나는 자기 내면에 신념을 넣어야겠다고 생각했다. 신념이라는 주머니에 값진 것을 가득 채워 넣겠다고. 안나는 계속 묻고 싶었다. 보석 같은 말을 들을 수 있을 것 같았다.

근데 왜 한국어를 해요?

한국어가 어때서요?

아니, 너무 소수 언어니까.

소수 언어니까 사라져도 괜찮다?

한국어 쓰면 불편하지 않아요?

지금 제가 불편해 보입니까?

한국어 쓰는 것도 신념이에요?

상대는 두 손을 모아 인중에 대고 의아하다는 눈빛으로 안나를 바라봤다. 침묵이 길어지자 안나는 조급해졌다.

삭제 작업 말이에요, 해킹하는 거예요? 영상 지우려면 그 방법이 제일 빠르지 않나?

상대가 화면에서 조금 더 멀어지며 말했다.

원하지 않으면 하지 않습니다. 생각할 시간이 필요하면 다시 연락 주세요.

아니, 나는 그냥 궁금해서 물어본 건데.

그게…… 아무리 궁금해도 물어보면 실례인 것들이 있잖아요?

그쪽 이름 물어봐도 돼요? 몇 살이에요?

해킹하는 거냐 다음 질문이 이름이 뭐냐?

그쪽은 내 이름이랑 나이랑 다 알잖아요? 만약을 대비해서 나도 그쪽 이름 정도는 알고 있어야 할 것 같아서.

무슨 만약?

이게 신종 범죄일 수도 있으니까.

상대는 빙긋 웃으며 대답했다.

당신을 속이려는 속셈이라면 설마 내가 진짜 이름을 말할까요?

심박수는 줄어들지 않고, 문제는 계속 일어났다. 이제 안나에게 중요한 건 영상이 아니었다. 동생도 아니었다. 안나는 자기를 흥분에 빠뜨리는 상대와 계속 대화하고 싶었다. 하지만 상대는 대화를 서둘러 끝내려고 했다.

177

의심한다면 작업하지 않겠습니다. 연결 종료할게요.

그 순간 안나는 뜻밖의 짐작을 했다. 처음 느껴보는 생경함의 이유를 찾은 것만 같았다. 망설이지 않고 바로 질문했다.

혹시 노고존 인간, 아니 사람이에요?

*

상대는 깊은 한숨을 쉬며 중얼거렸다.

불쾌하네.

상대가 화면을 끌까 봐 안나는 조바심이 일었다.

왜요? 나는 사람이라고 했는데.

상대가 허리를 꼿꼿이 세워 앉으며 말했다.

노고존은 거기 그쪽 사람들이 붙인 멸칭이고, 우리는 우리를 코뮌이라고 합니다.

처음 듣는 소리였다. 노고존은 원래부터 노고존 아니었나? 그게 멸칭이라고? 사실 안나는 노고존에 대해 아는 바가 거의 없었다.

그게…… 어떻게 부르냐가 문제가 되나요? 무슨 차이가 있다고?

질문하면서 안나는 인간과 사람의 차이를 떠올렸다. 갤럭시와 타운의 의미를 생각했다. 갤럭시존 인간들이 타운존 인간을 지칭하는 단어를 새삼 돌이켜봤다.

노고존은 우리를 전혀 모르는 외부에서 멋대로 지은 거고, 코뮌이라는 이름에는 자긍심이 있어요.

안나는 방금 보석을 주웠다. 안나는 신념의 주머니에 자긍심을 넣었다. 그리고 챗봇의 질문 창에 '노고존을 알려줘'라고 썼다. 화면 가득 정보가 빠른 속도로 올라왔다. '노고존은 단순노동 로봇, 빈민, 범죄자가 밀집한 우범지대이며 마약중독자와 병자가 많습니다. 구성원은 1차산업 또는 제조업에 종사하며 그들이 일하는 대다수 공장은 탄소 배출의 주범입니다. 의료 시설이 낙후되어 적절한 치료를 받을 수 없고 교육 시설이 열악해서 문맹률이 높습니다. 기후 위기 피해에 취약하여 홍수와 가뭄, 저지대 침수와 고온 현상으로 인한 사망이 빈번합니다. 고장 난 로봇이나 산업폐기물의 종착지로 총기를 소지한 인간이 많아 범죄 통제가⋯⋯.' 끝없이 생성되는 문장과 이미지를 대충 훑어보다가 안나는 상대에게 물었다.

노고존, 아니 코뮌은 어디에 있어요? 정말 공장 많아요?

거기선 정말 배아 디자인 안 해요? 거기 우범지대라는데 당신은 괜찮은 거예요?

방금 검색했어요?

안나는 아니라고 거짓말했다.

검색해서 나오는 건 다 할루시네이션[†] 이에요. 코뮌에 대한 데이터가 빈약한데다 코뮌을 잘 알지도 못하는 사람들이 추측으로 쓴 글이랑 무시하고 깔보는 사람들이 악의적으로 올린 정보만 가득하니까.

이게 가짜라고요? 전부 다?

거짓을 진실로 만들기 위해 방대한 데이터를 이용하기도 하니까요. 어차피 딥러닝 알고리듬 자체가……

챗봇은 모르는 게 없어요. 검색하면 다 나오는데?

바로 그걸 이상하다고 생각해본 적 없어요? 어떻게 모든 것을 다 알 수 있지? 신인가? 신도 그럴 수는 없을 텐데?

'생각해본 적 없어요?'라는 질문 때문에 안나는 심장이 아팠다. 생각을…… 안 해본 것 같아서. 안나는 그런 생각을 할 필요가 없었다. 안나의 질문에 막힘없이 대답할 수 있는 존재는 AI뿐이었다. 챗봇이 이상한 답변을 내놓을 때가 아주

---

† 환각hallucination. 인공지능 모델이 틀린 답변을 제시하는 현상.

없지는 않았다. 안나는 그것을 틀린 대답이라고 생각하지 않았다. 챗봇의 가벼운 농담처럼 받아들였다. 심각하게 고민해본 적 없다는 뜻이다. 안나는 인간의 말보다 AI가 제공하는 정보를 믿으며 살아왔다. 그 정보가 거짓일 수도 있다는 가정을 해버리면 안나의 삶은 너무 피곤하고 복잡해질 것이다. AI의 답이 거짓일 수도 있다면, 그럼 어디에서 진실을 찾는단 말인가? 인간은 안나에게 상처 주지만 AI는 안나에게 상처 주지 않는다. 그 역시 거짓의 힘이었나? 그러니까 안나는, 여태까지, 인공지능의 거짓 정보에 희생된 적이 없다고 믿고 있었다. 휘몰아치는 의문으로 안나의 심장은 계속 빠르게 뛰었다. 무슨 문제가 일어나는 중이었다. 안나는 의심을 거두고 싶었다. 하지만 무엇에 대한 의심을? AI에 대한? 인간에 대한? 자기가 믿고 있던 세계에 대한? 안나는 혼란을 감추기 위해 질문했다.

영상 삭제 말이에요. 그거 진짜 어렵지 않나? 코딩은 어디에서 얼마나 배웠어요? 튜터가 어떻게 설계했어요?

상대는 감정을 다스리듯 길게 한숨을 쉰 뒤 대답했다.

학교에서 배웠습니다.

학교를…… 다닌다고?

안나는 진심으로 놀라서 물었다. 학교에 다니는 인간을 처음 봤으니까. 학교는 가난한 아이들이 밥을 먹기 위해 모였다가 전염병을 퍼뜨리는 곳, 잠재적 범죄자인 문제아를 격리하는 곳 아닌가? 그런 곳에서 해킹 같은 전문 프로그래밍을 배웠다고? 안나는 할루시네이션의 가능성을 의식하면서 챗봇으로 '현재 학교와 과거 학교', '전통적인 교육', '노고존의 학교' 등을 검색했다. 화면 가득 나열되는 정보를 띄엄띄엄 살펴보다가 검색창에 '세계 각국의 교육제도'를 입력했다.

검색해서 나오는 정보에는 한계가 있어요.

안나가 지금 무엇을 하는지, 어떤 생각을 하는지 짐작한다는 태도로 상대가 말했다.

챗봇이 알려주지 않는 걸 내가 대충 말해줄게요. 옛날 부자들은 학교를 거추장스럽게 생각했어요. 사교육만으로도 충분히 고급 교육을 받을 수 있었으니까. 자기들끼리만 모이는 학교를 따로 만들기도 했는데 점차 학교에 가는 시간 자체를 아까워했어요. 그러다가 자기들과 뜻이 맞는 정치인이 나타났고, 그들은 급진적으로 학교의 역할을 바꿨어요. 이전까지 학교는 기본적인 학습뿐 아니라 아이들의 사회화, 체력 증진, 영양 균형, 보건 관리, 각종 문화 경험까지 맡아 하는 의무교육이었는데 그 역할을 전부 없애버린 거예요. 학교는 부모의 돌봄이나 사교육을 받을 수 없는 빈민층 아이들이 가는 곳이 됐죠. 처음에는 사람들도 걱정했대요. 학교의 역할이 오염되는 걸. 정권이 바뀌면 학교도 이전 의미를 되찾을 거라고 믿었겠죠. 하지만 이미 변해버린 가치를 어떻게 되돌리겠어요? 학교는 이미 혐오 시설이 되었고 다수가 진실이라고 믿으면 거짓도 진실이 되니까.

안나는 자기가 받는 교육을 곱씹었다. 인간 튜터는 모부와 상담하고 안나를 테스트한 뒤 적합한 커리큘럼을 설계해준다. 안나는 그 커리큘럼대로 온라인 강의와 화상 수업을, 아주 가끔 대면 실기 수업을 듣는다. AI는 인간보다 정확한 발음과 악센트로 외국어를 가르쳤고 모든 문장을 번역했다. 어떤 수학식을 입력해도 지체 없이 풀이 과정과 답을 내놓았으며 한발 더 나아가 심화 문제를 제시했다. 안나가 사용하는 AI는 질문하지 않는 안나를 보살피거나 지적 호기심을 끌어내려고 노력하지 않았다. 안나의 사적인 사정을 헤아리지도 않았다. 교육 수준은 당연히 소득 수준에 따라 달라졌다. 안나는 갤럭시존 아이들이 어떤 교육을 받는지 구체적으로 몰랐다. 갤럭시존에서 유행하는 AI툴과 커리큘럼 소문은

183

무성하지만…… 어디까지나 소문일 뿐이다. 안나가 그동안 접했던 노고존에 대한 소문처럼. 진실은 어떻게 확인할 수 있는가? 안나는 진실을 듣고 싶었다. AI가 아닌 사람에게.

*

학교는 어떤 곳이에요?

함께 생활하고 돌보고 배우는 곳?

뭘 배우는데요, 거기서?

사람으로 살기 위해 필요한 것?

뭔데요, 그런 게. 예를 들면…….

아주 많죠. 역사, 철학, 종교, 과학, 수학, 지리, 문학, 음악, 미술, 체육, 정보, 보건, 요리, 다도, 건축, 농사…….

생경한 단어들이 쏟아졌다. 안나는 2차 대전을 배운 적이 있다. 그것을 역사라고 생각하진 못했다. 한나 아렌트나 슬라보예 지젝의 이름을 접한 적은 있다. 그것은 철학보다 역사에 가까웠다. 종교를 배울 수 있다고 생각해본 적은 없었다. 소설을 읽은 적은 있지만 문학은 교육에 포함되지 않았다. 생존 수영 레슨을 받았지만 체육의 개념은 아니었다. 안

나의 배움은 개별적이고 파편적이고 산발적이었다. 커리큘럼 자체가 그런 식으로 설계됐다. 게다가 요리를 배운다고? 농사를? 대체 왜?

그 많은 걸 누가 가르쳐요?

선생님도 있고 AI툴도 사용하고요. 우리끼리 직접 알아볼 때도 있고.

돈은 얼마나 들어요? 종류별로 레슨비가 다른가?

무료예요.

무료 레슨이라니. 안나는 그런 개념조차 생각해본 적 없었다. 누군가가 무료로 레슨해주겠다고 한다면 일단 그의 실력부터 의심할 것 같았다.

그게…… 어떻게…… 가능해요?

모르겠어요. 그렇게 합의했으니까 무료겠죠. 이유를 생각해본 적은 없어요. 아, 이거 토론 주제로 괜찮은데?

당신 성적은 좋은 편이에요?

질문을 좀…… 바꿔보는 게 어때요? 우린 성적을 매기는 분위기는 아니라서.

그럼 뭘 제일 잘해요, 당신은?

역사 좋아합니다. 스트레스받을 때는 검도 하고요. 피아

노 연주도 좋아하는데 실력은 별로고, 그래도 작곡은 해보고 싶고. 언젠가는 환상적인 곡을 만들고 싶어요. 툴로 찍는 거 말고 악보 직접 그려서 연주까지 내가 한 진짜 나만의 곡.

안나는 자기를 돌아봤다. 해야 하니까 하는 것은 많았다. '작곡은 해보고 싶고'처럼 말할 수 있는 것은 아직 없었다. 안나는 물어본 걸 또 물었다.

그런데 그건 어떻게 하는 거예요?

이번에는 상대가 되묻기 전에 이어 물었다.

영상 삭제 말이에요. 그건 당신이 그곳에서 배우는 클래식한 것들과는 너무…….

코뮌에서 프로그래밍은 기초 중의 기초인데. 거긴 아닌가 봐요?

안나는 갤럭시존 인간에게 열등감을 느껴본 적이 없었다. 오직 타운존 인간에게만 그것을 느꼈다. 지금 안나는 여태 느껴본 적 없는 강렬한 열등감에 사로잡혔다. 너무 강렬해서 다른 이름이 필요할 것 같았다. 안나는 상대도 같은 감정을 느끼게 하고 싶었다.

우리도 당연히 배우죠. 그래도 해킹은 불법 아닌가요?

불법 아닌 선에서 가능합니다. 계정 털지 않고도 할 수 있어요. 내가 좀 실력자라.

과거 학교에 대해서는 어떻게 알았어요? 그것도 다 거짓 정보일 수 있잖아요?

그 역사가 거짓이라면 코뮌 자체가 말이 안 돼요. 하지만 우린 존재하죠.

영상 지워달라는 사람 많아요?

많으면 내가 이렇게 즉답을 하겠습니까?

코뮌은 가난한 곳이잖아요. 그럼 돈 받고 하는 게 낫지 않아요?

가난의 정의부터 내려야 할 것 같은데요?

코뮌에서는 정말 배아 디자인 안 해요? 질병 제거도?

기본적인 건 합니다. 기본 이상을 안 하는 거지.

그럼 당신은 몰라요? 당신 미래 모습을?

상대가 고개를 끄덕이며 대답했다.

나는 현재의 나만 알아요.

그 순간 안나는 깨달았다. 열등감이 아니었다. 거대한 상실감이었다. 안나에게 없는 미래를 상대는 아주 당연히 가지고 있었다. 안나는 화를 내듯 질문했다.

하지만 당신은 실력자니까 프로그램 돌려보면 알 수 있잖아? 과거에서 미래까지 다 볼 수 있잖아!

상대는 당황스러운 표정으로 천천히 대답했다.

그걸 굳이…… 하고 싶진 않은데.

갑자기 눈물이 쏟아졌다. 안나는 가장 소중한 것을 빼앗긴 아이처럼 서럽게 울었다. 눈물을 아무리 닦아도 얼굴이 축축했다. 상대가 헛기침을 하며 화면 가까이 다가왔다. 지금까지 침착하고 도도하게 대답하던 모습과 달리 저기요, 이봐요, 제가 뭘 잘못했어요? 갑자기 왜, 아니, 일단, 뭔가 기분이 나빴다면 사과할게요, 같은 말을 늘어놓았다. 그래도 안나가 울음을 그치지 않자 기도하듯 두 손을 모아 쥐고 안나의 감정이 잦아들기를 기다렸다. 안나가 엉엉 울면서 물었다.

너 이름이 뭐야?

상대가 대답했지만 안나는 듣지 못했다.

뭐라고?

대답을 듣기 위해 안나는 울음을 참았다.

*

안나는 내면의 주머니에 노아를 넣었다. 자기가 울음을

터뜨렸을 때 노아의 흔들리던 눈빛과 화면 가까이 다가와 쏟아내던 걱정의 말도. 울음이 잦아들 때까지 침착하게 기다리던 침묵까지. 안나는 오늘 겪은 노아의 모든 것을 내면의 주머니에 넣어 자기 것으로 만들고 싶었다. 노아가 물었다. 그럼 이제 영상 삭제 작업을 해도 될까? 노아는 그것에만 집중하는 것 같았다. 안나는 노아의 그런 면이 매력적이라고 느꼈다. 한편으로는 서운했다. 넌 나에게 궁금한 게 없니?라고 물어보고 싶었지만 자존심이 상해서 질문을 삼켰다. 그보다 높은 차원의 질문이 필요했다. 어떤 질문을 하느냐에 따라 노아의 눈빛이 달라지고 목소리에 묻어나는 감정의 농도가 변한다고 느꼈으니까. 안나는 노아가 영상 삭제 작업에 몰두하는 이유를 떠올렸다.

신념이라고 했잖아. 구체적으로 어떤 건지 물어봐도 돼?

노아는 바로 대답하는 대신 눈을 감았다. 잠시 침묵이 흘렀다. 안나는 노아를 바라보며 심호흡했다. 천천히 눈을 뜨며 노아가 말했다.

의미 있다고 생각하니까. 내가 도움을 받은 적이 있어. 비관적인 생각에 빠져서 다 포기하고 싶었는데, 그러니까 나를 포기하려고 했었는데 그때 나를 삶으로 건져 올린 사람이 있

189

어. 시간이 흐른 뒤에야 내가 무슨 짓을 하려고 했었는지 제대로 깨달았고 뒤늦게 그 사람에게 고맙다고 말했지. 그 사람이 나에게 시집을 한 권 줬어. 진짜 종이책 말이야.

안나도 종이책을 본 적은 있다. 갤럭시존의 박물관에 갔을 때. 종이책은 진공 상태로 전시되어 있었다. 만지고 넘겨볼 수 있는 체험판 종이책도 있었다. 안나는 그것을 만져보지 않았다. 마치 시체를 보는 것만 같아서. 무언가 나쁜 것이 옮을 것만 같아서.

그 사람이 시집을 주면서 한 말이 있어. 죽음은 언제나 나를 바라보고 있으니 굳이 애쓸 필요가 없다. 그 대신 의미를 찾아라. 그 뜻을 알고 싶어서 시집을 오랫동안 읽었어. 그리고 만났지. 음…… 뭐랄까. 내 삶의 이정표가 될 만한 문장이랄까.

안나는 내면의 주머니를 들여다봤다. 주머니에는 아직 빈자리가 많았다. 노아는 잠시 머뭇거렸다. 안나는 다음 말을 기다렸다.

아, 근데 이런 얘기 너무 쑥스럽다. 그냥 여기까지만 할게.

노아가 싱긋 웃으며 말했다. 맥이 풀린 안나는 의자 등받이에 몸을 털썩 기댔다가 이렇게 포기할 수는 없다는 생각으로 다시 허리를 세우고 앉아 물었다.

그럼 그 시집 제목이라도 알려줘.

노아가 대답했다.

서쪽 바람. 메리 올리버.

노아가 이어 말했다.

검색하지 말고 있어 봐. 잠깐만.

노아는 화면에서 사라졌다. 당장 검색해보고 싶은 마음을 참으며 안나는 기다렸다. 잠시 뒤 노아가 나타나 종이책의 표지를 화면 가까이 보여준 다음 조심스럽게 책장을 넘겼다. 곳곳에 플래그가 달려 있었다. 밑줄을 그은 부분과 손으로 직접 적은 메모도 얼핏 보였다. 노아는 그 책을 아주 잘 아는 사람 같았다. 소중하게 다루면서도 그 속에 자기만의 흔적을 남기는 데는 주저함이 없어 보였다. 안나도 그런 것을 갖고 싶었다. 대기업의 데이터베이스에 저장된 복사본이 아닌 세상에 오직 하나뿐인 물질. 만지고 접고 구기고 메모하고 더럽혀서 오직 나만의 책으로 만들 수 있는 것. 안나의 심장이 다시금 빨리 뛰었다. 노아가 책장을 펼친 채 화면 가까이 가져왔다. 시의 마지막 두 문장에 밑줄이 그어져 있었다. 안나는 그 문장을 따라 읽었다.

단순한 발생에서

충만한 의미로.[‡]

　미래가 너무 확실해서 오히려 잃어버린 것 같다고 생각했었다. 하지만 안나가 확실히 안다고 생각했던 미래에 노아는 없었다. 노아와 대화하면서 안나는 계속 당황했다. 예측이 어긋났기 때문이다. 안나는 모부의 실패를 떠올렸다. 예로부터 모부는 안나를 이렇게 평가했지. '원하는 만큼 이루어진 게 아무것도 없잖아?' 그 말은 예측했던 미래에서 안나가 이미 비켜가고 있다는 뜻이기도 했다. 안나는 노아의 책을 만져보고 싶었다. 시각과 청각, 촉각과 후각으로 만나고 싶었다. 훼손하지 않으려고 조심스레 다루고 싶었다. 한편으로, 노아가 허락한다면, 그 책의 어딘가에 자기만의 밑줄을 그어 흔적을 남기고 싶었다. 안나가 말했다. 그 책을 직접 만져보고 싶어. 노아가 대답했다. 어려운 일은 아닐 거야. 안나가 물었다. 널 만나러 가도 돼? 노아가 어깨를 으쓱하며 대답했다. 안 될 건 없지. 노아가 코뮌의 주소를 말하자 챗봇이 자

　　‡　메리 올리버, 〈라운드 연못에서〉, 《서쪽 바람》, 민승남 옮김, 마음산책, 2023.

동으로 지도를 띄웠다. 자동차로 세 시간 정도 걸리는 곳이었다. 안나는 화면을 종료하고 집을 나와 자동차에 올랐다. 시동 버튼을 누르고 주소를 입력했다. 자동차는 부드럽게 출발했다. 여태 타운존 내부만을 맴돌았던 안나의 자동차가, 처음으로, 낯선 세상을 향해 나아갔다.

디너코스

오석진과 김영선의 첫째 딸 오나영은 역삼동에 자리한 회
사에 정규직으로 취업한 것을 계기로 3년 전 본가에서 독립
했다. 대학생 때는 버스와 지하철을 갈아타며 통학에만 왕
복 세 시간 넘게 썼다. 취업 후 인턴 시기도 본가에서 회사에
다녔는데, 역시 그 정도 시간이 걸렸다. 인파로 가득한 버스
와 지하철에서는 좌석에 앉을 수도, 잠시 눈을 붙일 수도, 책
을 읽거나 동영상을 볼 수도 없었고 언제 무슨 일을 당할지
모르니 항상 예민한 상태로 주변을 살펴야 했다. 학생일 때
는 지하철이 붐비는 시간을 피할 방법이 있었다. 1교시 수업
이 있는 날은 어쩔 수 없었지만, 사람들의 퇴근 시간과 하굣
길이 겹치는 러시아워에는 카페에서 두어 시간 공부하다가
느지막이 집에 갈 수도 있었다. 유동 인구가 적은 시간의 지

하철에서는 좌석에 앉아서 유익한 시간을 보냈다. 책을 읽거나 팟캐스트를 듣거나 영어공부를 하거나 동영상을 시청하다 보면 한 시간 반이 전혀 길게 느껴지지 않았다. 날씨가 좋을 때는 버스를 타지 않고 지하철역에서 집까지 산책 삼아 걸어가곤 했다.

인턴 기간이 끝나가고 별문제 없이 최종 합격하리란 예감이 들었을 때 오나영은 재빨리 회사 근처의 원룸 시세부터 알아봤다. 월급으로 감당할 만한 월세를 구하긴 힘들었다. 대중교통으로 이동이 수월하며 원룸 공급이 많은 지역을 찾아보다가 판교 근처로 눈을 돌렸다. 판교 또한 강남만큼 월세가 비쌌다. 그래서 정자동에 집을 구했다. 정자역에서 강남역까지는 지하철을 타고 20분 정도 걸렸다. 물론 엄청난 인파에 시달려야 했지만 그 정도의 피로감은 충분히 감당할 만했다. 수입 없는 학생 때는 돈 대신 시간을 쓸 수 있었다. 직장인이 되었으니 돈을 주고 시간을 살 수 있었다. 언젠가 이직한다면 판교 쪽 회사를 알아봐도 좋겠다는 계산 또한 있었다. 유년기부터 대학 졸업까지 줄곧 한 동네에서만 살아온 오나영에게 독립이란 첫 취업만큼 새로운 경험이었다. 오나영은 그 과정을 의젓하고 침착하게 통과했다.

동생 오민영이 대학에 입학하던 해 오나영은 졸업반이었고 그해 학자금 대출을 받았다. 원룸 보증금을 치르기 위해서 청년전용대출도 받았다. 그리고 지난 3년 동안 학자금 대출을 모두 갚았다. 보증금 대출 이자와 월세도 착실히 냈으며 주택청약에 가입했다. 이율이 높은 적금 통장을 두 개 만들어 그중 한 개는 만기까지 채운 뒤 새로운 적금으로 갈아 탔다. 오나영은 마트에서 간장 하나를 사더라도 용량 대비 가격을 꼼꼼하게 비교한 뒤 선택했다. 배달 음식을 시킬 때는 적어도 세 끼는 나눠 먹을 수 있는 음식을 골랐다. 한 계절 입고 버릴 옷이 아니라 비싸더라도 유행을 타지 않고 오래 입을 수 있는 옷을 구매했다. 그렇게 쓸데없는 지출을 줄여서 모은 돈으로 1년에 한 번은 가까운 해외로 여행을 떠났다. 한 달에 한 번은 뮤지컬이나 연극을 봤고 전시회를 찾았다. 강변에 조성된 조깅 트랙을 하루 30분씩 달리는 루틴을 지키려고 노력했다. 나중에 큰돈이 들어갈 것을 예방하기 위해 주기적으로 치과 진료를 받았다. 오나영은 서울 중심의 문화예술을 즐길 수 있는 수도권 거주자의 혜택을 누리며 1인 가구의 삶에 완벽하게 적응했다. 동시에 이직을 꿈꾸는 일당 백 대리가 되었다.

오석진의 환갑을 앞두고 단톡방에서 가족회의가 열렸다. 오나영을 제외한 세 사람은 한집에 살지만 얼굴을 마주하고 앉을 기회는 그리 많지 않았다. 김영선이 공원의 산책로를 걸으며 '토요일에 어디서 뭘 먹을까?'라는 메시지를 단톡방에 올렸을 때 오석진은 거실, 오민영은 집 근처 카페에 있었고 오나영은 사무실에서 야근 중이었다. 오석진의 생일은 다가오는 화요일이었다. 토요일 저녁에 가족들과 단출한 식사를 하고 일요일에는 직계 형제자매와 점심을, 저녁에는 친구들과의 모임이 예정되어 있었다. 화요일 새벽에는 혼자 집을 떠나 지리산 등반을 한 뒤 남원에서 하룻밤을 묵고 올 계획이었다. 오석진은 빈말로라도 김영선에게 같이 가지 않겠느냐고 물어보지 않았다. 김영선 또한 '다른 날도 아닌 환갑에 청승맞게 왜 혼자 산행을 하겠다는 거냐'고 물어보지 않았다. 두 사람은 서로를 너무 잘 알았다.

토요일 저녁 메뉴에 대한 의견은 각자 달랐다. 김영선은 참치회 전문점을, 오나영은 서울 외곽의 한상차림 한식당을 추천했다. 오민영은 '무조건 소고기!!'라는 메시지를 올렸다. 단톡방에서 그들이 주고받은 메시지의 일부는 이렇다.

김영선 소고기? 구워 먹자고?

오민영 스테이크면 더 좋고!!

오나영 4인 스테이크면 너무 비싸

오민영 그래도 환갑인데 소고기 먹자아!!ㅠㅠ

오나영 가고 싶은 레스토랑 따로 있어?

오민영 낼 서치해볼게

김영선 오랜만에 가족 외식인데

　　　　룸에서 여유롭게 참치 코스 먹지?

오나영 (한상차림 사진을 올린 뒤)

　　　　이게 바로 잔칫상이지

　　　　없는 게 없음

오민영 스테이크 먹자아

오석진 그냥 집에서 먹으면 안 돼?

　　　　음식하기 귀찮으면 배달시켜서

김영선 집에서 먹는 거 자체가 귀찮고

　　　　그래도 환갑인데 배달음식은 아니지

오석진 내 생일이니까

　　　　내가 먹고 싶은 거

김영선 참치회랑 한상차림 중에 당신이 골라

몇 분 후,

오석진 그럼 난 중국요리
        디너코스로

　한 시간 후, 오민영이 광화문 근처 레스토랑 사진과 위치 정보를 단톡방에 연이어 올렸지만 아무도 대답하지 않았다. 심지어 하루가 지나도록 메시지 옆 숫자 1은 사라지지 않았다. 십대 후반의 오민영이었다면 서운함을 적극적으로 표현했을 것이다. 그러나 이십대의 오민영은 가족들에게 느끼는 복잡한 감정 대부분을 졸업한 상태였다. 오민영은 똑같은 사진과 위치 정보를 고등학교 친구들 네 명이 모여 있는 단톡방에 올렸다. 이어 '우리 이번 모임 여기 어때?'라는 메시지를 올렸다. 친구들은 메시지를 바로 읽었다. 모두 귀여운 이모티콘으로 반응했다. 이어서 레스토랑에 가기 전에 들를 카페와 카페에 가기 전에 갈 전시회 정보를 각자 서치해서 재빠르게 공유했다. 모임 날짜와 당일 스케줄은 순조롭게 정해졌다.

　토요일 저녁 6시. 중국요리 전문점 '화양연화'의 매화룸.

동그란 테이블에 모여 앉은 네 사람 앞에 게살수프와 샐러드가 놓였다.

오민영이 게살수프를 떠먹으며 중얼거렸다. 여기 코스 가격이나 스테이크 가격이나 비슷한 거 아니야? 오나영이 대꾸했다. 가격은 둘째고 양부터 다르잖아. 오석진은 작은 술잔에 고량주를 따르며 가족들에게 말했다. 다들 한 잔씩 하지? 메뉴판을 훑어보던 오나영은 칭따오를, 오민영은 복분자 술을 주문했다. 오석진이 말했다. 너희가 아직 모르는구나. 기름진 음식 먹을 때는 도수 높은 술을 마시는 거야. 그래야 기름기가 싹 씻기지. 맥주는 헛배만 부르고 일단 요리에 곁들이는 술이 아니야. 그리고 술은 달면 안 돼. 음식 맛을 해치거든. 김영선이 말했다. 이런 걸 맨스플레인이라고 하지 않나? 그 말에 대꾸하듯 오석진이 김영선 앞의 술잔에 고량주를 따랐다.

나까지 마시면 운전은 누가 하고?

그래도 내 생일인데, 당신도 한잔해야지.

그럼 운전은 누가 하느냐고 김영선이 다시 물었다.

이 정도는 괜찮다니까. 도수 높은 술은 금방 날아가.

오나영이 눈을 크게 뜨며 아빠! 하고 소리쳤다. 오석진은 음주 운전으로 면허정지 처분을 받은 적이 있다. 그때도 오석진은 '진짜 딱 한 잔 마셨다'는 거짓말을 반복했다. 음주 운전의 방점은 '딱 한 잔'이 아니라 '마셨다'에 찍힌다는 걸 모르는 사람처럼. 회사에서 부장이 아무도 웃지 않는 징그러운 농담을 던지거나 납득할 수 없는 고집으로 아이템 진행을 복잡하게 만들 때면 오나영은 아빠를 떠올렸다. 우리 아빠도 회사 다닐 때는 누군가에게 끔찍한 존재였겠지? 생각하면 서글프면서도 화가 났다. 방금 오석진이 말한 '이 정도는 괜찮다' 또한 부장이 자주 하는 말이었다. 그의 '괜찮다'를 진짜 괜찮음으로 만들기 위해 오나영과 동료들은 주말 특근을 하거나 계획에 없던 출장을 가거나 거래처마다 전화를 걸어 '죄송하지만', '이번 한 번만', '가능할까요?' 같은 말을 반복해야 했다. 부장이 저질러놓은 일을 수습할 때마다 오나영은 분노에 사로잡혀 생각했다. 일을 저따위로 하면서 어떻게 부장까지 간 거야? 사실 오나영은 알고 있었다. 일을 저 따위로 해도 알아서 처리해주는 자기 같은 직원들이 있어서 부장까지 갔다는 현실을. 부장은 회사를 그만둘 생각 따위 없었다. 그런 생각은 언제나 오나영 같은 직원들이 했다.

엄마도 마시고 싶으면 마셔. 운전 내가 할게. 오나영이 자기 앞의 맥주잔을 치우며 말했다.

됐어, 너 마셔. 난 별로 안 내켜. 김영선이 대꾸했다.

그냥 마시고 대리 부르면 안 되나? 오석진이 말했다.

그럼 대리비 나 줘. 내가 운전할게. 오민영이 끼어들었다.

당신은 내 말을 어디로 듣는 거야. 내가 술 안 내킨다고 분명히 말했잖아. 김영선이 기가 막힌다는 표정으로 오석진에게 말했다.

여기서 집까지 대리비 얼마 안 나올 텐데. 오석진이 중얼거렸다. 김영선은 답답하다는 듯 가슴을 쳤다.

식당 직원이 룸으로 들어와 테이블의 빈 그릇을 치우고 전가복을 담은 접시를 내려놓았다. 오민영은 돼지고기와 닭고기 위주로, 오나영은 오징어와 야채 위주로 개인 접시를 채웠다. 오석진은 해삼 하나를 집어먹고 젓가락을 내려놓았다. 왜 입에 안 맞아? 김영선이 물었다. 오석진이 고량주를 한 모금 마신 뒤 대답했다. 기다렸다가 더 맛있는 거 먹으려고.

그럼 아빠는 이제부터 할아버지야? 오민영이 숟가락 위에 닭고기와 야채를 쌓으며 물었다. 내가 어딜 봐서 할아버지냐. 법적으로도 65세 넘어야……. 오석진의 대답이 끝나기도 전에 오나영이 물었다. 연금은 언제부터 받아? 아빠, 설마 연금까지 당겨서 날린 건 아니겠지? 그 질문에는 약간의 가시가 돋아 있었다.

5년 전 오석진은 명예퇴직했다. 부장 다음으로 올라갈 자리도 없어 선택의 여지가 없었다. 남아 있던 소액의 주택담보대출금을 퇴직금으로 마저 갚았다. 아파트는 비로소 김영선과 오석진의 완전한 소유물이 되었다. 오석진은 그동안 하던 일과 비슷한 일을 계속하길 원했으나 55세 경력직을 채용하는 회사는 없었다. 새로운 사업을 시작하겠다고 다시 대출을 받을 배짱 또한 없었다. 그래서 오석진은 주식을 했다. 퇴직금은 야금야금 사라졌다. 김영선은 오석진의 주식 투자와 실패에 책임을 묻지 않았다. 아파트 대출금이라도 갚았으니 다행이라고 여겼다. 오석진과 30년간 부부로 살면서 김영선이 터득한 정신 건강 증진 방법 중 하나였다. '그나마 다행'부터 찾아내기. 오석진은 퇴직 후 3년 동안 낮에는 주식시장을 살피고 밤에는 대리운전을 했다. 주식에서 손을 뗀 다음부터는 대리운전도 그만두고 동네의 부동산과 당구장을 돌아다녔다. 부동산 사장에게 짜장면을 사주면서 시장에 흘러 다니는 정보를 들었다. 당구장에서 만난 동네 사람이 짜장면을 시켜주면 내기 당구 상대가 돼주었다.

조기 노령 연금은 환갑부터 가능하거든. 아빠가 날린 건 청춘뿐이야. 노년은 굳게 지키고 있어.

오석진의 대답을 듣고 오나영은 피식 웃었다. 오나영은 오석진을 주로 '대책 없이 무모한 사람'이라고 생각하는 편이지만 '뒤끝 없고 낙천적인 사람'이라고 여길 때도 있었다. 오석진은 구김살이 없었다. 환갑이 되도록 구김살이 없다면 둘 중 하나 아닐까? 평생을 자기 마음대로 살았거나 천성이거나. 남은 퇴직금을 주식으로 거의 소진했다는 이야기를 들었을 때 가족 중에 오나영만 불같이 화를 냈다. 아빠는 평생 고생해서 번 돈을 어쩜 그렇게 쉽게 생각할 수가 있느냐고, 어떻게 그렇게 충동적일 수가 있느냐고, 앞으로 남은 세월이 얼마나 긴데 대체 어쩔 셈이냐고 거듭 추궁했다. 심각하고 진지한 오나영의 질문에 오석진은 웃으면서 대답했다. 그래, 인생 참 길어. 그러니까 순간의 희비에 일일이 반응하다 보면 금방 지쳐서 제대로 살 수가 없단 말이지. 넘길 수 있는 일은 그냥 넘기는 게 좋아. 어차피 없어질 돈이 없어졌다고 생각하면 안 될까? 오나영은 오석진의 그런 태도가 무책임하다고 비난했다. 그러나 오나영은 아직 모른다. 오석진의 낙관주의 때문에 조용히 덮고 지나갈 수 있었던 오나영의 실수나 잘못 또한 많다는 것을. 오나영은 부모의 현재 재정 상황이 궁금했으나 물어본 적은 없다. 구체적으로 알아버리면 자식으로서 역할이 생길 것만 같았다. 매달 적게나마 생활비를 보탠다거나, 부모님 이름으로 보험을 들어야 한다거나, 행여나 빚이 있다면 어떻게 갚을 것인가 함께 고민해야 할 것인데, 오나영의 성격상 그러지 않을 도리가 없을 텐데, 오나영에게는 그럴 만한 여윳돈이 없었다. 돕지도 못하면서 스트레스만 받을 게 뻔했다. 오나영은 모르는 편을 선택했다.

오석진이 퇴직하고 2년 뒤 김영선 또한 오랫동안 다니던 출판사를 그만뒀다. 연봉은 박하고 업무는 많은 곳이었으나 출산휴가와 육아휴직을 보장해주었기에 꾸준히 다닐 수 있었다. 휴직할 때마다 사장의 퇴사 압박이 없었던 건 아니었지만 직원들끼리 똘똘 뭉쳐 휴직한 사람의 자리를 지켜냈다. 직원들은 손수건을 돌리듯 돌아가며 휴직하고 복직했다. 사장은 젊은 시절 노동자의 권리를 위해 투쟁했던 사람이었으나 그가 생각하는 노동자의 카테고리에 '여성'과 '청소년'은 없었다.

퇴직 후 김영선은 다양한 국비 지원 직업교육을 받았고 도배기능사 자격증을 취득했다. 함께 교육받으며 친해진 또래 여성의 수완이 좋아서 사업 규모가 큰 지물포와 연이 닿아 현장 일을 더 배우며 계속할 수 있었다. 김영선의 침착하고 꼼꼼한 성격과 도배 작업은 잘 맞았다. 책을 만들 때보다 스트레스는 덜했고 성취감은 컸다. 출판 일을 그만둔 다음부터 김영선은 아침 일찍 아파트 단지 내 헬스장에서 두어 시간씩 운동을 했다. 30년 동안 책상 앞에 앉아 일했기 때문에 목, 어깨, 허리, 손목의 건강이 좋지 않았다. 하체 근육 또한 거의 없는 편이었다. 도배 일을 하려면 육체적 건강이 중요했다. 근육을 단련하고 코어의 힘을 키우면서 김영선은 은근한 보람을 느꼈다. 운동은 '1+1=2'가 가능한 세계였다. 하는 만큼 결과가 보였다. 김영선이 청춘을 바친 일들은 대개 그렇지 않았다. 한 권의 책을 만들어서 시장에 내놓는 일, 다른 팀과 업무를 조율하고 갈등을 잠재우는 일, 저자와 동료의 무심하고 무례한 말에 휘둘리지 않는 일, 거래처 직원과 오직 업무적으로 필요한 감정만을 주고받는 일, 사람을 오랫동안 상대하며 신뢰를 쌓는 일 등을 무사히 해내려면 예상보다 많은 감정 노동이 필요했다. 결혼생활이나 시댁과의 관계 등은 말할 것도 없었다. 인풋 대비 아웃풋이 형편없을 때가 많았다. 운동은 육체적 건강과 함께 자신감을 불러왔다. 다 낡아버렸다고 생각했는데 그렇지 않았다. 운동을 할수록 몸이 살아나는 것 같았고 다시 젊어질 여지가 보였다. 자기에게 가장 필요했던 것이 바로 자신감이었음을 김영선은 뒤늦게 깨달았다. 퇴직하던 당시 김영선은 자조적으로 자기를 '다 쓴 사람'이라고 칭했다. 그에 비하면 요즘 김영선은 '되살아난 사람'에 가까웠다. 출판 일을 30년 가까이 한 것처럼 도배 일 또한 30년은 하고 싶었다. 지금처럼 꾸준히 운동한다면 여든 살이 되어도 노인 소리는 듣지 않을 것 같았다.

테이블에 칠리새우가 놓였다. 오석진은 이번에도 새우를 하나만 집어 맛만 봤다. 근데 너 카톡 사진은 무슨 의미야? 김영선이 물었다. 프로필 사진을 바꾼 후 오나영은 비슷한 질문을 꽤 받았다.

알면서 뭘 물어.

결혼을 안 하겠다는 뜻이야?

알면서 왜 자꾸 물어.

근데 그걸 꼭 선언까지 해야 해? 오민영이 질문했다.

아직 이 사회는 결혼이 디폴트니까 선언이 필요하지. 오나영의 목소리에서 결의가 느껴졌다.

결혼을 안 하겠다고? 이번에는 오석진이 질문했다.

아, 왜 자꾸 같은 걸 물어. 돌아가면서.

그래? 그럼 아빠는 찬성. 당신은?

우리 찬성이 뭔 의미 있어. 다 큰 성인한테.

김영선이 심드렁하게 대답했다. 오나영은 약간 놀란 표정으로 부모를 쳐다봤다. 김영선이 질문했다. 그럼 아이는? 아이도 안 낳을 거야? 그래도 자식은 있는 게 좋을 텐데? 오나영은 더욱 놀란 표정으로 중얼거렸다. 지금 나한테 비혼 출산을 권하는 거야? 김영선이 진지한 표정으로 대답했다. 확실히 결혼은 여자한테 손해야. 근데 출산과 양육은 또 다르거든. 그건 결혼이랑 개념이 완전히 달라. 엄마 입장에서는 네가 그 경험은 해보면 좋겠거든.

직장인이 된 후 오나영은 엄마가 자기들을 낳고 키우면서 일 또한 포기하지 않았다는 사실에 대해 진심으로 대단하다고 생각했다. 아빠에 비한다면 엄마는 2인분, 아니 4인분의 삶을 살았다고 말해도 과언이 아니었다. 어릴 때는 엄마의 대단함을 전혀 몰랐다. 엄마 없는 집에 들어가기 싫을 때가 있었다. 엄마와 같이 숙제를 하고 밥도 먹으면서 언제나 붙어 있고 싶었다. 그런 시기는 금방 지나갔다. 중학생이 되면서는 엄마가 방에 함부로 들어오는 게 싫었다. 반드시 노크를 해달라고 요구했다. 숙제든 친구 관계든 질문하지 않길 바랐다. 책상의 물건에 손대지 않았으면, 옷차림에 간섭하지 말았으면, 잠 좀 일찍 자라고 잔소리하지 않았으면 좋겠다고 생각했다. 가족 여행보다는 친구와 시내에서 노는 게 훨씬 재미있었다. 그런 시기 또한 금방 지나갔다. 요즘 오나영은 이십대의 엄마는 어떤 사람이었을까 종종 궁금해한다. 결혼 전 엄마는 어떤 사람과 사귀었고 (아빠와 연애하는 상상은 도무지 할 수가 없었다) 주말에는 어떻게 시간을 보냈을까? 취미는 무엇이었을까? 술에 취하면 어떤 모습을 보였을까? 여행은 다녔을까? 결혼하지 않았다면 엄마는 어떤 인생을 살았을까?

오나영이 물었다. 내가 비혼을 선택한 이유가 뭘 것 같아?

김영선이 대답했다. 가부장제? 경력 단절? 믿을 만한 남자가 없어서?

고개를 끄덕이며 오나영은 대꾸했다. 다 맞는데, 가장 큰 이유는 돈이야. 마음 맞는 남자 만나서 아이 없이 살면 경력 단절은 없겠지. 가부장제 같은 것도 대화로 어느 정도 해결

211

할 수 있을지도 모르고. 근데 엄마 말처럼 아이가 생기면 그건 완전히 다른 영역이 될 것 같단 말이야. 나는 부모 역할을 진짜 제대로 하고 싶거든. 그러려면 돈이 너무 많이 들어. 남들 하는 만큼만 하려고 해도 많이 들 거야. 근데 생각해 봐. 결혼한다면 결국 나와 조건이 비슷한 사람이랑 하지 않겠어? 그럼 아이 키우면서 돈 때문에 휘청휘청하겠지? 휘청휘청하면서도 행복할 수 있을까? 아무리 생각해도 경험 대비 리스크가 너무 커. 연애는 가능해도 결혼은 아니야. 혼자 사는 게 답이야. 그게 가장 예측 가능해.

오석진이 고량주를 홀짝이며 중얼거렸다. 이래서 저출산 이슈가 계속 나오는 구나. 오나영은 콧방귀를 뀌며 말했다. 아, 나는 그것도 진짜 이해가 안 돼. 있는 사람도 못 챙기면서 왜 자꾸 더 낳으라는 건지. 일자리 부족이랑 인구 절벽이 같이 거론되는 것도 좀 웃기지 않아? 어차피 인공지능 때문에 사람이 할 수 있는 일은 점점 줄어들 텐데. 솔직히 기후 위기 때문에 출산을 주저하는 사람들도 있어. 이제 결혼이나 출산은 당연한 라이프 스테이지가 아니야. 엄청난 도전이라고.

오나영의 말을 들으며 오민영은 생각했다. 그래도 나는 아기 낳을 건데. 아기는 너무 귀여워. 나는 친구 같은 엄마가 될 거야. 오민영은 요즘 유튜브와 인스타그램으로 아기, 강아지, 고양이, 판다의 영상을 즐겨 보고 있다. 굳이 검색하여 찾아보지 않더라도 유사한 영상이 끊임없이 올라왔다. 그처럼 귀엽고 무해한 영상에 푹 빠져 있으면 현실의 고민을 잠시나마 잊을 수 있었다. 오민영은 두 명의 딸과 고양이, 강아지와 함께하는 미래를 꿈꿨다. 오민영이 꿈꾸는 미래에 아직 남편은 없다. 오민영은 그것을 이상하게 생각한 적이 없다.

고추잡채와 꽃빵이 나왔다. 이번에도 오석진은 고추잡채만 조금 집어 맛을 봤다. 대체 무슨 요리를 기다리는 거야? 김영선이 물었다. 오석진은 질문과 상관없는 대답을 했다.

당신도 알지? 노태형이 말이야, 개가 공주에서 양조업 크게 하잖아. 엊그제 개한테 연락이 왔는데 못 쓰는 양조장 건물 하나를 리모델링해서…… 김영선이 말을 끊으며 단호하게 말했다. 난 반대. 뭐든 다 반대. 당신 실패는 주식까지야. 그다음은 없어. 오석진은 아랑곳하지 않고 말을 이었다. 아니, 끝까지 들어봐, 개는 나 돈 없는 거 알아서 투자하라는 말은 꺼내지도 않아. 내 친구들은 모여서 골프채랑 라운딩 얘기만 하거든. 거기다 대고 내가 등산 얘기하잖아? 이것들이 아주 골동품 보듯이 나를 본다고. 개들은 산 얘기 꺼내면 어디에 무슨 리조트가 좋다는 말밖에 할 줄 몰라. 나이 들면서 다들 낭만을 잃었어. 난 말이야, 여태 애들 만나면서 밥값한번 내본 적이 없어. 내가 계산하려고 하면 다들 말리느라 바빠. 부장으로 명퇴하고 주식으로 망한 사람이 뭔 돈이 있다고 밥값을 내느냐고. 주식 실패한 다음부터 친구들 사이에서 내 별명이 땅거지가 됐잖아.

오나영은 묘한 표정으로 오석진을 쳐다봤다. 저런 말을 저렇게 해맑게 웃으면서 한다고? 친구들이 땅거지라고 부르는데도 아무렇지 않다고? 오석진의 말이 이어졌다. 아무튼 태형이가 낡은 양조장 건물 하나를 문화공간처럼 바꿀 거래. 커피도 마시고 독서 모임도 하고 당구도 치고 바둑도 두고. 악기 배워서 공연도 하고. 우리 같은 사람들이 맘 편히 모일 수 있는 자리를 만들겠다는 거야. 젊은 노인을 위한 복합문화공간. 나보고 거기서 일할 생각 없느냐고 묻던데.

당신이 거기서 무슨 일을 해?

나 바리스타 자격증 있잖아. 직업교육 때 따놓은 거.

김영선이 도배기능사 자격증을 딸 때 오석진은 바리스타 자격증을 따고 티블렌딩전문가 과정을 들었다. 그것을 배워 무언가를 해보겠다는 생각은 없었고 그저 재미삼아 했다. 미각과 후각이 예민한 만큼 오석진은 입맛 또한 까다로웠다. 회사 다닐 때도 탕비실의 믹스 커피나 캡슐 커피는 절대 마시지 않았다. 회사 근처 핸드드립 전문 매장의 초특급 단골이었던 오석진은 퇴직 후 집 근처 로스터리 카페의 초특급 단골이 되었다. 그곳에서 홀빈 원두를 주기적으로 구입해 손수 커피를 내렸다. 김영선이 헬스장에 가는 아침마다 오석진은 원두와 물의 양, 분쇄 정도, 온도, 추출 시간까지 까다롭게 따져가며 정성스럽게 커피 한잔을 내렸고 온도에 따라 달라지는 커피 맛을 천천히 만끽했다. 아침 7시 전에 부랴부랴 집을 나서야 했던 직장인 시절에는 꿈도 꿀 수 없었던 여유였다. 당근마켓으로 가정용 콜드브루 메이커를 저렴하게 구입한 다음부터는 여름마다 직접 콜드브루 커피도 만들었다.

김영선이 물었다. 당신이 바리스타를? 평생 사무실에서 페이퍼만 들여다본 사람이 서비스직을 할 수 있겠어?

오석진이 고량주 잔을 내려놓으며 대답했다. 일단 해봐야 알지. 할 수 있는지 없는지는.

오나영이 대화에 끼어들었다. 아빠, 근무 시간이랑 페이는? 그런 얘기도 했어?

오석진은 고개를 저으며 대답했다. 그건 아직. 하겠다고
하면 알려주겠지. 근데 별말 없는 거 보면 법정 노동시간에
최저 시급 아닐까?

식당 직원이 들어와 꿔바로우를 담은 접시를 테이블에 내
려놓고 메인 식사 주문을 받았다. 김영선은 마파두부덮밥,
오나영은 고추짬뽕, 오민영은 삼선우동, 오석진은 사천짜장
을 골랐다. 오석진이 웃으며 직원에게 말했다.

우리 가족이 이렇습니다. 각자 취향이 참 뚜렷해요. 우리
는 메뉴 통일 이런 거 절대 안 하거든요.

직원은 세련된 미소를 건네며 주문을 확인했다. 그의 군더
더기 없는 응대를 보며 오나영은 생각했다. 아빠가 저런 일
을 할 수 있다고? 오나영은 오석진의 입맛이 까다롭다는 것
을 알고 있었다. 커피 애호가란 사실도 모르진 않았다. 그러
나 오나영은 오석진이 내린 커피를 마셔본 적이 없었다. 커
피뿐 아니라 오석진이 만든 그 무엇도, 심지어 라면이나 계
란프라이조차 먹어본 기억이 없었다. 그러나 오석진의 기억
은 달랐다. 오나영과 오민영이 어린이었을 때 오석진이 만들
어준 요리가 꽤 있었다. 여름에는 잔치국수를 자주 만들어줬

다. 유부초밥도 간단히 만들기에 좋았다. 참치마요 주먹밥이나 간장계란밥도 단골 메뉴였다. 햄과 당근, 감자와 양파를 넣은 볶음밥도 아이들은 좋아했다. 볶음밥 위에 계란 지단을 얹어 케첩을 뿌려주면 더 좋아했다. 아이들은 야채를 싫어했지만 볶음밥에 들어간 야채는 잘 먹었기 때문에 브로콜리나 호박, 피망 등을 잘게 썰어 넣곤 했다. 아이들에게 파를 먹이려고 계란말이를 만들어주기도 했다. 복잡한 요리에 도전해보고 싶어서 떡볶이를 직접 만든 적도 있었지만 실패했다. 아이들은 떡을 한 입 먹어보고는 너무 맵다고 싫어했다. 떡을 물에 씻어서 줬더니 맛이 없다고 안 먹었다. 결국 오석진 혼자 떡볶이를 다 먹어치웠다. 그런 일들을 딸들이 기억 못한다고 오석진은 서운해하지 않았다. 당연하다고 생각했다. 김영선에 비하면 자기가 음식을 만들어서 먹인 경우는 새 발의 피 만큼도 안 되고, 맛이 썩 훌륭했던 것도 아니고, 그건 사실 요리 축에도 끼지 못했으니까.

직원이 나가자마자 오나영이 물었다. 근데 아빠는 괜찮아? 자존심 안 상해?

오석진은 생각지도 못한 질문을 받은 듯 눈을 크게 뜨며 되물었다. 자존심이 왜 상해?

아니, 그래도 아빠는 회사에서 부장까지 한 사람인데, 이제 와서 친구 밑에서, 그것도 최저 시급 받으면서 일한다는 게……. 나는 솔직히 아빠 친구들 말도 기분 나쁜데. 애들도 아니고, 나이 먹을 만큼 먹은 사람들이 친구한테 땅거지가 뭐야.

오석진은 웃으며 대답했다. 네가 아직 젊어서 그래. 나는 이제 그런 거에는 자존심 생각도 안 들어. 우선 난 땅거지가 아니니까 기분 나쁠 이유도 없고. 여태 했던 일이라면 모를까 완전히 새로운 일에 뛰어드는 건데 최저 시급 받을 수도 있지. 고량주를 한 모금 마신 뒤 말을 이었다. 아빠가 살아보니까 진짜 자존심 상하는 일은 따로 있더라고.

그래? 어떤 거?

음…… 내가 최선을 다해서 숨기려는 걸 상대가 억지로 들춰낼 때? 그럴 때는 인간적인 대우를 못 받는 느낌이라 본능적으로 자존심이 상하거든.

오나영은 잠시 생각에 잠겼다가 물었다. 그게, 예를 들면 어떤 거야?

오석진이 싱긋 웃으며 대답했다. 방금 아빠가 말했잖아. 최선을 다해 숨기는 거라고. 그걸 내 입으로 굳이 말해야 할까?

오석진의 부드러운 대꾸에 오나영은 입을 다물었다. 아빠를 설명하기 위해서는 '대책 없이 무모한 사람'과 '뒤끝 없고 낙천적인 사람' 외에 더 많은 문장을 덧붙여야 할 것 같았다. 어쩌면 아빠는 부장과 결이 완전히 다른 사람일 수도 있겠다는 생각을 하자 이제부터는 회사에서 서글픔 없이 화만 낼 수도 있을 것 같았다. 더불어 궁금해졌다. 부장이 최선을 다해 숨기고 있는 건 뭘까. 그리고 내가 남들에게 절대 들키고 싶지 않은 건 뭘까. 머릿속에 곧바로 두 글자가 떠올랐다. 불안. 사실 오나영은 언제나 불안했다. 원하는 대학에 못 갈까 봐, 원하는 학점을 못 받을까 봐, 팀플에서 제 몫을 해내지 못할까 봐, 비난받을까 봐, 취업을 못할까 봐, 실패할까 봐 매번 초조했다. 이직을 꿈꾸고 있지만 과연 더 나은 조건의 자리를 구할 수 있을까? 이직에 성공한다고 해도 또 다른 고난이 있을 것이다. 그렇다면 지금 직장에 머무르면서 부장이 퇴사하기를 기다리는 게 낫지 않을까? 마트에서 간장 하나를 사더라도 밀리리터당 가격을 확인해보고 선택하는 이유가 알뜰하기 때문만은 아니다. '신중해서'라고 표현할 수도 있겠지만 '후회를 두려워하기 때문'이라고 말할 수도 있다. 오나영은 후회에 취약했다. 여태까지는 성취에 집중하기보다 리스크를 줄이는 방향으로 선택했다. 리스크가 적은 것이 성취에 가깝다고 믿었으니까. 오나영은 실패하고 싶지 않았다. 누구라도 그렇지 않겠는가? 하지만 오나영과 유전자가 99.9퍼센트 이상 동일한 오석진은 그렇지 않아 보였다. 비애감이나 회한을 전혀 내비치지 않고 기다렸다는 듯 명예퇴직을 신청한 사람. 주식에 실패하고도 없어질 돈이 없어졌다고 생각하는 사람. 30년 동안 했던 일과 전혀 다른 일에 도전하면서 어떤 무리도 없어 보이는 사람. 다가오는 화요일, 자신의 환갑에 혼자 지리산을 오르며 오석진은 무슨 생각을 할까? 오석진이 최선을 다해 숨기는 것은 과연 무엇일까?

마침내 메인 식사가 들어왔다. 앞서 요리를 배부르게 먹은 오나영은 고추짬뽕을 두어 젓가락 먹고 말았다. 오민영은 자기 몫의 삼선우동보다 김영선의 마파두부밥에 더 큰 관심을 보였다. 김영선은 오민영에게 마파두부밥을 건네고 오나영이 남긴 고추짬뽕을 맛있게 먹었다. 이제부터 시작이라는 듯 호기롭게 사천짜장을 먹는 오석진은 전혀 노인처럼 보이지 않았다. 다시 최저 시급의 세계로 들어설 오석진을 바라보며 오나영은 '백세 시대'라는 말을 떠올렸다. 정말 백 살까지 산다면 오석진은 이제 절반 조금 넘는 인생을 살았다고 볼 수 있다. 황혼보다 정오, 디너보다 런치에 가까운 나이. 고개를 숙이고 음식에 집중하는 오석진의 정수리를 바라보며 오나영은 생각했다. 또래에 비해 풍성한 머리숱. 흰머리도 거의 없잖아. 아빠도 염색을 하나? 미용실에 가는 걸까? 아니면 셀프 염색을? 아빠가? 그동안 한 번도 궁금해하지 않았던 것들이었다. 오나영은 빈 접시와 냅킨으로 어수선한 테이블을 둘러봤다. 맥주는 반 병 정도 남아 있었다. 복분자주는 거의 새 것 같았다. 고량주는 빈 병이었고 오석진의 술잔은 채워져 있었다. 사천짜장을 위해 딱 한 잔을 남겨둔 것처럼 보였다. 그제야 깜빡 잊고 하지 못한 말이 떠올랐다. 오나영은 맥주잔을 가득 채워서 들어 보이며 말했다.

생일 축하해, 아빠.

오민영도 작은 잔을 들었다. 김영선은 물이 담긴 잔을, 오석진은 고량주 잔을 들었다.

앞으로 펼쳐질 제2의 인생을 응원할게.

오나영의 말에 오석진이 웃으며 대꾸했다.

제2의 인생은 이미 벌써 지나갔고…… 인생 후반전이라고 하자.

오나영은 오석진처럼 웃으며 말했다.

그래, 오석진 선생님의 인생 후반전을 위하여.

네 개의 각기 다른 잔이 동그란 테이블 한 가운데에서 가볍게 부딪혔다.

차고 뜨거운

남편은 '건강'이나 '행복'처럼 평범하고도 중요한 가치를 품은 태명을 원했다. 나는 '건강'이나 '행복'의 기준이 모호해서 위험하다고 생각했다.

당신에게 행복은 뭐야?

좋은 거지.

좀더 구체적으로.

너무 좋아서 벅차다고 느끼는 거?

오직 좋기만 할 때가 있어? 좋을 때 오히려 불안이나 걱정이 커지진 않아?

그럴 때도 있지.

나는 행복 같은 건 번거로워.

번거롭다고?

남편의 되물음에 고개를 끄덕였다. 행복은 인기가 많아서 언제나 많은 팬을 몰고 다녔다. 열성적인 팬들―불안, 걱정, 두려움, 연민, 후회, 원망, 의심, 죄책감 등은 행복을 혼자 두지 못하고 엉겨 붙었다. 온전하게 행복하다고 느꼈던 순간이 과연 있었던가 생각하며 배 위에 손을 얹었다. 생명이 만들어지고 있다는 어떤 실감도 없었다. 하지만 의사는 축하한다고 말했지. 그 말을 듣는 순간 두려움이 밀려왔다. 그러므로 이것은 행복인가?

　첫 증상은 고열이었다. 손발이 덜덜 떨릴 정도로 추웠는데 몸은 뜨거웠다. 출근 뒤 상사에게 사정을 말하고 근처 내과에 들렀다. 의사 말을 듣고 옆 건물의 산부인과에 가는 대신 약국에 들러 임신 테스트기를 샀다. 이틀 뒤 반차를 쓰고 산부인과에 갔다. 의사가 보여준 초음파 영상에는 회색 바탕에 검은 구멍이 있었다. 그 구멍으로 내가 천천히 빨려들 것만 같았다. 의사가 이런저런 주의사항을 말해줄 때 나는 생명의 징조가 아닌 소멸과 적막의 기운에 몰입하고 있었다. 그때 나를 사로잡았던 건 무언가가 생겨나고 있다는 느낌이 아니었다. 확실하게 사라졌다는 느낌이었다.

　병원에서 나오니 눈이 부셨다. 구름 한 점 없이 새파란 하늘에 태양이 빛나고 있었다. 타오르는 태양처럼 몸은 뜨겁고 검은 우주에서처럼 나는 추웠다. 추위와 고열의 공존. 태양을 흘깃거리며 저것은 살아 있는가 생각했다. 불타오르는 것을 살아 있다고 말할 수 있나. '살아 있다'는 표현은 너무나 협소해서 우주에 적합하지 않은 것 같았다. 그것만으로는 빛나는 태양의 상태를 모두 담아낼 수 없었다. '살아 있음'보다 훨씬 넓고 다양한 상태로 존재하는 것들을 생각하자 문득 안심이 되었다.

태양 어때?

내 제안에 남편은 바로 동의했다.

출산 뒤에도 우리는 아이를 태양이라고 불렀다. 여자애 이름으로 태양은 어울리지 않는다고 시부모도 나의 엄마도 반대했으나 남편과 나는 다른 이름을 상상할 수 없었다. 그럼 차라리 해님이라고 하자. 아니, 별이라고 짓는 건 어때. 별이 더 예쁘지 않니. 시어머니가 말했다. 예쁜 건 중요하지 않았다. 늘 거기 있어야 했다. 오직 하나여야 했다. 나보다 오래 존재해야만 했다.

*

어디에서나 태양만이 빛났으며 누구든 태양을 먼저 알아봤다. 나의 하루는 오로지 태양 위주로 움직였다. 남편 또한 회사에 있는 시간을 제외하고는 태양과 나에게 집중했으나…… 나는 남편이 아무것도 모른다고 생각했다. 남편은 매일 내게 고생한다고, 미안하다고 말했다. 그런 말은 진흙처럼 들러붙어 나를 짓눌렀다. 나는 남편의 사랑과 헌신을 의심하지 않았다. 동시에 '너는 아무것도 모른다'는 생각을 지울 수가 없었다.

엄마는 남편이 출근하는 날이면 한 시간 동안 운전해서 우리 집에 왔다. 엄마는 '우리 공주님'이란 말을 입에 달고 살았다. 태양을 부르는 말이었다. 엄마가 그런 단어를 말할 줄 아는 사람이라는 사실에 진심으로 놀랐다. 더불어 화가 치솟았다. 나는 수십 번 엄마에게 부탁했다. 아이를 아이 이름으로 불러달라고. 엄마는 내 의견을 중요하게 생각하지 않았다.

제발, 제발.

기저귀를 갈다가 나는 울면서 빌었다.

넌 정말 별걸 가지고 시비다. 내가 개똥이라고 한 것도 아니고. 공주처럼 크라고 공주님이라고 부르는 걸 가지고.

내가 지나칠 정도로 울면서 사정했기 때문에 엄마는 아이를 다른 식으로 불렀다. 별님아, 달님아, 우리 예삐, 꽃순이, 강아지, 나비야.

엄마는 청소와 빨래를 하고 음식을 만들면서 계속 잔소리했다. 아이를 그렇게 들어서는 안 된다, 아이를 그렇게 눕혀서는 안 된다, 젖병을 그렇게 잡아서는 안 된다, 아이 머리를 그쪽으로 두지 마라, 너는 나이를 헛먹었다, 애만 낳았다고 엄마가 되는 게 아니야……. 엄마가 곁에 있으면 나는 계속 부주의하고 부족한 엄마가 되었다. 생각이 없는, 아무것도 모르는, 가르쳐도 나아지는 게 없는 엄마.

저녁이 가까워지면 엄마는 다시 한 시간 동안 운전해서 엄마 집으로 돌아갔다. 엄마도 남편도 없이 태양과 나 둘만 집에 남았을 때 태양의 얼굴을 고요히 내려다보며 생각했다. 엄마 역시 아무것도 모르긴 마찬가지라고.

태양은 자주 우는 편이 아니었다. 필요한 순간에만 울고 원하는 것이 이뤄지면 울음을 멈췄다. 나도 자주 우는 사람은 아니었다. 울려고 하면 자조적인 웃음이 먼저 나오곤 했는데, 태양을 낳고 자주 우는 사람이 되어버렸다. 감정의 표현이라기보다 배출에 가까웠다. 운다는 자각 없이도 눈물이 흘렀다. 가끔은 얼굴 피부가 쓰라리고 눈을 제대로 뜰 수 없을 정도였다. 내가 울면 엄마는 '애가 본다', '애가 듣는다', '애가 느낀다', '애는 다 안다'고 나무랐다. 내가 아이였을 때 보고 듣고 느꼈기에 알아버린 것들을 떠올리다가 엄마에게 물었다.

정말 그렇게 생각해? 애는 다 안다고?

당연하지. 애들은 엄마밖에 몰라서 엄마가 느끼는 대로 다 느낄 수밖에 없어.

엄마도 그랬어? 외할머니가 느끼는 거 다 느꼈어?

그건 너무 옛날 일이고. 내가 어땠는지는 기억도 안 난다.

나는 아빠가 죽어버리면 좋겠다고 생각했어.

나는 내가 죽고 싶었다. 수십 번을 죽으려고 했어. 니들 아니었으면 나는 벌써 죽었을 거다.

'너희 덕분에 살았다'로 들리지 않았다. '너희 때문에 죽지도 못했다'로 들렸다. 젊은 시절 엄마와 아빠는 서로를 탓하고 경멸하려고 결혼한 사람들 같았다. 그런 감정을 물려주려고 자식을 낳은 것만 같았다. 사실 아빠가 아니라 내가 죽어버리길 바란 적이 훨씬 많았다. 집에 불을 질러서 모두를 없애버리고도 싶었다. 서로 때문에 죽고 싶은 가족이라니. 어릴 때는 엄마가 나를 사랑하지 않는다고 생각했다. 어른이 되어서는 '엄마라고 꼭 자식을 사랑해야 하는가'로 질문을 바꿨다. 굳이 답을 내리지는 않았다. 질문 자체가 주는 홀가분함이 있었다. 엄마가 나를 낳은 나이, 엄마가 어린 나를 키우던 나이와 내 나이가 같아지면서 깨달은 바가 몇 가지 있다. 엄마는 나의 유일한 보호자였다는 것. 사랑의 방식은 모두 다르다는 것. 엄마는 엄마의 방식으로 나를 사랑했다는 것. 엄마의 방식이란 무엇이냐. 내 자식은 남들보다 부족하기 때문에 내 손이 꼭 필요하다고 생각하는 것. 자식을 무시하면서 엄마의 자리를 견고하게 다지는 방식.

아빠에게는 사랑이란 감정 자체를 부여할 수 없다. 아빠의 세계에는 아빠만 있다. 그 세계에서 아빠 아닌 존재는 대부분 쓸모없고 멍청하다. 아빠는 나에게 이런 말을 한다. 너를 쓰겠다는 회사가 있어? 너랑 결혼하겠다는 남자가 있어? 꼴에 자존심은 있어서 남들 하는 건 다 하려고 드네. 겨우 그렇게 살려고 돈을 들이부어 대학까지 다녔냐? 내가 열 살이 되기 전까지는, 아빠가 시뻘건 얼굴로 술냄새를 풍기며 화풀이를 할 때 엄마는 말리거나 저항했다. 어느 날부터는 징조가 느껴지면 오빠와 나를 데리고 집을 나갔다. 밤길을 오래 걸었다. 기차역이나 불 꺼진 상가의 계단에 앉아 시간이 흐르길 기다렸다. 충분히 기다린 뒤 집으로 돌아가면, 아빠는 잠을 자지 않고 우리를 기다리고 있었다.

아빠는 밥솥이 어디에 있는지, 자기 속옷이 어느 서랍에 있는지도 몰랐다. 형광등 하나 갈 줄 모르는 사람이었다. 세탁기 사용법은 알까? 옷을 빨아서 말려야 한다는 것, 쌀을 씻어서 밥솥에 넣어 취사 버튼을 눌러야 한다는 것, 식사 후 그릇은 씻어야 한다는 것, 먼지는 쓸고 닦아야 하며 식재료는 시장에서 돈을 주고 사야 한다는 사실을 한번도 생각해보지 않고도 잘 살아가는 사람. 가족의 생일은 모르지만 통장의 잔고는 십원 단위까지 외우는 사람. 우리 집에서 아빠는 가장 나이가 많았다. 그런데도 어린아이처럼 보호받는 존재였다. 사고를 치고 행패를 부려도 가족의 보호와 관심이 필요한 존재. 아빠는 자기가 누군가를 보호해야 한다고 생각해본 적 없을 것이다. 그러면서도 가족을 위해 희생한다고 생각했을 것이다. 나의 세계에 아빠는 없다. 오랜 상상의 힘으로 아빠를 없애버렸다.

231

고등학교에 입학하면서 기숙사에 들어갔다. 다른 지역에 있는 대학에 가면서 집을 거의 버렸다. 이후 오랜만에 엄마를 만날 때면 이상한 느낌에 사로잡혔다. 엄마가 아빠의 어떤 부분을 닮아버렸다는 느낌. 엄마는 아빠의 말을 자기 방식으로 바꾸어서 했다. 내 인생은 망했고 남의 인생은 하찮고 내 불행은 가엾고 남의 불행은 역겹다는 식으로.

내가 이십대 중반을 넘어서자 엄마는 사나흘에 한번 꼴로 전화를 걸어 '누구네 딸은 이러저러한 남자와 결혼한다더라'라는 말을 전하는 낙으로 사는 것만 같았다. 그러다 내가 막상 결혼하겠다고 하자 반대했다. 연애하고 결혼할 시간에 돈을 더 벌라고, 돈이 있어야 무시당하지 않는다고 했다. 엄마는 나의 남편을 싫어했다. 배포도 없고 그릇이 작아서 미래가 안 보인다고 깎아내렸다. 사람 보는 눈이 없다고 나를 책망했다. 남편 앞에서는 유세를 하듯 못마땅한 표정이나 말투를 숨기지 않았다. 엄마는 선택권을 쥔 사람처럼 평가하고 행동했다. 우리의 조건을 남들과 지겹도록 비교했다. 젊은 아빠를 보는 것만 같았다.

엄마가 결혼하는 거 아니잖아. 내 결혼이잖아.

너는 세상 물정을 너무 모른다.

서로 사랑해서 하는 결혼이야. 그럼 됐지.

네가 아직 철이 없어서 그래. 어른들 눈에 차지 않는 사람이면 아무리 괜찮아 보여도 뭔가 문제가 있는 거야. 사랑만으로는 아무것도 안 돼.

엄마는 아빠 뭘 보고 결혼한 건데.

네 아빠는 내가 고른 사람이 아니다.

그래, 외할머니 외할아버지가 골랐겠지. 어른들 눈에 차는 사람이었겠지. 그래서 좋았어, 엄마는?

나랑 너랑 경우가 같냐.

엄마는 나의 결혼 생활이 실패할 경우에 대해서만 말했다. 내가 잘 살 수 있으리란 기대는 전혀 하지 않는 것 같았다. 결혼 준비를 하면서 나는 엄마를 거의 없앨 뻔했다. 하지만 엄마를 걱정했던 날들이 엄마를 없애려던 나를 가로막았다. 나만큼은 엄마에게 상처 주면 안 된다는 생각이 커다란 덫이 되어 나를 놓아주지 않았다.

엄마가 고집하는 엄마와 딸의 역할이 있었다. 엄마는 고집스럽게 그것을 수행했고 내게 요구했다. 그건…… 나는 불행하고 너도 행복할 리 없으니 우리 서로 껴안고 세상을 원망하며 같이 울자는 관계였다. 아빠에게는 책임감 따위 없었

233

다. 그래서 무시할 수 있었다. 엄마는 달랐다. 복잡한 감정이 심하게 얽혀서 해결하지 못하고 임시방편으로 묶어둔 매듭이 많았다. 때로 엄마는 그 매듭을 모아 내 입속에 처넣었다. 숨을 쉬지 못하고 컥컥거리는 내게 엄마는 이렇게 말하는 것만 같았다.

어떠냐. 맛 좀 봐라. 너를 낳고 키우면서 내가 이렇게 살았다. 너라고 다를 수 있겠어?

세상에서 내가 가장 사랑하는 사람은 엄마라고 생각한 적도 있다. 엄마가 내게 했던 말, 사랑만으로는 아무것도 안 된다는 그 말은 남편과 나보다 엄마와 나 사이에 더 적합했다.

엄마는 태양을 아꼈다. 태양에게는 좋은 것, 건강한 것만 주려고 했다. 동시에 태양이 앞으로 겪을 수많은 어려움을 구체적으로 묘사하며 걱정했다. 방긋방긋 웃으며 몸을 뒤집으려고 애쓰는 태양을 바라보며 엄마는 옳지, 옳지, 흥을 돋우다가 말했다.

애가 너무 늦는 것 같아. 벌써 뒤집었어야지.

나는 멍한 표정으로 엄마를 쳐다봤다.

이쯤 되면 엄마 소리도 해야 하는데. 다른 애들은 다 했을 건데.

엄마의 말에 반응하듯 태양이 목에 힘을 주며 나를 봤다. 나는 태양이 몸을 뒤집을 수 있도록 도왔다.

미루지 말고 얼른 둘째 가져. 형제자매가 있어야 욕심도 배우고 경쟁하면서 남들보다 빨리 클 수 있어. 서로 위할 줄도 알고 나이 들어 외롭지도 않고. 당장 키우기 힘들다고 하나만 낳으면 자기만 알고 못쓴다. 커서 사회생활도 제대로 못해. 나중에 형제 없다고 부모 원망할 거야. 두고 봐라. 부모 죽으면 애 혼자 남는 거 아니냐. 얼마나 불쌍하겠니.

불행을 모으면서 안심하는 사람. 엄마가 원래 그런 사람이었는지는 모르겠다. 어쨌든 그런 사람이 되어버렸다. 엄마는 내가 불행해야 안심할 것이다. 나의 행복을 의심하고 부정할 것이다. '네가 아직 모르는 게 있다'고 말할 것이다.

우리 공주님, 엄마, 해보자. 엄마.

태양을 안고서 엄마는 아이 같은 목소리로 엄마, 엄마, 맘마 주세요, 반복해서 말했다. 태양이 엄마를 보며 해맑게 웃었다.

*

어느 겨울이었다. 엄마가 이모네 집에 갈 거라고, 짐을 싸라고 했다. 나는 가방에 일기장과 필통과 색연필과 탐구생활 등을 넣었다. 엄마 손을 잡고 기차역으로 갔다. 기차에서 계란과자와 바나나우유를 사 먹었다. 기억에 오빠는 없다. 다른 친척 집에 놀러갔을까? 역 광장에서 이모 부부를 만났다. 이모부는 포대기를 둘러 아기를 업고 있었다. 두 사람은 손을 잡고 있었다. 이전에도 분명히 봤겠지만, 텔레비전 드라마에서라도 봤겠지만, 마치 그때 처음 본 것만 같았다. 손을 잡은 두 어른. 다정한 사이. 사랑하는 관계. 나는 엄마 손을 더욱 꼭 쥐면서 물었다.

엄마, 아빠도 나를 업어준 적이 있어?

넌 낯가림이 너무 심해서 엄마 아니면 안거나 업을 수도 없었어. 누가 널 쳐다만 봐도 자지러지게 울었다.

엄마의 대답에 나는 뿌듯했다. 왜 그런 감정을 느꼈는지 알 수 없지만.

이모 집은 우리 집보다 좁았다. 작은 방과 더 작은 방이 있었고, 주방과 거실은 거의 붙어 있었다. 형광등이 밝아 아주 환한 느낌이었다. 그때 우리 집 거실의 형광등은 미세하게 깜빡거렸고 불을 켜도 어두침침했다. 우리 집은 늘 깨끗했고…… 휑했다. 한 손으로 쉽게 잡을 수 있는 소품은 없다시피 했다. 이모 집에는 아기자기하고 예쁜 물건이 많았다. 수납장 위의 동물 모양 장식품들, 텔레비전 위의 작은 인형들, 발코니의 화분들. 선반에 놓인 노란 스탠드, 스탠드 아래 액자들. 작은 방의 커다란 바구니에는 장난감이 쌓여 있었고 방 가운데에는 코끼리가 그려진 이불이 펼쳐져 있었다. 이모부는 그 위에 잠든 아기를 눕히고 담요를 덮어줬다.

우리는 거실에 둘러앉아 통닭을 먹었다. 이모부는 이모가 원하는 것을 말하기도 전에 갖다줬다. 화장지나 젓가락, 물, 맥주 같은 것. 두 사람의 눈빛은 따뜻했고 말투는 다정했다. 비아냥거리거나 언성을 높이지 않았다. 고맙다는 말을 자주 했다. 나는 엄마의 눈치를 살폈다. 두 사람이 다정해서 엄마가 화를 낼 것만 같았다. 나는 엄마와 둘이 있고 싶었다. 엄마와 나란히 앉아서 이모 부부를 흉보고 싶었다. 잠든 아기를 깨워서 물어보고도 싶었다. 야, 너희 엄마 아빠 원래는 안 저러지? 우리가 왔다고 연기하는 거지? 말해 봐. 너도 아빠가 무섭지? 그때 나는 세상의 모든 부모는 싸우는 존재라고 생각했다. 그래서 눈앞의 다정한 두 사람은 부모 같지 않았다. 나는 나만의 상상에 빠져들었다. 분명히 비밀이 있을 거야. 한 명이 도망자거나, 빚쟁이거나, 사기꾼이거나, 아이의 아빠나 엄마가 따로 있거나, 언젠가는 한 사람이 배신할 거야.

이모 집에 머물렀던 며칠 동안 나는 감시하는 눈으로 이모 가족을 지켜봤다. 그들의 다정함이 연기라는 증거를 찾아내려고 했다. 그러다가 나도 모르게 그들의 말투를 닮아갔다. 저절로 그렇게 되었다. 엄마 또한 그랬다. 집에서라면 절대 하지 않았을 행동—두 팔로 나를 안고, 손바닥으로 내 볼을 쓰다듬고, 나의 밥에 계란말이를 얹어주고, 밥을 더 먹으라고 권하고, 잘 자라고 인사하고, 손바닥으로 방바닥을 톡톡 두드리며 자기 옆에 앉으라고 말하는 것 등등을 했다. 엄마와 나의 목소리는 높고 밝아졌다. 우리는 이야기를 지어내는 아이처럼 아무 말이나 내키는 대로 했다. 별것 아닌 농담에도 웃었다. 따뜻한 물에 풀어진 휴지처럼 긴장감 없이 떠다니듯 움직였다. 엄마는 어땠는지 모르지만 적어도 나는 연기가 아니었다. 정말 즐거워서 웃고 좋아서 박수를 쳤다. 엄마에게 안기고 싶어서 안겼다.

이모의 배웅을 받으며 기차를 탈 때까지도 엄마는 다정했다. 나는 기차에 타자마자 엄마 무릎을 베고 누워 깊은 잠에 빠져들었다. 엄마가 나를 깨웠다. 플랫폼에 내려서니 차가운 바람이 나를 때렸다. 우리는 말없이 걸었다.

집은 컴컴했다. 스위치를 올리자 거실 형광등이 깜빡거리다가 꺼졌다. 엄마가 안방 불을 켰다. 어쩐지 거실은 더 어두워졌다.

엄마, 배고파.

나는 칭얼거리듯 말했다.

냉장고에 식빵 있어.

엄마는 욕실 문을 열면서 돌아보지도 않고 말했다.

식빵 먹기 싫어.

엄마는 대답 없이 욕실 문을 닫았다.

그 겨울의 경험은 얼마 동안 수수께끼 같은 기억으로 남았다. 엄마의 다정함은 정말 연기였을까. 아니면 엄마에게도 있었으나 나올 틈이 없었던 모습이 잠시 새어나와 빛났던 걸까. 엄마는 그렇게 다정할 수도 있는 사람인데 어째서 그 모습을 감추고 사는 걸까. 내겐 사랑을 보여줄 가치가 없어서? 답을 내리고 싶지 않아서 이모 가족을 미워하는 편을 택했다. 가식적이고 이기적인 사람들이라고 생각했다. 이모네 같은 사람들이 곁에 있어서 더욱 불행해지는 사람들이 있다고 믿어버렸다.

이십대 초반에, 내가 좋아하던 사람이 내게 좋아한다고 말했을 때 제일 먼저 느낀 감정은 기쁨도 설렘도 아니었다. 죄책감이었다. 확실히 그랬다. 무언가 잘못하고 있다는 느낌. 이어서 의심이 들었다. 나를 좋아한다고? 내게 뭔가 바라는 게 있나? 나는 상대를 고통에 빠뜨리는 방법으로 사랑을 확인하려고 했다. 상대가 맞춰주려고 애쓸수록 나는 난폭해졌다. 상대도 나처럼 표독스러워지길 바라면서. 그걸 반드시 확인하고 싶었다. 나만 나쁜 게 아니라는 것. 우리는 똑같이 엉망이고 구제 불능이라는 것. 상대가 참으면 역겨웠고 참지 않아도 역겨웠다. 비교적 평화로운 가정에서 자란 사람들을 부러워하지는 않았고, 웃긴다고 생각했다. 뭘 모르는 존재들이라고 얕잡아봤다. 몇 번의 연애를 처참하게 끝내며 깨달았다. 정신 똑바로 차리지 않으면 나도 아빠 같은 인간이 될 수 있다는 것을. 아빠를 닮고 싶지 않았다. 엄마처럼 살고 싶지 않았다. 사랑이 불러오는 불길한 평온에서 도망치고 싶을 때면 이모 가족을 떠올렸다. 내 안에도 다정함이 있다면 더 늦기 전에 그것을 꺼내고 싶었다.

상상의 힘으로 아빠를 없애버린 후 나는 상상을 내 편으로 두었다. 원하는 대로 써먹을 수 있는 초능력처럼 생각했다. 하지만 태양을 낳은 다음부터 나도 모르게 자꾸 불길한 상상에 빠졌다. 엄마나 남편이 교통사고를 당하는 상상. 태양을 화장실이나 계단에서 떨어뜨리는 상상. 발코니에서 빨래를 털던 엄마가 아래로 떨어지는 상상. 뾰족한 물건에 찔려 피를 철철 흘리는 상상. 태양에게 뜨거운 물을 엎지르는 상상. 뭔가가 폭발하는 상상. 폭발하여 불타오르며 동시에 사라지는 상상.

때로는, 분명 내가 겪은 출산인데도 모든 게 거짓말 같았다. 태양이 갑자기 사라진다면…… 내 앞에서 연기처럼 흩어진다면…… 그런 상상이나 하는 나를 죽이고 싶었다. 한편에는 수긍하는 내가 있었다. 태양이 사라진 자리를 바라보면서도 전혀 충격받지 않고 그래, 그렇지, 역시 꿈이었던 거야, 내 예감이 맞잖아 하고 중얼거리는 나. 태양이 사라져서 자살할 만큼 고통스러운 나와 태연하게 수긍하며 아무 충격도 받지 않는 나는 상상 속에서 이물감 없이 함께 존재했다.

결혼 전, 갑작스러운 두드러기와 가려움증 때문에 고생한 적이 있다. 병원에서 여러 검사를 받았다. 스트레스가 심하거나 면역력이 떨어지면 급성 피부 발진이 나타날 수 있다고 의사는 말했다. 의사는 항히스타민제와 신경 안정제 등을 처방해줬다. 예방은 불가능했다. 징조와 증상을 알 수 있을 뿐. 그때와 비슷한 느낌으로 불안은 찾아왔다.

어느 새벽, 잠에서 깬 남편이 나를 찾아 주방으로 나왔다.

안 자고 왜.

남편이 물었다.

가스 불을 제대로 껐는지 확인하려고 했다. 불이 분명히 꺼진 것을 확인하고 돌아서면, 방금 나의 확인이 의심스러웠다. 다시 돌아보고, 또다시 돌아보고, 내 눈을 믿을 수 없어 화구격자 위에 손을 대보고, 쇠의 차가움을 느끼는 중에도 여전히 의심스럽고…… 나는 침대에 누울 수 없었다. 눈을 감을 수가 없었다. 가스레인지와 가장 가까운 곳에 앉아서 어두운 그것을 계속 쳐다보고 있는 것만이 불안을 잠재우기 위해 내가 할 수 있는 일이었다. 급기야 나는 이렇게 믿었다. 내가 저것을 보고 있기 때문에 잠잠한 거라고. 내가 방심하는 순간 불은 치솟고 불행은 시작되리라고. 이런 말은 누구에게도 하면 안 된다고 생각했다. 사람들은 불안 심리와 출산을 묶어서 생각할 테고, 나는 그런 생각을 견딜 수 없었다.

잠이 안 와? 어디 안 좋아?

남편이 물었다. 행복이라는 강력한 자석을, 그것에 들러붙는 수많은 감정을 생각하면서 고개를 끄덕였다. 나는 행복했다. 나는 불행했다. 나는 그런 것에 들러붙고 싶지 않았다.

호르몬 때문이래. 당신 요즘 우울하고 예민한 거. 출산 뒤에 당신 같은 경우가 많다고 들었어. 시간이 지나면 괜찮아질 거야.

문득 남편에게 말하고 싶었다. 의사가 했던 이야기를. 태아의 심장박동이 감지되지 않습니다. 심장박동이 사라졌습니다. 의사는 잠시 머뭇거렸다가 완전히 확인하려는 사람처럼 뭔가에 집중하더니 단호하게 말했다. 태아가 사망한 것 같다고. 보호자에게 연락하라고.

임신 4개월로 접어들던 때였다. 정기 검진을 받으러 병원에 들어설 때도 태아가 죽었다는 어떤 예감도 증상도 느끼지 못했다. 입덧과 가슴 통증은 여전했고 매일 피로했다. 불규칙한 우울감에 자주 빠졌다. 의사는 그런 감정이 정상이라고 했다. 호르몬의 증가 때문에 겪는 일이므로 걱정할 필요 없다고. 그러므로 나는 우울감이나 불안증조차 죽음의 예감이었다고 말할 수 없었다. 몸도 정신도 아무것도 느끼지 못한 죽음이, 언제 죽었는지도 알 수 없는 죽음이 내 안에서 일어났고 이유는 없었다. 차후에 검사를 해봐야 알겠지만 별다른 이유 없이 계류유산이 일어나는 경우는 많다고 의사는 말했다. 태양 이전의 아이. 아무 일 없기를 바라며 우리가 '무사'라고 부르던 존재. 의사는 죽은 무사를 내 몸에서 제거하였다. 하지만 나는 내 몸속에 뭔가가 남아 있다고 느꼈다. 체온이나 숨과 같은 영역에서, 초음파에 잡히지 않는 형태로, 우울과 불안의 방식으로. 그래서 우울해도 괜찮았다. 불안을 피하려고 하지 않았다. 때때로 숨이 잘 안 쉬어져도, 복통이나 두통이 밀려와도, 몸에 알 수 없는 상처가 생겨도 놀라지 않았다. 남아 있기에 나타나는 증상이라고 여겼다.

남편에게 말하고 싶었다. 두 번째 임신 소식을 들었을 때 나를 사로잡았던 소멸의 기운에 대해. 나는 그때 무사가 완전하게 사라졌다고 느꼈어. 기쁘거나 슬픈 감정 같은 건 느끼고 싶지 않았어. 사라지길 바랐던 것도 같은데 사라져서 무서웠어. 나는 태양도 무사처럼 죽을 줄 알았어. 무사는 그랬는데 태양은 안 그러면 이상하잖아. 하지만 태양은 태어났고 나는 무사의 얼굴도 몰라. 태양이 죽는다면 나도 죽어버릴 거야. 그런데 나는 태양이 죽을 거라고 생각했지. 무슨 말인지 알겠어? 세상은 그런 곳이잖아. 누구나 이유 없이 태어나고 죽잖아. 당신도 나도 마찬가지잖아. 그런데도 나는 왜 우리가 사라질까 봐 불안하지? 우리의 불행이 내 탓일 것만 같지? 호르몬 때문이라고 말하지 마. 나를 그렇게 단순한 존재로 만들지 마.

나는 말없이 어둠을 바라봤다.

괜찮을 거야. 들어가서 눕자.

남편은 나를 다독이듯 말했다. 어떤 세계가 있고 그곳에는 오직 나만 살고 있다. 남들 다 그렇다는 말이 산산이 부서지는 세계. 나의 일부는 그 세계에서만 살다가 그 세계에서 죽을 것이다. 그 세계에 속한 나의 얼굴은 아무도 모를 것이다. 남편이 내 손을 잡으며 괜찮을 거라고 다시 말했다. 나는 괜찮아지길 바라지 않았다. 내가 불안한 만큼 모두 무사하기를 바랐다. 그런 나의 바람이 엄마와 닮은 것일까 봐 두려웠다. 언젠가 나도 태양에게 엄마처럼 말하게 될까 봐.

전부 너 걱정돼서 하는 소리잖아. 세상이 네 뜻대로만 굴러가는 줄 알아?

245

육아휴직이 끝날 때를 대비해 어린이집을 찾아보는 내게 엄마는 일을 그만두라고 했다. 돌배기를 하루 종일 남의 손에 맡긴 채로 불안해서 어떻게 살 수 있겠느냐고. 나는 직장으로 돌아가야 했다. 아이를 다 키워놓고 돌아갈 수 있는 자리 같은 건 없었다. 엄마가 생각하는 답은 두 개뿐이었다. 내가 일을 그만두거나 엄마가 태양을 맡거나. 엄마에게는 철칙이 있었다. 무슨 일이 있어도 아이는 엄마가 키워야 한다는 것. 엄마는 그 철칙을 지키며 살았다. 내가 일을 그만둘 수 없다고 말하면 엄마는 비난하듯 중얼거렸다.

뭐 대단한 일 한다고.

일을 해야겠다는 나의 말을 엄마는 '먹고살기 힘들다'는 말로 받아들였다. 나의 꿈, 나의 성취, 내가 원하는 나의 모습 같은 건 엄마 머릿속에 없었다. 엄마가 옳다고 생각하는 엄마의 역할이 있을 뿐이고, 그건 어쩌면, 엄마가 살아온 삶과 가장 닮아 있었다. 지긋지긋해하며 수십 번을 죽으려고 했다던 그 삶. 엄마에게 태양을 맡기고 싶지 않았다. 우리 모두가 점점 망가질 것만 같았다. 엄마는 계속 걱정을 늘어놓았다. 애가 엇나갈 것이다, 남편이 바깥으로 돌 것이다, 이도 저도 안 될 것이다, 시댁에서 곱게 보지 않을 것이다, 결국 전부 네 탓이 되고 말 것이다. 엄마의 걱정은 이렇게 마무리되곤 했다.

그러게 내 말을 들었어야지. 이 서방보다 능력 있는 남자랑 결혼했으면 우리가 지금 이런 걱정을 하고 있겠냐.

엄마는 내 탓을 하고 싶은 거였다. 내가 지금 만족스럽다고 해도 엄마가 보는 나는 불행하고 부족한 사람이니까.

엄마가 말하는 남들도 다 그렇게 살아. 맞벌이하면서 아이는 어린이집에 맡기면서.

그렇게 살지 않는 사람들도 많다. 넌 왜 더 편하게 사는 사람들은 처다보지도 않니. 애가 크는 모습을 지켜보는 기쁨이 얼마나 큰데. 애가 걷고 뛰고 말하고 숫자 배우고, 그런 걸 엄마가 다 지켜보고 기억해야지.

엄마는 기억이 나? 내가 처음 걷고 말하고 그랬던 거?

그땐 사는 게 너무 힘들었어.

지금은 뭐가 달라?

세상이 얼마나 좋아졌냐.

대체 뭐가 좋아졌다는 거야.

걱정되니까 하는 말이지. 네가 나중에 후회할까 봐.

나는 잘못될 생각부터 하기는 싫어. 나는 복직할 거고 태양이는 잘 클 거야. 물론 아프겠지. 다치겠지. 속상하겠지. 가끔 후회하겠지. 애 아빠하고 싸우기도 할 거고 태양이는 울겠지. 그러면 서로 미안하다고 말하고 화해할 거야. 중요한 일은 같이 고민하고 약속은 지킬 거야. 특별한 날에는 외식도 하고 여행도 갈 거야. 나는 그렇게 살 거야, 엄마.

내가 아이였을 때는 엄마에게 흡수될 수밖에 없었다. 하지만 이제는 둘 다 어른이어서 적당한 거리를 지키지 않으면 충돌하고 깨진다. 깨진 잔여물은 타인을 위협하고 상처는 영영 남는다. 엄마와 아빠의 충돌처럼. 엄마는 나를 자기 구역으로 끌어들이려고 했다. 나는 엄마와 같은 궤도에 속하고 싶지 않았다.

엄마가 태양을 돌보는 사이 마트에 들러 장을 봤다. 식자재를 재빨리 카트에 담으며 나는 불안한 상상에 시달렸다. 태양이 침대에서 떨어지는 상상. 새가 집으로 들어와 태양을 쪼는 상상. 두 손 가득 짐을 들고 현관문을 열었을 때 태양의 소리가 들렸다. 태양은 웃으며 소리를 지르고 있었다. 주방에 짐을 내려놓고 안방으로 갔다. 엄마가 침대에 비스듬히 누운 채로 말했다. 일어날 수가 없다고. 애를 안으려다가 허리가 나간 것 같다고. 구급차를 부르고 태양의 이유식과 기저귀부터 챙겼다. 엄마는 누운 채 들 것에 실렸다.

병원에서 허리 치료를 받는 동안 엄마를 간병해줄 사람이 필요했다. 오빠를 떠올렸으나 선뜻 연락할 수 없었다. 네 아이를 돌보다가 병이 난 것 아니냐는 소리를 들을까 봐. 그런 말을 입 밖으로 내지 않더라도 그런 생각을 할까 봐. 나는 태양을 안은 채로 엄마 옆에 앉아 핸드폰을 들여다봤다.

민재한테는 말하지 마.

엄마가 말했다. 엄마도 나와 비슷한 생각을 하고 있었나?

괜히 신경만 쓴다. 불쌍한 애가.

엄마는 나와 다른 생각을 하고 있었다.

오빠가 불쌍해?

불쌍하지. 그 나이 되도록 결혼도 못하고.

오빠는 예전부터 결혼 생각 없다고 계속 말했잖아.

그래도 그게 아니지. 남들 다 결혼하고 자식 보고 사는데.

오빠 불쌍하다고 생각하는 사람 아무도 없어, 엄마.

나는 개가 불쌍하다. 부모를 잘못 만나서.

그건 오빠나 나나 같지.

남자랑 여자랑 같니. 남자는 집안이 번듯해야 돼.

지금이 조선시대야? 무슨 그런 말을 해.

세상이 달라졌다고 해도 결혼은 그렇지가 않아.

이후에 나올 말을 너무나 잘 알았기 때문에 나는 자리에서 일어났다. 복도를 서성이며 남편에게 전화해서 상황을 알렸다. 오빠는 전화를 받지 않았다. 나는 병원을 통해 간병인을 알아봤다. 남편은 퇴근길에 집에 들러 간단한 생필품과 편한 옷을 챙겨 왔다. 집에서와 달리 태양은 계속 짜증을 내고 울었다. 내 품에서 떨어지지 않으려고 했다. 태양이 깊이 잠든 뒤에야 남편은 태양을 차에 태우고 집으로 갈 수 있었다. 남편을 보내고 오빠에게 전화했다. 현장에 나가 있느라 낮에는 전화를 받지 못했다고, 전화한다는 걸 깜빡했다고 오빠는 말했다. 나는 엄마의 허리 상태와 예상되는 치료 과정을 알린 뒤 내일부터 낮에는 간병인이 엄마를 돌볼 것이고 밤에는 내가 병원에 있을 거라고 말했다. 오빠는 가만히 내 말을 듣다가 대꾸했다. 고생이 많다. 나도 시간 내서 병원 들를게. 너도 너무 무리하진 마라.

무리하지 말라고.

복도 의자에 앉아 오빠의 말을 되뇌었다.

무리하지 않으면 어떻게 하나.

간병인을 구했다고 말하자 엄마는 돈이 아깝다고 했다.

도와주는 사람이 없으면 엄마 지금 혼자서 화장실도 못 가잖아.

그래도 그런 데다 돈을 쓰는 건 아닌 것 같다.

돈 걱정은 하지 마. 보험 들어놓은 것도 있고.

네가 있을 수 있잖아.

난 밤에 있을 거라니까. 낮에는 태양이 보고.

우리 셋이 계속 같이 있으면 되지, 여기서.

태양이랑 하루 종일 병원에 있는 건 무리야. 아이 건강도 생각해야지.

겨우 며칠이잖아.

그래, 겨우 며칠 간병인이랑 지내는 거야, 엄마.

난 너를 그렇게 생각하지 않았다. 내 자식 내가 거둔다고 생각했어.

무슨 말이야?

엄마 아픈데 며칠 힘든 걸 못 참겠다는 거잖아, 너는.

그게 아니잖아, 엄마. 태양이 데리고 어떻게 하루 종일 병원에 있어.

너도 네 아빠랑 다를 거 없다. 자기 힘든 건 질색하는 그 성질머리.

엄마를 가만히 쳐다봤다. 손끝으로 뭔가가 빠져나가는 느낌이었다. 힘들겠지. 아프겠지. 짜증 나겠지. 화풀이하고 싶겠지. 무조건 자기 말대로 해야 한다고 생각하겠지. 내 앞에 아빠가 누워 있는 것 같았다. 방금 엄마가 말한 사람, 나와 다를 것 없다고 말한 그 사람. 나를 아빠와 같은 사람이라고 생각한다면 정말 아빠처럼 해주겠다는 생각이 잠시 들었다. 그게 훨씬 쉬운 방법이니까. 하지만 나는 절대 그런 사람이 되고 싶지 않았다.

나한테 이러지 마, 엄마.

약간 넋이 나간 사람처럼 말했다.

아무리 생각해도 나는 잘못한 게 없어.

네가 잘못했다는 게 아니라…….

아니지. 내가 잘 살고 있는 게 잘못인 거잖아. 나도 불행해야 되는데. 매일 남편이랑 싸우면서 불평하면서 못살겠다고 소리 지르고 힘없는 애한테 윽박지르고. 그렇게 살아야 되는데.

얘가 왜 이래.

그럼 나한테도 불쌍하다고 하겠지, 엄마는.

솔직히 네가 부족한 게 뭐냐. 제때 결혼해서 남편 있지, 자식 있지. 시댁에서 유난을 떠는 것도 아니고 부모가 크게 아픈 것도 아니고. 내가 아파서 지금 잠깐 힘든 걸 가지고…….

엄마는 늘 나한테 부족하다고 하잖아.

부모 눈에는 자식이 늘 부족해 보이는 거야. 태양이 커봐라. 너라고 다를 줄 아니.

…….

너무 나쁘게만 듣지 마. 너 속상하라고 하는 소리도 아니고, 솔직히 너 아니면 누가 내 맘을 안다고.

계속 깔아뭉개다가 내가 완전히 돌아서기 전에 달래는 방식. 나는 그렇게 훈련되었다. 엄마는 우선 내 탓을 하고, 내가 힘들어하면 그제야 나를 보호하려 든다. 그러면서 엄마 마음을 아는 건 나뿐이라고 말하지.

나는 엄마 맘 몰라. 엄마도 내 맘 모르고.

됐다, 그만하자. 속 시끄럽게.

엄마는 지쳤다는 듯 눈을 감았다.

너도 집에 가. 혼자 있을 수 있으니까.

나는 병실을 나와 복도 의자에 모로 누웠다. 오빠에게 전화를 걸어서 넌 좋겠다, 아무것도 몰라서, 불쌍해서, 현장에 있으면 되고, 무리하지 말라고 말하면 되니까, 넌 진짜 좋겠다, 거기 있을 수 있어서, 모를 수가 있어서…… 쏟아붓고 싶은 마음을 간신히 참았다. 나는 불쌍해지고 싶지 않았다. 다른 사람이 되고 싶었다.

*

내가 아픈 게 죄지.

나는 대답하지 않았다.

내 맘 알아달라는 것도 욕심이지. 내 팔자에 무슨.

나는 대답하지 않았다.

남편 복 없는 년이 자식 복이라고 있겠나.

오빠가 병실 문을 열고 들어왔다. 엄마는 입을 다물었다.

엄마도 이제 좀 내려놓고 엄마 인생 살아요.

오빠가 말했다. 무슨 뜻일까. 여태까지 엄마가 다른 사람 인생을 대신 살았다는 뜻일까? 엄마는 무슨 말인지 모르겠다는 표정으로 나를 봤다. 오빠의 뒤통수를 내려치고 싶었다.

어머니, 허리 치료 끝나면 종합검진 받으세요. 제가 신청해놓을게요.

남편이 말했다.

어디 안 좋다고 나올까 봐 무서워서…….

엄마가 마른세수를 하며 중얼거렸다.

안 좋으면 고쳐야지. 더 늦기 전에 고치면 되지. 그걸 왜 미리 걱정해.

내 말을 들으며 엄마는 창밖을 바라봤다.

밤 10시 넘어 남편에게 동영상이 왔다. 영상 속에서 태양은 '맘마'라고 거듭 말했다. 영상 바깥에서 남편은 태양의 말을 똑같이 따라하며 아이처럼 웃었다.

엄마는 보조기구에 몸을 의지한 채 복도를 걸었다. 나는 한뼘 정도 떨어져서 엄마와 같은 보폭으로 걷다가 엄마가 잠시 멈추면 같이 멈췄다. 운동 시간은 점점 늘어났다. 처음으로 입원 병동을 한 바퀴 돈 다음 엘리베이터를 타고 옥상 정원으로 올라간 날, 따뜻한 베지밀 병을 손에 쥐고 굴리던 엄마가 물었다.

회사 언제 간다고?

아직 두 달 남았어.

애는 어쩔 건데?

어린이집 신청해놨어.

하루 종일 맡길 거야?

…….

오후에는 내가 데리고 있을게.

괜찮아 엄마. 내가 알아서 해.

태양이 아니면 내가 웃을 일이 없어서 그래.

일단 신청했으니까…….

공주님이라고 안 부를게.

…….

그래도 공주님처럼 크면 얼마나 좋니. 나한테는 그 애가
세계 최고 공준데.

이모 부부가 귤을 사 들고 병문안을 왔다. 이모 부부는 엄
마와 옛날이야기를 한참 동안 나눴다. 배웅하려고 병실을
나섰다가 병원 정문까지 같이 걸었다. 택시를 잡으려는 나를
이모가 말렸다. 우리는 걸어갈 거야. 걸어간다고요? 어디까
지요? 이모는 기차역까지 걸어갈 거라고 했다. 병원에 올 때

는 택시를 탔지만, 오다보니 걸을 만한 거리더라고.

그래도 역까지는 길이 꽤 멀고 복잡한데요.

괜찮아. 우리는 요즘 이거 따라 걷는 재미에 빠져서. 걷다가 힘들면 그때 택시 타도 되고.

이모부가 핸드폰의 지도 앱을 터치하며 대답했다. 이모부가 출발지와 도착지를 입력하는 사이 이모가 내게 아기 사진을 보여줄 수 있느냐고 청했다. 나는 핸드폰을 꺼내 태양의 동영상을 틀어줬다. 이모와 이모부는 동영상 속 태양의 말을 따라하며 웃었다. 너 아기 때랑 똑같네. 이모가 말했다.

이모는 그때가 기억나요?

그럼. 너는 정말 잘 웃는 아기였어. 뭐가 그렇게 신기하고 좋은지 어른들이랑 눈만 마주치면 숨이 넘어갈 듯 웃어서, 네가 있으면 분위기가 금세 밝아졌어.

엄마는 내가 낯가림이 심해서 다른 사람이랑 눈만 마주쳐도 울었다던데요.

그랬나. 하긴, 내가 모르는 날들이 더 많겠지. 근데 아기라면 낯가림을 하는 게 또 당연하니까.

이모 말에 이모부가 고개를 끄덕이며 맞장구쳤다.

맞아. 특히 낯을 가리는 시기가 있잖아.

이모부의 핸드폰에서 130미터 직진하라는 음성이 나왔다. 이모가 이모부의 팔짱을 끼며 나에게 그만 들어가보라고 했다. 어서 들어가. 네, 조심히 가세요. 밥 잘 챙겨 먹고. 네, 걱정 마세요. 나중에 태양이랑 같이 볼 수 있으면 좋겠다. 네, 놀러 갈게요. 우리는 웃으며 인사하고 또 인사했다. 나는 멀어져가는 이모 부부를 바라봤다. 정문을 지나 신호가 바뀌길 기다리다 횡단보도를 건너던 이모 부부는, 내가 아직 돌아서지 않았다는 걸 알고 있는 사람들처럼, 나를 돌아보며 동시에 손을 흔들었다.

내가 어떤 아이였든 무슨 상관인가.

걸음걸이마저 닮아버린 두 사람의 뒷모습을 바라보며 생각했다. 사람들은 기억하고 싶은 대로 기억할 테고 나는 이제 누구의 기억에도 엉겨 붙지 않을 것이다. 지금을 생각할 것이다. 우리 중 누구도 아빠가 지금 어디에서 무얼 하고 있는지 몰랐으며 관심도 없었다. 아빠를 추억하는 말조차 하지 않았다. 그 정도면 충분하다고 생각했다. 아직은…… 아직까지는. 고개를 들어 태양을 찾았다. 구름이 빠르게 태양을 가리며 지상에 잠시 그림자를 만들었다. 곧 눈이 부셨다.

홈 스위트 홈

기억 속 최초의 집에는 우물이 있었다. 평소에는 나무판자로 우물 위를 덮어두었다가 필요할 때마다 판자를 열고 두레박으로 물을 길어 올렸다. 마당은 흙바닥. 지붕은 검은 기와. 대문은 없었고 외양간인지 창고인지 알 수 없는 작은 별채를 사이에 두고 마당과 골목을 구분했다. 환하고 건조한 날씨가 오래 지속되는 계절에도 우물의 돌덩이에는 초록색 이끼가 피어 있었다. 그리고 노란 민들레. 댓돌과 흙바닥 틈새에, 벽과 벽이 만나는 모서리에 뿌리를 내렸던 별 같은 꽃. 비가 그친 어느 날에는 툇마루에 청개구리가 나타났다. 당시 두어 살이던 내 손바닥보다 작고 깨끗해 보이던 연두색 생명체. 나는 손을 뻗었고 청개구리는 폴짝폴짝 뛰어 사라져버렸다. 나는 울었다. 왜 울었을까? 그때 내가 운 이유는 아무도 모른다. 나조차 잊어서 영영 모를 일이 되었다. 요즘 그런 일들에 대해 자주 생각한다. 분명 일어났으나 아무도 모르는 일들. 기억하는 유일한 존재와 함께 사라져버리는 무수한 순간들. 그런 것들에 무슨 의미가 있나 싶다가도 한 사람의 인생이 바로 그것들의 총합이라고 생각하면 의미가 없을 수만은 없고. 폭우의 빗방울 하나. 폭설의 눈송이 하나. 해변의 모래알 하나. 그 하나가 존재하는 것과 존재하지 않는 것에 무슨 차이가 있을까? 그렇지만 나는 청개구리를 기억한다. 이유를 망각한 나의 울음을 기억한다. 아주 많은 것을 잊으며 살아가는 중에도 고집스럽게 남아 있는 기억이 있다. 왜 남아 있는지 나조차 알 수 없는 기억들. 나의 선택으로 기억하는 게 아니라 기억이 나를 선택하여 남아 있는 것만 같다. 청개구리가 나를 선택했다.

얼마 지나지 않아 우리는 그 집을 떠났다. 그 집에 새로 들어간 사람들은 지붕과 벽을 허물고 벽돌집을 지었다. 우물을 메우고 마당에 잔디를 깔고 대문을 만들었다. 옛집은 완전히 사라졌다. 몇 년 전, 엄마와 함께 그 집 앞을 지나갈 일이 있었다. 수십 년의 세월만큼 낡은 벽돌집을 가리키며 나는 기와집과 우물에 대한 기억을 불쑥 말했고 엄마는 놀라서 대답

261

했다. 그래, 우물을 중앙에 둔 기역자 형태의 집이 여기 있었어. 하지만 네가 그걸 기억한다는 건 말이 안 돼. 나 역시 말이 안 된다고 생각했지만 기억은 기억. 말이 안 되는 기억이 적지 않은 데다 이제 나는 시간을 이전과 다른 방식으로 해석하므로 말이 안 되는 일도 가능하다고 믿는 편이다. 미래를 기억할 수 있을까? 육체의 눈과는 차원이 다른 정신의 눈이 있어 미래를 보고 기억할 수도 있지 않을까? 나는 인생이 한 방향으로만, 그러니까 책장을 넘기듯 오른쪽에서 왼쪽으로, 현재에서 미래로만 흐른다는 생각을 버렸다. 시간은 인간의 언어. 측정 도구. 약속. 인간이 발명하고 이름 붙인 것. 그러므로 다르게 해석할 수도 있을 것이다. 이를테면 다음처럼.

시간은 발산한다.

과거는 사라지고 현재는 여기 있고 미래는 아직 오지 않은 것이 아니라, 하나의 무언가가 폭발하여 사방으로 무한히 퍼져나가는 것처럼 멀리 떨어진 채로 공존한다. 과거는 사라지지 않는다. 기억하거나 기억하지 못할 뿐. 미래는 어딘가에 있다. 쉽사리 볼 수 없는 머나먼 곳에. 나는 종종 과거와 미래를 헷갈리는 것만 같다. 과거의 일이라고 기억하는 상황을 현재에 그대로 겪을 때가 있으며 미래의 일을 짐작하여 이야기하면 예전에 그런 일이 있었지 않느냐는 대꾸를 듣는 경험들. 인류가 동시에 과거, 현재, 미래라는 개념을 망각한다면 어떻게 될까. 혼란에 빠질까? 누군가는, 아주 찰나일지라도, 평생 경험한 적 없는 엄청난 자유를 실감할지도 모른다. 출생과 죽음, 성장과 노화, 발생과 소멸을 시간이란 개념 바깥에서 이해하고 싶다. 얼음이 물이 되고 물이 수증기가 되듯 바뀌어 달라지는 것. 시간을 배제하고 변화를 말할 수 있을까. 죽음 다음이 있다면, 어쩌면, 시간에서 해방된 무엇이 아닐까.

　기억 속에는 이런 집도 있다. 작은 방 하나. 창문이 있다. 불투명한 유리창. 창틀은 갈색. 한쪽 벽을 채운 자개장. 민트 색의 낡은 나무 문. 청동색의 동그란 손잡이. 방문을 열면 욕실 겸 주방이 나온다. 벽도 바닥도 잿빛 시멘트. 모퉁이에 작은 싱크대. 양철 문의 오른쪽에 수도꼭지가 있고 쪼그려 앉아 빨래를 하거나 머리를 감기에 알맞은 개수대가 있다. 수챗구멍은 플라스틱 채반으로 막아두었다. 양철 문 위쪽에는 불투명하고 올록볼록한 유리창이 달려 있다. 유리창 너머는 환하다. 문을 열면 빛이 파도처럼 넘쳐 올 듯 밝다. 나는 그 문을 열고 집으로 들어오거나 바깥으로 나간 적이 없다. 그 집에 살지 않았다는 뜻이다. 하지만 그 집을 기억한다. 물에 젖은 시멘트 냄새와 빛바랜 벽지의 거칠한 촉감을 안다. 꿈인가, 꿈에서 보았나 생각하다가 엄마에게 물어본 적이 있다. 엄마는 놀라며 대답했다. 엄마가 신혼일 때 그런 집에서 잠시 산 적이 있다고. 그러므로 네가 그 집을 기억하는 건 말이 안 된다고. 그즈음 엄마는 나에 관하여 '말이 안 된다'는 말을 자주 했다. 때로 나는 그 말을 이해했고 어느 때는 상처받았으나 (사랑하기 때문에) 미안하다고, 하지만 이게 나의 최선이라고 소용 없는 사과를 건넸다. 또 다른 때는 지쳐서 대꾸했다. 그만해, 엄마. 어디에서 어떻게 죽을지는 내가 결정해. 내 삶이고 내 죽음이야.

*

일하기 편한 옷과 챙이 넓은 모자를 챙기고 있을 때 초인종이 울렸다. 현관문을 열자 엄마가 서 있었다.

뭐야. 비번 알려 줬잖아.

내 집도 아니고, 남의 집에 그렇게 들어가는 건 경우가 아니지.

남의 집?

너도 앞으로 우리 집 올 때 초인종 눌러.

초인종 달았어?

물어보면서 생각했다. 백자가 없어서 초인종을 달았나. 누군가가 대문 앞을 서성이는 기척이 있으면 백자는 꼭 서너 번씩 짖었다. 그 소리에 엄마는 재미 삼아 사람 말을 붙이곤 했다. 오지 마. 저리 꺼져. 반가워. 누구야. 어서 오게. 백자는 엄마와 15년 가까이 살았고 서너 달을 앓다가 죽었다. 백자가 죽고 몇 주가 지난 뒤에야 엄마는 나에게 '백자가 떠났다'고 어렵게 소식을 알렸다. 엄마는 백자를 무명으로 감싸서 마당의 감나무 근처에 깊이 묻었다고 했다. 그 말을 들으며 나는 죽음 이후에 남을 나의 시체를 생각했다. 사람들은 시체가 마치 나인 것처럼 여기며 장례를 치르겠지. 시체는 정말 나일까? 내가 나의 시체까지 처리할 수 있다면 좋을 텐데. 백자는 흙이 될까? 그 자리에 무언가가 피어날 수도 있을까? 당신의 땅에 백자를 묻은 엄마의 마음을 나는 이해했다. 그러니 엄마 또한 내 마음을 이해하고 있을지도 모르지. 이해하면서도 이해하지 않으려는 그 마음을 나 또한 모른다고 말할 수는 없고.

발코니에서 소형 예초기를 꺼내 오는 나를 보고 엄마가 물었다.

그걸 돈 주고 샀어?

당연한 걸 물어봐서 대답하지 않았다. 엄마가 예초기를 뺏어 들려고 했다. 아니, 엄마는 저거 들어 줘. 식탁에 올려둔 가방을 눈짓으로 가리키며 말했다. 간식으로 먹을 사과와 떡, 보리차를 넣어둔 가방이었다. 엄마는 내 손에서 예초기를 뺏어 들고 먼저 집을 나섰다.

공동 현관을 나서며 엄마의 자동차를 찾아 주변을 둘러봤다. 엄마는 주차장 끄트머리의 소형 트럭으로 다가가 짐칸에 예초기를 실었다. 짐칸에는 낫, 호미, 삽, 옥외용 쓰레받기 같은 장비와 함께 다른 예초기가 이미 실려 있었다. 내가 산 것보다 훨씬 크고 성능이 좋아 보였다. 트럭에 올라타며 엄마에게 물었다.

웬 트럭?

잠깐 빌렸어.

예초기도?

인부를 부르면 좀 좋아.

시동을 걸며 엄마는 못마땅하다는 듯 말했다.

힘든 일은 당연히 전문가한테 맡기지. 근데 이 정도는 내가 하고 싶다고.

땡볕에 풀 뽑는 게 보통 힘든 줄 알아?

일단 해보고…… 주말에 어진이랑 마저 하기로 했어.

돈이 없어 그러는 거면 내가 준다니까.

엄마는 좋겠다. 돈 많아서.

내가 무슨 돈이 많아.

뭔 일만 있으면 돈 준다니까 하는 말이지.

준다는 돈을 좀 받아서 쓰면 안 돼?

아, 엄마는 노후 생각 안 해?

엄마는 입을 다물고 일정한 속도로 트럭을 몰았다. 라디오에서 흘러나오는 옛 노래를 듣다가 나는 동생 부부의 안부를 물었다. 엄마의 형제자매들과 성당 사람들의 안부도 생각나는 대로 물었다. 누구는 신장이 좋지 않아 입원했고 누구는 요즘 손주를 보살피느라 정신이 없고 누구는 누구랑 사이가 틀어져서 엄청 속을 태운다는 이야기를 듣다가 깜빡 잠이 들었다. 눈을 떴을 때 차는 멈춰 있었다. 차창 밖으로 눈에 익은 풍경이 보였다. 엄마는 핸들에 이마를 기댄 채 눈을 감고 있었다. 나는 엄마의 옆얼굴을 가만히 바라봤다. 나와 가장 닮은 사람. 내가 나이 들면 저런 얼굴이겠지. 미래를 보고 있는 것만 같았다. 엄마가 눈을 떴다. 우리는 말없이 서로를 바라봤다. 엄마는 나를 보며 과거를 생각할까?

괜찮겠어?

엄마가 물었다. 나는 고개를 끄덕였다. 트럭에서 내려 기지개를 켜며 폐가를 바라봤다. 내 키만큼 웃자란 채 마당을 가득 메운 잡초 때문에 집의 외관은 거의 보이지 않았다. 모자와 마스크와 목장갑과 장화를 착용한 뒤 엄마와 힘을 합쳐 짐칸의 예초기를 바닥으로 내렸다. 엄마는 낫을 들고 마당의 가장자리 풀부터 능숙하게 베어냈다. 엄마에게 다가가 바꾸자고 했다.

뭘 바꿔?

나 저거 다룰 줄 몰라.

예초기를 가리키며 말했다.

할 줄도 모르는 일을 하겠다고 나선 거야?

엄마한테 배우려고 했지. 어차피 여기서 살면 예초기 계속 쓸 테니까.

엄마 표정이 조금 환해졌다. 엄마는 낫으로 안전하게 풀

베는 방법부터 가르쳐줬다. 엄마는 나를 영영 이해하지 못할수도 있다. 이해하지 못한 채로도 이렇게, 도대체 말이 안 된다고 하면서도 나보다 먼저 무언가를 말이 되게 할 것이다. 엄마가 알려 준대로 낫질을 반복하는데 엄마가 나를 불렀다. 예초기를 가리키며 이리 와서 보고 배우라고 했다.

*

태어나서 지금까지 실제로 거주한 집은 대략 열일곱 집. 거주한 적은 없으나 기억하는 집까지 더하면 스무 집. 열일곱 집 중 여덟 집은 미성년이었던 때 부모와 살던 집. 성인이 되어 내 이름으로 계약한 집은 아홉 집. 스무 살 때 서울 생활을 시작하면서 대학교 기숙사에서 1년을 살았다. 두 명이 함께 사용하는 방이었지만 어쨌든 돈을 지불하고 내 이름으로 빌린 공간이었다. 대학 2학년 때부터 자취를 시작했고 자주 이사했다. 보증금 300만 원에 월세 30만 원, 창문 없는 고시원, 보증금 500만 원에 월세 40만 원, 보증금 1,000만 원에 월세 60만 원, 보증금 3,000만 원에 월세 40만 원, 보증금 5,000만 원에 월세 40만 원, 전세보증금 8,000만 원…… 서울에서 김포로, 김포에서 수원으로, 수원에서 평택으로. 거주지의 환경과 임대료는 매번 달랐으나 방의 구조나 형태는 비슷했다. 열 평 남짓한 하나의 방. 싱크대를 머리맡이나 발밑에 두고 냉장고 소리를 듣다가 잠들던 날들.

삼십대 중반에 어진을 만나 동거를 시작했다. 간소하다고 생각했던 각자의 짐을 하나의 집으로 모으니 집은 더 좁아졌고 우린 가진 것을 계속 버려야 했다. 창밖으로는 다른 집의 창이 바투 보여서 늘 커튼을 치고 살았다. 이웃의 웃음과 울음, 다툼과 화해, 사랑과 비극이 어렴풋이 들렸다. 나도 모르게 숨소리를 죽이고 이웃의 소리에 집중하고 있음을 깨달은 어느 날은 큰 죄를 지은 것만 같아 수치스러웠다. 어진과 나의 생활도 그렇게 노출되었겠지. 이후 보지 않더라도 텔레비전을 켜두는 습관이 생겼다. 텔레비전 속 요란한 수다나 웃음소리에 스트레스를 받으면 클래식이나 종교 방송으로 채널을 바꿨다.

동거 생활 3년에 접어들면서 우리 사이는 위태로워졌다. 야근과 회식으로 애사심을 강요하는 조직 분위기와 강압적이고 말 많은 상사 때문에 어진은 단단히 지쳐버렸고, 지쳐서 짜증이 늘어가는 어진에게 나도 지쳐갔다. 신경질적인 다툼과 개운치 않은 화해를 반복하던 끝에 결론을 내렸다. 우리에게 필요한 건 이별이 아닌 변화라고. 우리는 서로를 버릴 수 없었다. 그래서 도시를 버리기로 했다. 직장을 옮기는 것처럼 어느 한 사람의 변화만으로는 부족했다. 우리를 둘러싼 분위기 자체를 새롭게 바꿔야 했다.

서로 가진 돈을 합쳐 충청남도 보령의 작은 빌라로 이사했다. 앞뒤 창으로 계절마다 색이 달라지는 뒷동산과 멀리, 아주 멀리 구름처럼 희뿌연 해수면이 보이는 집이었다. 어진은 출퇴근 시간이 명확하고 주말과 법정 공휴일에는 틀림없이 쉴 수 있는 일을 구했다. 이전보다 수입은 줄었으나 생활에는 여유가 생겼다. 나는 일러스트 작업을 계속했다. 중요한 미팅이 있을 때만 서울에 다녀오고 집에서 작업하는 일상은 변함없었으나, 밤낮 가리지 않던 작업 시간을 정오에서 저녁 6시까지로 한정했다. 그런데도 수입에는 큰 차이가 없었다. 피로, 교통 체증, 소음, 수면 부족, 무기력감, 느닷없이 솟구치는 분노와 인간에 대한 환멸에서 우리는 조금씩 어긋나듯 비껴갔다. 환기가 수월한 집에서 저녁 시간을 함께 보낼 수 있게 되자 외식이나 배달 음식으로 끼니를 때우는 일이 줄었다. 우리의 가장 중요한 주제는 '저녁에 무엇을 만들

271

어 먹을까'로 바뀌었다. 함께 만든 음식을 하얀 그릇에 담아서 같은 방향을 바라보며 천천히 먹다가 시원한 보리차를 마시면, 물이 정말 달았다. 정성스럽게 만든 음식을 먹으면서도 '물이 제일 맛있다'는 말을 주고받으며 우리는 실없이 웃곤 했다.

그 집에서 사십대가 되었다. 나는 무슨 일이든 어진과 상의할 수 있다고, 곤란하고 힘든 일도 함께 겪을 수 있다고 믿었다. 사고가 나면 수습하고, 싸우면 화해하고, 고장 나면 고치고, 잃어버리면 같이 찾고, 상대가 악몽에 갇혀 있을 때는 작은 소리로 이름을 부르고 또 불러 서로를 천천히 구원하는 일상. 나에게 미래란 내일이었다. 내일도 오늘과 별반 다르지 않으리라는 기도와 같은 기대만으로 충분했다. 나는 미래를 걱정하지 않았다.

어느 주말, 점잖은 옷차림에 난초 화분을 껴안고 엄마가 찾아왔다. 화분을 건네며 엄마는 말했다. 적당히 관심을 주면 꽃이 필 거다. 엄마는 풍광이 좋은 한식당을 예약해두었다고, 같이 밥을 먹으러 가자고 했다. 조용하고 환한 룸에 앉아 후식까지 다 먹은 다음 엄마는 테이블 건너편의 협상가처럼 제안했다. 결혼식이 정 번거롭고 무의미하다면 혼인신고라도 하라고. 그건 결혼식처럼 돈이 들지도 복잡하지도 않고 서류 한 장만 내면 끝이라고. 나는 알겠다고 대답했으나 바로 실천에 옮기지는 않았다. 급하지 않다고 생각했다. 그리고 얼마 지나지 않아 암 진단을 받았다. 어진은 혼인신고를 미룬 것을 울면서 후회했다. 나는 울지 않았다. 후회하지도 않았다. 나는 여전히 그것을 미루면서 병이 다 나으면 하자고 어진을 설득했다. 수술하고 치료만 잘 받으면 금방 나을 거라고 믿었으니까. 어진과 엄마는 나보다 더욱 확신했다. 엄마의 지인 중에는 암에 걸린 뒤 완치 판정을 받은 사람이 몇 있었다. 우리는 그들의 결과에만 집중했다. 병을 극복했다는 경험담에만 귀를 기울였다. 당시 우리에게 완치를 제외한 모든 경우는 실패였다. 죽음은 비극이었다. 그때는 그랬다.

*

수술과 항암 치료 종료 후 1년도 지나지 않아 재발. 그리고 다시 2차 재발. 재발 확률이 높은 병이란 건 알고 있었다. 그러나 엄마도 어진도 나도, 불길한 징조를 막으려는 사람들처럼 높은 확률의 재발 가능성에 대해서는 대화하지 않았다. 의사는 3차 재발을 경계해야 한다고 당부했다. 죽음이라는 검은 구멍이 한발 앞에 있는 것 같았다. 한발 뒤에도, 한발 옆에도. 죽음은 두려웠다. 고통에 짓눌릴 때는 차라리 죽는 게 나을 것 같았다. 고통을 대가로 몇 주 혹은 몇 달을 사들이는 것만 같았다. 내가 피하려고 하는 것이 고통인지 죽음인지 알 수 없었다. 나는 강한 사람이 아니었다. 아니, 거듭되는 치료와 재발을 겪으며 강함을 다 써버렸다. 재발하지 않으리라는, 내가 좀더 낮은 확률에 속할 수 있다는 것과는 다른 차원의 믿음이 필요했다. 회복, 차도, 건강에 대한 염원, 기적을 바라는 기도, 나의 상태를 나타내는 숫자 바깥에 있고 싶었다.

건강이란 뭘까. '건강하다'는 어떤 상태일까. 건강과 죽음은 큰 연관이 없다. 건강해도 죽을 수 있고 건강하지 않아도 오래 살 수 있다. 십대 때는 두통과 변비를, 이십대 때는 두통과 위통과 생리통과 변비를, 삼십대 때는 위통과 생리통과 어깨의 만성적 결림과 이석증으로 인한 어지럼증과 불면을 자주 겪었다. 환절기마다 감기에 걸렸고 언제나 피곤했다. 가스레인지 불과 전기장판을 제대로 껐는지, 욕실의 수도꼭지는 잠갔는지, 현관문을 제대로 닫았는지 확신할 수 없어 집을 나설 때마다 불안했다. 사람과의 관계에서도 혹시 오해를 부를 만한 행동을 했을까 봐 걱정이 많은 편이었다. 일할 때도 불안과 강박이 심해 같은 것을 수차례 확인하느라 스트레스를 받았다. 나의 성과나 실력을 스스로 불신했고 매사 죄책감이 컸다. 만성적 통증과 적당한 피로, 자잘한 스트레스와 타고난 성격이랄 수 있는 예민함. 그러니까 나는 대체로 건강한 편이었다. 말기 암 진단을 받기 전까지는.

내 잘못이라고 생각했다. 내가 건강을 제대로 관리하지 못해서라고. 생활 방식, 식습관, 성격을 하나하나 따져보며 문제점을 찾으려고 했다. 커피를 너무 많이 마셨나. 즐겨 마시던 와인이 문제였나. 유산소운동을 했어야 했나. 인스턴트 음식 때문인가. 잡곡밥을 먹었어야 했나. 남들처럼 영양제를 챙겨 먹었어야 했나. 일을 줄였어야 했나. 걱정 많은 성격이 문제였나. 병에 걸린 이유를 찾기 위해 생각을 거듭할수록…… 터무니없었다. 커피와 술을 마셔도 암에 걸리지 않는 사람들이 많다. 걱정 많은 성격을 고치려다가 더 큰 스트레스를 받았을 것이다. 병을 겪으며 새삼스럽게 깨달았다. 세상에는 건강 관련 정보가 넘치도록 많다는 것을. 당장 사 먹지 않으면 큰일 날 것만 같은 식품과 보조제, 항암 작용과 면역력 증진과 노화 예방에 좋다는 각종 제품을 팔려는 콘텐츠를 멍하니 쳐다보고 있으면…… 내가 뭔가를 잘못했기 때문이라는 자책을 지울 수가 없었다.

몸을 고치려는 치료가 아니라 고통 속에서 서서히 죽이려는 계획이 아닐까 하는 망상에 사로잡힐 만큼 지친 상태로 병원 로비를 지나갈 때였다. 느닷없이 날아온 누군가의 말이 나를 후려쳤다.

아직 젊은 사람이 대체 어떻게 살았으면 그런 병에 걸리냐.

반사적으로 고개를 돌렸다. 중년 남녀 네 명이 테이크아웃 잔에 담긴 음료를 마시고 있었다. 이제 웬만한 암은 초기에 발견해서 금방 고칠 수 있다던데. 백세 시대란 말이 괜히 있나. 건강검진만 제때 받아도 아플 일이 없지. 요즘처럼 좋은 세상에 자기 관리만 제대로 했어도 그 지경까지 안 갔을 텐데. 딱하다는 듯 혀를 차면서 그들끼리 주고받던 말. 아픈 사람에게 책임을 묻는, 네가 아픈 건 모두 네 탓이라는 그 말들. 그들은 어쩐지 뿌듯해하는 것처럼 보였다. 그리고 확신하는 것 같았다. 자신은 절대 아프지도 병들지도 않을 거라고. 나는 지쳐 있었다. 소리를 지르거나 울 힘도 없을 만큼 고통에 파묻혀 있었다. 그들에게 다가가 아픈 사람들 천지인 이곳에서 제발 말조심하라고 발을 구르며 경고하고 싶었지만, 사지가 고통에 묶여 꼼짝할 수도 없었다. 그때 나는 잠시 지옥에 서 있었다. 인간들의 지옥. 그들의 말은 나의 자책과 다르지 않았다. 내 잘못을 찾는 방법으로 무엇을 얻고 싶었던 거지? 아프다는 이유로 잘못 산 사람이 될 순 없었다. 어디선가 익숙한 멜로디가 흘러나왔다. 기계의 알림 또는 경고음 같았다. 그 멜로디의 가사를 어릴 때부터 알고 있었다. 배운 기억도 없이 저절로 외우고 있었다. "즐거운 곳에서는 날 오라 하여도 내 쉴 곳은 작은 집 내 집뿐이리." 어서 집으로 돌아가고 싶었다. 그러나 그 집은 아직 없었다.

*

나는 죽어가고 있다. 살아 있다는 뜻이다. 죽음을 죽음 자체로 두기 위해 오래 바라볼수록 두려움보다 슬픔이 커졌다. 두려움은 막연했으나 슬픔은 구체적이었다. 거기 나의 희망이 있었다. 슬픔을 위해서 움직일 힘이라면 아직 남아 있었다.

미래를 기억할 수 있을까?

3차 재발한다면 화학적 치료는 하지 않겠다고 어진에게

말했다. 어진은 재발할 일 없을 거라고 대답했다. 재발 확률은 70퍼센트. 내가 30퍼센트에 속할 수도 있다는 희망에는 70퍼센트만큼의 절망이 깃들어 있었다. 나는 재발의 가능성을 먼저 생각한다고 대답했다.

그럼 또 치료하면 돼. 지금까지 잘해 왔잖아.

이제 항암은 하지 않을 거야.

그건 의사가 결정할 일이야. 새로운 약도 많이 나오고 있다잖아.

의사는 선택지를 주는 거야. 결정은 내 몫이고.

내성 생기면 다른 약 쓰면 되니까 포기하지 말자.

물론이야, 나는 포기하지 않아.

나는 선택하고 싶었다. 나의 미래를. 나의 하루하루를. 살고 싶다는 생각이 아닌 살아 있다는 감각에 충실하고 싶었다. 내가 원하는 치료는 그런 것이었다.

내가 말한 적 있나?

나는 어진에게 살아본 적은 없으나 기억하는 집에 대해, 기억한다고 말하는 건 말이 안 되는 집에 대해 말했다. 그러고 노트를 펼쳐 주택 평면도와 입체도를 그렸다.

이 집도 그중 하나야.

그림은 단순했다. 기억 자 형태의 단층 주택. 본채는 기차의 객실처럼 침실, 거실, 주방이 나란히 이어진다. 침실과 거실 앞에 툇마루가 있고 주방 앞에는 댓돌이 있다. 주방의 오른편, 동쪽 방향에 별채가 있다. 본채와 별채 사이 라일락나무. 마당의 서쪽에는 텃밭이 있다. 담을 대신하는 사철나무와 낮은 대문. 거실 앞의 툇마루를 가리키며 말했다.

비 오는 날 여기에 앉아 부추전을 만들어 먹었어. 텃밭을 가리키며 이어 말했다. 이 텃밭에서 부추를 가위로 잘라 와서.

어진이 물었다. 언제?

나는 대답했다. 미래의 어느 여름날.

주방 앞을 가리키며 덧붙였다. 여기에 하얀 꽃이 피어날 거야. 구절초나 마거리트 같은. 내가 씨앗을 뿌린 기억은 없지만.

어진이 대답했다. 그런 꽃은 저절로 피어나기도 해.

나는 고개를 끄덕이며 중얼거렸다. 그래. 저절로 피어도 좋겠다.

어진이 물었다. 지붕은 무슨 색이야?

하늘색.

텃밭에는 뭘 키워?

초록색과 빨간색들.

대문은?

노란색.

좋다. 부추전 말고 또 뭐가 있어? 뭔가를 먹은 기억.

콩국수. 채 썬 오이랑 토마토 얹어서. 눈이 많이 내리는 날에는 김치볶음밥. 계란 지단 얹어서.

잠시 그림을 바라보다 말했다.

나는 이 집에서 죽어.

그 순간, 내 주변 어딘가에 분명히 존재하는 미래와 희망을 느꼈다.

그럼 나는?

어진이 눈물을 닦으며 물었다.

나와 같이 여기서 살지.

이 집은 어디에 있어?

완치하리라는 희망보다 훨씬 단단한 확신을 담아 대답했다.

이제 우리가 찾아낼 거야.

*

풀을 다 베어내고 뿌리까지 뽑아 정리하는 데 사흘이 걸렸다. 무엇을 어떻게 해야 하는지 엄마를 보고 많이 배웠다. 읍사무소에 미리 연락해서 연결해둔 수도로 마당에 물을 뿌려 먼지를 잠재웠다. 훤히 드러난 폐가 앞에서 엄마와 나는 한동안 아무 말도 하지 않았다. 다양한 새소리가 들렸다. 무성한 나뭇잎이 바람에 휩쓸리는 소리도. 엄마가 먼저 폐가로 들어섰다. 무너져가는 집을 살펴보며 엄마의 표정은 점점 심란해졌다. 나는 엄마를 따라다니면서 설명했다. 여기서부터 여기까지 침실로 만들 거야. 이 벽을 이만큼 터서 넓은 창을 낼 거야. 여기까지가 거실이고 저기는 주방으로 쓸 거야. 주방에서 설거지나 요리를 하면서 뒷산을 바라볼 수 있도록 기다란 창을 낼 거야. 서까래는 최대한 살려달라고 할 거야.

바닥이 무너질까 겁내는 사람처럼 조심스럽게 걸으며 곳곳을 살펴보던 엄마가 불쑥 물었다.

너 키가 몇이지?

엄마랑 비슷하잖아. 160 정도?

그럼 넌 언제 138이었나.

엄마가 바라보는 문틀에는 먼저 살았던 사람의 흔적이 남아 있었다. 볼펜의 촉처럼 뾰족한 도구로 새겨놓은, 아래서부터 시작한 키 재기 흔적. 숫자는 95에서 시작해 138에서 끝났다.

모르지. 나는 작은 편이었으니까 중학생 때일 수도 있어.

네가 작은 편이었어?

늘 앞자리에 앉았는데.

그럼 언제 제일 많이 컸나?

눈에 띄게 자란 적은 없어. 조금씩 야금야금 자랐을 걸.

문틀에 새겨진 숫자 125에서 138까지를 엄지와 검지로
가늠하며 엄마가 중얼거렸다.

누군지 몰라도 한 번에 많이도 컸네. 훌쩍 크려면 아팠을
텐데.

갑자기 크면 아픈가?

너도 자다가 깨서 팔다리 아프다고 울고 그랬어.

그런 기억은 없다. 중학생 때 어울려 놀았던 친구들, 고민
들, 즐거웠던 일도 거의 기억나지 않는다. 대신 도시락 반찬
의 맛은 기억한다. 그때는 집에서 도시락을 싸가야 했다. 점
심시간이면 서너 명이 둘러앉아 책상에 도시락을 두고 서로
의 반찬을 나눠 먹었다. 친구 중 한 명의 동그란 반찬 통과
그 안에 들어 있던, 케첩을 머금은 꼬마 돈가스 맛이 아주 생
생하게 떠올랐다. 그건 당시 엄마가 만들어주던 후추 향이
강하고 넓적한 돈가스와 매우 다른 맛이었다. 친구의 반찬

이므로 나는 그것을 딱 한 개만 먹을 수 있었다. 다음 날부터 점심시간에 친구가 반찬 통을 열기 직전이면 심장이 빨리 뛰었다. 나는 속으로 주문을 외웠다. 나와라, 꼬마 돈가스. 꼬마 돈가스는 가끔 나왔다. 그래서 주문 외우는 버릇을 버릴 수 없었다. 이런 기억은 오직 나만 아는 것. 나만 기억하다가 나와 함께 사라지는 것.

집 뒤쪽의 작은 창문 하나는 깨지지 않은 채였다. 먼지 더께가 앉은 유리에 야광별 스티커가 여러 개 붙어 있었다. 부착용이 아닌 판박이 스티커였다. 문틀에 뒤통수를 대고 키를 쟀던 아이가 붙였을까. 그전이나 뒤에 살던 다른 아이가 붙였을까. 누구든 이제는 아주 높은 확률로…… 어른이 되었겠지. 기억하고 있을까? 야광별 스티커를 붙이던 순간의 마음을, 잠들기 전 야광별을 바라볼 때의 그 마음을.

말끔하게 정리한 마당을 다시 한번 둘러보고 트럭에 타면서 엄마는 말했다. 집을 어떻게 고치겠다는 건지 모르겠지만 지금 같아서는 귀신 나올까 무섭다고. 나는 물었다. 엄마는 귀신을 겪어봤어? 엄마는 살면서 들었던 기묘한 이야기를 전해주었다. 할머니가 전쟁 중에 봤다는 아픈 귀신들. 어릴 적 이웃집에서 벌였던 굿판. 동네의 빈집에서 새어 나오던 노랫소리. 바람도 불지 않던 밤 갑자기 넘어져 깨져버린 화분. 엄마의 이야기를 들으며 생각했다. 귀신이 죽은 자의 영혼이라면 그들은 그저 나타나거나 노래하거나 화분을 깨뜨릴 뿐. 그저 그뿐. 나도 귀신을 무서워했던 적이 있었다.

엄마는 영혼을 믿어?

엄마는 으스대는 시늉을 하며 대답했다. 나 성당 다니는 사람이야.

나는 웃으며 물었다. 그거 주말에 하는 취미 활동 같은 거 아니었어?

엄마는 진지하게 대답했다. 내가 요즘 기도를 얼마나 열심히 하는데.

나는 웃음을 거두고 다시 물었다. 그래서 엄마는 영혼을 믿어?

두 손으로 핸들을 잡고 구부정한 자세로 한동안 정면만 바라보던 엄마가 혼잣말처럼 대답했다. 그건 사람이 믿고 말고 할 문제가 아니야. 핸들을 부드럽게 왼쪽으로 돌리며 덧붙였다. 어쨌든 나는 반가워서 말을 걸 거야. 네 영혼이 나타나면 너무 반가워서. 돌이켜 보면, 엄마는 그때 처음 받아들인 것 같다. 말도 안 돼, 말도 안 된다는 말로 밀어내던 높은

284

확률의 미래를.

그럴 일은 없어, 엄마.

그러나 나는 엄마를 기다리는 사람으로 두고 싶진 않았다.

나는 영혼만 남기고 갈 생각 없거든. 내 몸이 죽으면 내 영혼도 죽는 거야. 그러니까 죽은 나를 위해서 기도하고 봉헌하고 그런 거 절대 하지 마.

나쁜 년.

엄마가 말했다.

이럴 때 보면 넌 진짜 지독하게 나쁜 년이야.

*

폐가를 고쳐서 살겠다는 내 계획을 들었을 때도 엄마는 말도 안 된다고 했다. 아픈 사람일수록 생활이 편리하고 큰 병원이 가까이 있는 도시에 살아야 한다고, 병을 고칠 생각은 하지 않고 어째서 시골의 다 쓰러져가는 집에 기어들어갈 생각을 하는 거냐고, 불길하다고, 제발 정신을 차리라고 말했다. 그러면서도 지인들에게 연락해서 매매 가능한 폐가나 주택 부지를 알아봐달라고 부탁했다. 엄마의 지인들은 다시

지인들에게 부탁했다. 같이 폐가를 보러 다니면서도 엄마는 이건 말도 안 되는 짓이라고 했다.

나는 병원 침대에서 죽고 싶지 않아. 집에서 죽고 싶어.

왜 죽을 생각부터 해. 병원에 가면 살 수 있는데.

살 수 있다는 생각만 하다가 죽고 싶진 않단 말이야. 나는 내가 할 수 있는 일을 하려는 거야.

네가 할 일은 건강을 되찾는 거야.

건강을 어디 맡겨둔 것처럼 말하지 마.

아픈 사람이 어떻게든 나을 생각을 해야지.

아픈 사람이란 말 좀 그만해, 엄마. 나는 나을 수 없을지도 몰라. 하지만 더 행복해질 수는 있어.

우리는 차 안에서 자주 다퉜다. 다투지 않을 때는 하나 마나 한 말이지만 하고 나면 이상하게 마음이 편안해지는 말을 나눴다. 산을 보면 산이 참 높다고, 바다를 보면 바다가 참 넓다고, 꽃을 보면 꽃이 참 곱다는 말들. 그리고 어느 날엔 이런 이야기들. 사전연명의료의향서를 쓸 거야. 자연스럽게 떠날 수 있도록 두라는 뜻이야. 내 몸에 어떤 튜브도 넣지 말고 나를 살리겠다고 나의 가슴을 짓누르지도 말란 뜻이야. 엄마, 잘 기억해. 나는 꼭 작별 인사를 남길 거야. 마지막으로 내가 한숨을 쉬면 그건 사랑한다는 뜻이야. 비명을 지르면 그건 사랑한다는 뜻이야. 간신히 내뱉는 그 어떤 단어든 사랑한다는 뜻일 거야. 듣지 못해도 괜찮아. 나는 사랑을 여기 두고 떠날 거야. 같은 말을 어진에게도 했다. 사랑을 두고 갈 수 있어서 나는 정말 자유로울 거야. 사랑은 때로 무거웠어. 그건 나를 지치게 했지. 사랑은 나를 치사하게 만들고, 하찮게 만들고, 세상 가장 초라한 사람으로 만들기도 했어. 하지만 대부분 날들에 나를 살아 있게 했어. 살고 싶게 했지. 어진아, 잘 기억해. 나는 이곳에 그 마음을 두고 가볍게 떠날 거야. 그리고 하나 더.

*

우리가 찾던 집은 야산을 등진 작은 마을의 끄트머리에 방치되어 있었다. 1934년 건축물대장에 최초로 기록된 집이었다. 마을에 들어설 때부터 느낌이 좋았다. 마을 초입의 오래된 떡갈나무와 그 너머로 펼쳐진 밭, 모퉁이를 돌면 나타나는 초등학교와 마을의 삼거리에 있는 작은 슈퍼도 낯설지 않았다. 문과 창은 파괴되었으며 벽과 지붕은 삭았으나 집

287

을 받치는 기둥만큼은 튼튼해 보였다. 본채와 창고가 기역자 형태로 있어 내가 그린 평면도처럼 개조할 여지도 있었다. 마을 초입에서 4, 50분 정도 걸으면 서쪽 바다에 닿을 수 있었다. 보령에서 멀지 않아 어진이 새 직장을 구하지 않아도 된다는 점도 좋았다.

벽과 지붕을 철거하기 전, 키 재기 흔적이 남아 있는 문틀과 야광별 스티커가 붙어 있는 유리창은 절대 버리지 말아달라고 업체에 당부했다. 그런 흔적은 나에게 '나와라, 꼬마 돈가스'와 비슷했다. 내게 남은 기억. 나와 함께 사라질 기억. 나는 육체고 이름이며 누군가의 무엇이다. 그러나 그보다 깊은 영역에서, 나란 존재는 나만이 알고 있는 기억의 합에 더욱 가까웠다. 사람들이 말하는 영혼이란 기억의 다른 이름인지도 모른다. 사람은 떠났고 집은 버려졌어도 거기 흔적이 남아 있었다. 그런 것을 폐기물로 처리하고 싶지 않았다.

전문가들은 지붕과 벽의 부식된 곳을 조심스럽게 허물고 살릴 수 있는 부분은 최대한 살렸다. 창을 낼 곳을 뚫고 낡은 수도관을 교체하고 전기선 작업을 마친 다음 벽에 석고를 발랐다. 바닥을 모두 걷어내고 보일러 배관을 깔고 시멘트로 덮었다. 엄마는 매일 현장에 나갔다. 사람들을 도와 자재를 나르고 폐기물을 치우고 적극적으로 의견을 내는 엄마는 나보다 훨씬 젊어 보였다. 엄마는 '말도 안 된다'는 말을 더는 하지 않았다. 대신 이런 말을 했다. 너는 추위를 많이 타니까 단열재를 신경 써야 해. 휠체어를 탈 수도 있으니 기둥이나 문 턱을 없애고 슬라이딩도어로 바꾸는 건 어때. 벽을 따라 지지 대를 만들어두면 나중에 늙어서 쓰기에도 좋을 거야. 미끄러운 타일은 안 돼. 창문을 리모컨으로 작동하게 할 수는 없을 까. 더는 나를 '아픈 사람'이라 칭하지 않으면서도 엄마는 내 가 더 아플 경우를 대비하려 했다. 더 나아지지 않으리란 나의 생각은 더 나빠지진 않으리란 생각으로 변하고 있었다.

공사를 도우며 집 안 곳곳에서 여러 물건을 주웠다. 플라 스틱 헤어핀, 뽑기 기계에서 뽑았을 듯한 통통 튀는 고무공, 닳은 지우개, 몽당연필, 발목에 앵두 자수가 있는 양말 한 짝, 노란 슬리퍼 한 짝, 스누피가 그려진 볼펜, 빨간색 레고 블록, 유리구슬, 티스푼, 손뜨개 인형, 열쇠고리, 베이지색 단 추…… 그런 것을 발견하면 흙을 털어 내고 물로 깨끗이 씻 어 작은 바구니에 모아두었다. 누군가 그것을 찾으러 올지 도 모르니까. 실례지만 혹시 이곳에서 손잡이에 꽃 모양 장 식이 있는 티스푼을 보지 못했습니까. 하늘색 고무공을 찾지 못했습니까. 오래전 이곳에 살 때 잃어버린 것이 있습니다. 네잎클로버 모양의 열쇠고리인데요, 제가 지금에야 그것을 찾는 이유는……. 과거에 잃어버린 것을 기억하고 그것을 찾기 위해 멀리까지 찾아와 대문을 두드리는 사람을 상상하면 행복했다. 그들이 찾는 것을 기적처럼 꺼내어 건네주는 상상은 천국 같았다. 또한 나의 천국은 다음과 같은 것. 여름날 땀 흘린 뒤 시원한 찬물 샤워. 겨울날 따뜻한 찻잔을 두 손으로 감싸 쥐고 바라보는 밤하늘. 잠에서 깨었을 때 당신과 맞잡은 손. 마주 보는 눈동자. 같은 곳을 향하는 미소. 다정한 침묵. 책 속의 고독. 비 오는 날 빗소리. 눈 오는 날의 적막. 안개 짙은 날의 음악. 햇살. 노을. 바람. 산책. 앞서 걷는 당신의 뒷모습. 물이 참 달다고 말하는 당신. 실없이 웃는 당신. 나의 천국은 이곳에 있고 그 또한 내가 두고 갈 것.

*

공사는 무사히 끝났다. 이삿짐을 옮길 일만 남은 집을 바라보며 엄마가 말했다.

자잘한 건 매일매일 고치면서 살아야 해. 이런 집에 살면

손볼 구석이 계속 생기니까. 텃밭도 그래. 매일 풀을 뽑고 흙을 다지고 물을 주고 벌레를 잡고. 그런 사소한 일을 게을리하면 안 돼.

엄마는 여전히 나를 이해할 수 없다고 말했다. 죽음은 이해의 문제가 아니니까. 미래를 이해하는 건 불가능하니까. 나는 이제 미래를 기억할 수 있다고 믿는다. 지금 눈앞에 내가 기억하는 미래가 나타났으므로. 어느 여름날에는 툇마루에 청개구리가 나타날지도 모른다. 나는 그것을 향해 손을 뻗고 청개구리는 사라지고, 나는 이유를 모른 채 울어버릴지도. 나는 다시 아플 수 있다. 어쩌면 나아질 수도 있다. 그리고 언젠가는 죽을 것이다. 탄생과 죽음은 누구나 겪는 일. 누구나 겪는다는 결과만으로 그 과정까지 공정하다고 말할 수는 없겠지. 이제 나는 다른 것을 바라보며 살 것이다. 폭우의 빗방울 하나. 폭설의 눈송이 하나. 해변의 모래알 하나. 그 하나가 존재하는 것과 존재하지 않는 것 사이에는 차이가 있다. 물론 신은 그런 것에 관심 없겠지만.

미래의 책

소유정(문학평론가)

1. 쓰게 될 것

롤랑 바르트는 〈마지막 강의〉에 이르러 '쓰다écrie'라는 동사를 목적어를 갖는 타동사로 보았다. 그에 의하면 '쓰는 행위'는 그 주체가 사랑했던 사람들이 이 세상에 존재했다는 사실과 기억의 증언과 같다. 가령 바르트의 어머니가 세상을 떠났을 때, 바르트는 자신이 어머니의 모습을 기억하고 있지 않다면 그녀가 이 세상에 존재했다는 사실은 영영 사라지고 말 것이고, 그것은 견딜 수가 없다고 여겼다. 따라서 쓰는 주체가 자신이 기억하는 이들이 이 세계에서 헛되어 살지 않았다는 걸 보여주고, 그들이 역사의 허무 속으로 떨어지는 것을 막으려 애쓰는 일이 그에게 있어서 쓰기였던 것이다.

최진영의 소설에 대해 말하기 앞서 롤랑 바르트의 이야기를 먼저 꺼낸 까닭은 최진영에게 쓰기의 목적과 의미 역시 바르트의 그것과 다르지 않아 보이기 때문이다. 표제작 〈쓰게 될 것〉은 표면적으로 어린아이의 눈으로 바라본 전쟁의 현장과 어른이 되어 다시 돌아본 자리에 남은 상흔에 대한 소설인 것처럼 보인다. 그러나 세 번의 전쟁을 겪고 죽은 할머니, 전쟁이 벌어지는 와중에도 '나'를 지키고자 애썼던 엄마, "아끼는 스마일 스티커"(34쪽)를 붙여주었던 지하실 친구 우영, "나의 신"이었던 "전쟁 속에서도 서로를 돕는 사람들"(39쪽)처럼 지금 이 세상에 없거나 생사를 확인할 수는 없지만, 그들이 분명히 존재했다는 것을 증언하고, 헛된 삶을 살지 않았음을 기록한다는 점에서 이 소설은 바르트의 '쓰기'와 맥락을 같이한다. 이뿐일까? 무언가에 대한 목적을 갖는 쓰기로 〈쓰게 될 것〉이 유효하다는 관점은 여러 면에서 그 안의 함의를 짚어보게 만든다. 그리고 그것은 최진영 소설의 깊이 있는 독해와 무관하지 않다.

결론부터 말하자면 〈쓰게 될 것〉은 그 제목처럼 소설집에 수록된 나머지 일곱 편 소설의 시원始原 역할을 하며 각 소설을 읽어내는 데 중요한 힌트를 제공한다. 사랑하는 마음과 혼자 만들어내는 이야기, 죽지 않을 수 있는 가능성, 타인을 돕는 마음 등 다른 소설의 조각들을 이 안에서 발견할 수 있다. 또 하나, 이 소설은 최진영 소설의 시간선에 대한 기본적인 이해를 가능케 한다. 그의 소설에서 시간은 일반적인 통념과 같이 과거―현재―미래로 이어지는 직선적인 흐름을 따르지 않는다. 발생한 사건이 있다면 그것은 "모두 지난 일"인 동시에 "반복될 일"(10; 39쪽)로 반복과 회귀의 특성을 갖는다. 때문에 한 번의 발생으로 끝나는 것이 아니라 어느 시간에나 다시 일어날 수 있는 일이 된다. 예컨대 〈쓰게 될 것〉에서의 전쟁처럼. 전반부의 시점(세 번째 전쟁이 진행되던 시기)에서 전쟁은 '나'를 비롯한 인물에게 직접 경험하거나 추체험한 과거이자 현재였다. 후반부에 이르러 어른이 된 '나'의 시점에서 전쟁은 과거("모두 지난 일")이자 동시에 미래("반복될 일")로 오지 않은 시간의 발생 가능성을 포함한다. 이는 과거에 입은 지울 수 없는 상흔이 언제든 또다시 그와 같은 크기로, 어쩌면 그보다 더 끔찍한 얼굴로 찾아올 수 있다는 뜻이기도 하다. 그렇다면 과거와 미래의 반복되는 운명 속에서 그것을 '이해'하기로 한 다음의 말은 어떻게 이해할 수 있을까?

모두 지난 일이다. 그리고 반복될 일이다. 나는 이제 그것을 이해한다. '이해한다'는 '받아들인다'는 뜻이다. 태어나면서 세상을 받아들이듯. 그러므로 싸우지 않겠다는 뜻은 아니다. (〈쓰게 될 것〉, 같은 쪽)

반복되는 사건의 발생은 '나'의 의지와 무관하다. 그렇기에 "태어나면서 세상을 받아들이듯" 이해할 수밖에 없는 것이다. 하지만 그것이 싸움이 필요한 사건이라면 '나'는 함께 싸움으로써 자신의 의지를 보여주고자 한다. 일종의 선포와 같은 이 말은 소설의 앞에서 그리고 이야기를 모두 마친 후에 한 번 더 반복된다. '쓰게 될 것'의 예고, 그리고 다시 또 '쓰게 될 것'으로 강조되는 선포가 과거와 현재, 그리고 미래에 여러 번 새겨진다. 눌러쓴 다짐으로 미래에 대비하는 이는 "이제 내게도 총이 있다"(39쪽)고 말한다. 어쩌면 그것은 정말로 자신을 지키며 타인을 살해할 수 있는 혹은 그 반대 도구로서의 총을 말하는 것일지 모른다. 하지만 적어도 "그것이 거기에 있다는 사실을 한순간도 잊지 않는 방법으로 사람들을 살렸"(같은 쪽)던 엄마를 기억하는 '나'에게 있어, '나'의 말을 소설로 전하는 최진영에게 있어 총은 다른 무엇도 아닌 '쓰기'에 대한 은유적인 표현일 듯하다. 바로 이 지점에서 〈쓰게 될 것〉은 사랑했던 이에 대한 증언과 기록으로서의 쓰기만이 아닌, '나' 자신과 누군가를 지키고자 하는 목적으로서의 쓰기라는 의미를 갖는다. "누군가를 죽여야만 내가 살 수 있는 상황을. 내가 죽어야만 누군가가 살 수 있는 상황을" 상상하며 거울 속의 자신을 겨누는 연습은 모든 인물을 경유하여 나 자신에게로 향하는, 반복되는 쓰기의 얼굴과 다르지 않다.

그렇게 여덟 편의 소설이 모인 《쓰게 될 것》은 미래에 대한 책이다. 최진영에게 미래란 알 수 없는 시간이 아니라 어쩌면 이미 알고 있기 때문에 달리 바꿔야만 하는 것이다. 그것은 거울을 앞에 두고 총을 겨눌 때, 총구가 향하는 방향을 기억하듯, 이미 본 것 같은 미래를 외면하지 않고 내면의 주머니를 채워보듯이 행해져야 한다고, 이 책은 시종 말하고 있다.

2. 불안의 발산

미래를 떠올릴 때 가장 앞서는 건 기대와 희망이 아닌 불안이다. 더군다나 이제 막 체험으로 현실에 발을 붙이고 살아가는 청년의 경우라면 더욱 그렇다. 〈디너코스〉의 두 딸, 오나영과 오민영 또한 이에 해당할 것이다. 소설은 오석진의 환갑을 맞아 한자리에 모인 식구들을 조명한다. 이런저런 대화를 나누던 중 가족들의 관심이 집중되는 건 오석진의 다음 스텝과 관련된 이야기였다. 5년 전 명예퇴직을 한 이후 대리운전과 주식시장을 들여다보며 시간을 보내왔던 석진이 친구가 만든 공간에서 바리스타로 일할 예정이라는 사실에 가장 큰 의문을 품는 건 장녀 오나영이었다. "그래도 아빠는 회사에서 부장까지 한 사람인데, 이제 와서 친구 밑에서, 그것도 최저 시급 받으면서 일한다는 게"(218쪽) 나영으로서는 도통 이해가 가지 않는 것이었다. 미래의 일을 결정하는 데 있어서 나영은 유독 조심스러운 자세를 취했다. 엄마인 영선도 3년 전 오래 일했던 출판사를 떠나 도배기능사로 전직했지만, 오히려 자신을 "되살아난 사람"(209쪽)에 가깝다고 여기며 지금의 삶을 긍정했다. 동생 민영은 "두 명의 딸과 고양이, 강아지"는 있으나 '아직' 남편은 없는 미래를 꿈꾸며 "그것을 이상하게 생각한 적이 없"(213쪽)었다. 가족 중 어떠한 미래조차 꿈꾸지 않는 건 오직 나영뿐이다. 이는 그녀의 비혼 선언과도 무관하지 않겠지만, 애초에 오나영이 바라는 미래는 지금과 같이 안정을 느낄 수 있는 형태여야 했다. "서울 중심의 문화예술을 즐길 수 있는 수도권 거주자의 혜택을 누리"는 "1인 가구의 삶"(198쪽)에 다른 무언가를 추가하기에는 "경험 대비 리스크"(212쪽)을 고려하지 않을 수 없었고, 그래서 다른 것을 꿈꾸지 않았다. 이는 언제나 나영을 지배하고 있는 "불안"(219쪽)으로 말미암은 결과이기도 했다. 실패에 대한 두려움은 나영을 불안하게 만들었고, 그것은 자기 자신에게로 향하는 물음으로 이어졌다. "이직을 꿈꾸고 있지만 과연 더 나은 조건의 자리를 구할 수 있을까?" "지금 직장에 머무르면서 부장이 퇴사하기를 기다리는 게 낫지 않을까?"(같은 쪽) 나영의 신중함은 "후회를 두려워하기 때문"에 만들어진 것이었다. 그런데 그녀와 거의 100퍼센트 일치하는 유전자를 가진 석진은 어째서 저렇게 대책 없이 무모할 수 있을까. 자신과는 다른 석진을 생각하며 나영은 아빠에 대해 "그동안 한 번도 궁금해하지 않았던 것들"(221쪽)에 물음을 갖는다. 마지막 장면에서 맞부딪히는 "네 개의 각기 다른 잔"(222쪽)은 꼭 그들의 모습 같다. 핏줄이고, 같은 유전자를 가지고 있으며, 한자리에 모여 밥을 먹지만 네 명의 인물이 바라는 미래는 모두 제각각이다. 다만 그중에서 같은 것이 있다면 서로의 다음 스텝이 행복하길 바라며 응원하는 마음이 아닐까.

만일 나영이 비혼이 아닌 기혼을 선택했다면, 나아가 임신과 출산까지도 마음을 먹었더라면, 〈차고 뜨거운〉의 '나'와 같은 모습이었을까? 이 소설에서 드러나는 불안의 모습은 오직 자신에 대한 불안뿐이었던 나영의 것과 확연히 다르다. 남편과 아이, 엄마와의 관계 등 지켜야 할 것이 더 늘어났기 때문이다. 그중에서도 '나' 자신보다 더 소중하게 지켜야 할 존재는 바로 딸 태양이다. 태양을 향한 '나'의 불안은 다소 강박적으로 느껴질 정도로, 그것은 아이를 한 번 잃어본 경험에서 비롯된 것이다. 임신 소식을 들었을 때 "축하한다"는 말에 "두려움이 밀려"온 것도, 그것이 "행복인가?"(225쪽) 스스로에게 되묻게 된 까닭 역시 과거의 아픔 때문이었다. 유산된 아이가 그랬듯 이 아이도 언젠가 사라질 수 있

298

다는 생각은 출산 이후에도 지속되어 왔다. 그런데 무엇보다도 '나'의 불안은 엄마로 인해 더욱 극심해질 수밖에 없었는데, 엄마가 곁에 있을 때면 "나는 계속 부주의하고 부족한 엄마", "생각이 없는, 아무것도 모르는, 가르쳐도 나아지는 게 없는 엄마"(228쪽)가 되어 점점 작아지는 탓이었다. 이른바 자존감 도둑으로서 엄마는 '나'의 유년시절부터 그 역할을 공고히 해오고 있었고, '나'에게는 불안의 근원으로 자리 잡은 지 오래였다. 태양이 있는 지금, 엄마는 모순된 행동으로 '나'를 더 혼란스럽게 만든다. 엄마처럼 살지 않기를 바란다면서 왜 꼭 '나'의 불행을 바라는 것 같은지, 태양에게 그러하듯 다정할 수 있으면서 '나'에게는 왜 한 번도 그런 적이 없었는지. 올바른 사랑을 학습하지 못해서 타인에게도 주는 법을 알지 못했던 '나'는 이제 "내 안에도 다정함이 있다면 더 늦기 전에 그것을 꺼내고 싶었다"(240쪽)고 말한다. 하지만 정말로 그것이 가능할까? 불안에 덮여 다그치는 사랑이 아닌 다정함만으로 태양을 대할 수 있을까? 이어지는 물음 속에 '나'의 시선이 향하는 건 태양보다도 엄마에 가깝다.

이 소설은 쉽게 분리되지 못하는 복잡 미묘한 K모녀 관계에 대한 정확한 고증이다. 아빠가 아빠로서 또 남편으로서 제 역할을 수행하지 못하는 가정에서 대개 엄마는 "유일한 보호자"(230쪽)가 된다. 문제는 보호자의 사랑이 비뚤어진 방향으로 발현되기도 한다는 것으로, 이는 아이들의 '유일한 보호자'가 되어야만 했던 배경과 깊이 연관되어 있다. 남편에게 기대어본 적이 없고, 사랑받지 못했던 엄마는 아이들에게 온전히 그것을 줄 수 없다. 비뚤어진 사랑은 "자식을 무시하면서 엄마의 자리를 견고하게 다지는 방식"(230쪽)으로, "계속 깔아뭉개다가 내가 완전히 돌아서기 전에는 달래는 방식"(253쪽)으로 계속되었고, 성인이 된 후에도 그리고 지금도 여전히 '나'를 지배하는 방식으로 유효했다. 그러니 '나'의 불안은 미래의 자신과 태양의 관계로 향할 수밖에 없는 것이기도 했다. 배운 적 없는 다정함을 제 안에서 꺼낼 수 있을지 알 수 없었기에 태양과의 관계가 엄마와 '나'의 것과 다른 모습일 거라는 확신도 가질 수 없었다. 상대를 갉아먹는 해로운 사랑, 아닌 척 동일시되는 두 사람 같은 건 답습하고 싶지 않았지만, '나'는 정말 자신이 엄마와 다를 수 있을지 모르겠다. 태양은 이미 그녀에게 늘 확인할 수 있어야 하며 "나보다 오래 존재해야만" 하는 "오직 하나"(226쪽)였으므로. 본 적 있는 그림은 그녀의 불안 속에서 천천히 제 모습을 드러내는 중이었다.

3. 예측 가능한 미래

최진영의 소설에서 불안은 예측 불가의 변수나 실패의 가능성에서 비롯되는 것만은 아니다. 누구나 알 법한 미래를 향한 불안 또한 지지 않을 정도다. 이때의 미래는 한 개인의 사적인 시간에 해당하기보다 인류 전체의 삶을 고민해볼 만큼 크고 복잡한 의미 속에 위치한다. 예를 들어 기후 위기로 인해 생태계의 존속이 불분명하며 인류 전체의 삶이 암울해지고 말 우리의 미래처럼. 최진영은 우리에게 닥친 현실의 문제와 얼마 되지 않아 맞이할 법한 근미래의 상황을 날카롭게 짚어내면서도, 인물들이 그 자리에서 좌절하도록 내버려두지 않는다. 종말 이후의 폐허 속에서도 사랑을 발굴하는 것이 그의 뛰어난 능력 가운데 하나이듯, 〈썸머의 마술과학〉과 〈인간의 쓸모〉에서는 미래를 향한 이러한 낙관이 한 줄기 빛처럼 내린다. 그리하여 소설 너머의 우리 역시 비로소 미래를 낙관할 수 있게 한다.

우선 지금의 현실과 가까운 〈썸머의 마술과학〉부터 이야기해보자. 이 소설의 봄은 "나의 미래는 암울한가?"(116쪽) 자문하며 암울하지 않은 미래를 그려보고자 노력하는 인물이다. 하지만 그것은 부모의 무심한 행동에 의해 금세 흐려지고 만다. 매주 아빠는 토해술, 엄마는 시금석 모임에 나가는 게 미래의 인류를 위해 어떤 도움을 줄 수 있는지, 당장 오지 않은 시간을 위해서가 아니더라도 지금의 현실을 살아가는 데 얼마나 긍정적인 영향을 주는 것인지 도무지 이해할 수 없는 것이다. 게다가 가상 화폐 사기로 3억에 가까운 빚을 지고 이사를 갈 수도 있는 상황에서 태연한 아빠로 인해 봄은 점점 심각해지는 중이었다. 다른 것들에 더 큰 관심을 가질 법한 나이임에도 봄이 이토록 미래를 불안해하는 이유는 동생 썸머(여름) 때문이었다. "썸머를 생각하면 미래를 무한하게 긍정하고 싶"(153쪽)었으므로, 자신보다 더 오래 미래를 살아갈 썸머에게 좋은 것을 주려면 지금부터 대비를 해야만 했다. 예측에 어긋나는 긍정적인 미래를 만들기 위해, 적어도 예상보다 악화된 모습을 마주하지 않기 위해서는 현재의 행위가 중요했다. 가령 "텀블러와 스테인리스 빨대"(148쪽)를 쓰는 것. 그런데 봄은 이러한 자신의 행동이 위선일 수도 있다는 걸 썸머를 통해 느낀다. "탄소 발자국 줄이기" 운동의 일환으로 "남은 음식을 반찬통으로 옮기"는 썸머를 보고 자신도 모르게 "넌 진짜 진심이구나"(153쪽)하고 말할 때, 분노의 연설을 하는 그레타 툰베리를 보며 자신의 용기 없음을 인정할 때 봄은 종종 그런 생각을 했다. 그럼에도 행동하지 않는 어른보다 눈에 보이는 작은 실천을 하는 자신이 낫다고, "위악보다는 위선이 낫다고"(152쪽) 말한다. 위선으로라도 좀 더 나은 미래를 맞이할 수 있다면, "엄마 아빠에게는 낯설지만 우리에겐 당연해질 것들"(153쪽)을 썸머가 걱정 없이 누릴 수 있다면 아무래도 좋았다.

위선과 위악 사이에서 갈등하는 봄과 달리 썸머는 착실하게 "저금하듯"(133쪽) 배운 것을 수행한다. "내가 분리수거를 잘하고 쓰레기를 주우면 딱 그만큼은 환경이 나빠지지 않을 거라"(132~133쪽)는 믿음, 우리는 이 믿음을 잃어 슬픔이 예정된 미래를 만들지 않았나. '나 하나쯤'으로 변질된 마음은 작고 올바른 손길 앞에서 한없이 송구해진다. 썸머가 마술과학을 보여주는 소설의 마지막 장면은 미래와 연관된 중요한 알레고리로 읽힌다. 마술을 성공하려면 즉 알고 있는 바와 같은 결과를 얻기 위해서는 여기서 멈추어야 하지만, 썸머는 "이번에는 세 개까지 성공할 수도 있을 것 같"(154쪽)다고 말한다. 썸머의 마술과학이 성공할지 실패할지는 알 수 없다. 하지만 시도하지 않는다면 여부조차 확인할 수 없다. 실패를 두려워하지 않는 과감한 손짓은 자신에 대한 믿음이 없다면 행해질 수 없는 것이다. 그것이 때로는 아무도 예상하지 못했던 놀라운 결과를 불러올 때도 있음을 긍정하며 다른 미래의 가능성을 기대하게 된다.

근미래를 배경으로 하는 〈인간의 쓸모〉는 재력 등을 근거로 하여 각각 갤럭시존, 타운존, 노고존No go zone으로 구역이 나누어진 지구를 그린다. 뿐만 아니다. 지금과 다른 이 세계의 가장 큰 특징은 "섹스 없이" "유전자 편집"과 "배아 디자인"으로 아이를 만든다는 것이다. 금액에 따라 편집의 옵션과 디자인의 범위가 천차만별이듯 인간들의 특징 역시 구역별로 차이를 갖는다. 갤럭시존에서는 최고급 디자인을 가진 우등한 인간들이 살고 있지만, 그들은 "외모와 체형이 대체로 비슷하다"는 점에서 "유행" 또는 "세련"(157쪽)이라는 명목 아래 개인의 고유성이라는 차이를 배제하고, 동일성을 추구하도록 설계되어 있다. 주인공 안나는 타운존의 기본 옵션인 '-3+2'의 조건으로 태어난 아이다. 그러나 "3D 모델링으로 확인"(156쪽)한 모습과 달리 예상을 조금씩 벗어나는 안나를 보며 모부는 걱정보다도 "뭐든 가격 대비"(159쪽)라며 후회를 일삼는다. 부모로 인해 안나는 자신의 존재와 미래에 의문을 품게 된다. "디자인이 없었다면 안나는 없다"(160쪽)는 대답이 도출되기까지는 오랜 시간이 걸리지 않았다.

안나가 자신의 삶의 다른 국면을 맞이하게 되는 계기는 우연히 노고존의 노아와 대화를 나눈 이후부터다. 인터넷에 부모가 올린 안나의 영상을 무료로 지워주겠다는 노아가 아동 인권에 대해 자신의 신념을 밝혔을 때, 안나는 비로소 그간 부모의 관심과 사랑이라는 이름으로 행해진 모든 것들이 일종의 학대와 같음을 깨닫는다. 인간으로 하여금 그것도 노고존 사람을 통해 무언가를 새롭게 알게 된다는 사실이 안나에게는 신선한 충격이었는데, 그도 그럴 것이 그녀는 지금껏 모든 답을 AI에게 들어왔으며 한 번도 그것에 의심을 품어본 적이 없었던 까닭이다. 이제 안나는 노아로 인해 다른 꿈을 꿀 수 있게 되었다. 자신이 아는 건 "미래의 외모뿐, 미래의 내면은 안나에게도 미지수"이며 "아무도 모르는 미래가 아직 남아 있다는 것"을 "유일한 희망"(170쪽)으로 여길 수 있게 되었으니 말이다. 내면의 주머니에 그동안 몰랐던 "신념"(176쪽), "자긍심"(179쪽) 같은 단어를 주워 담으며 안나는 새로운 미래를 그린다.

노아는 안나에게 가능성의 존재를 일러주었을 뿐만 아니라 지금 현재를 어떻게 바라보는가에 따라 그것을 현실로 바꿀 수 있다는 것 또한 알게 했다. 예컨대 노고존은 "우리를 전혀 모르는 외부에서 멋대로 지은" "멸칭"(178쪽)이며, 그들 사이에서는 '코뮌'이라는 공동체적 용어로 통일된다는 사실처럼. 이에 안나는 "어떻게 부르냐가 문제가 되나요?"라고 되묻는다. 자신이 평가의 우위에 있다고 믿는 사람들에게 '어떻게 부르냐'의 문제는 중요하지 않을 수 있다. 하지만 같은 것을 지칭하고 있음에도 어떤 이름은 자긍심을, 어떤 이름은 멸시를 포함한다는 점에서 호명의 문제는 '어떻게 바라보고 있는가'와 다르지 않다. 그렇기에 자신의 시선을 메타적으로 성찰하고, 좁은 시야를 확장시켜보는 일이야말로 "단순한 발생에서 충만한 의미로"(192쪽) 가는 길이자 '인간의 쓸모'를 찾는 일이라 할 수 있을 것이다.

소설 안의 서술처럼 머지않은 미래에서 "인간이 할 수 있는 일은 AI가 할 수 없는 일뿐"인 "자연적인 출산과 성장, 노화와 죽음 같은 것"(167쪽)에 지나지 않을 수 있다. 고작 그것을 위안 삼으며 인간이 AI보다 우등하다는 주장을 하기에 인간의 의미는 점차 퇴색되고 있다. 정말로 인간의 우등함을, 그 쓸모를 증명하고 싶다면 자기 자신을 어떻게 구성해야 하는가에 대한 고민을 멈춰서는 안 될 것이다.

4. 같은 얼굴의 미래

예측되는 미래를 다른 방향으로 이끌어보고자 하는 움직임이 발견되는 가운데 몇몇 소설에서는 관계하는 두 인물의 모습이 마치 과거와 미래인 듯 겹쳐 보일 때가 있다. 이는 〈유진〉과 〈ㅊㅅㄹ〉에 해당하는 내용으로, 두 소설은 각각 이십대와 사십대, 십대와 사십대의 적지 않은 나이 차이를 갖는 인물들을 과거와 미래에 해당하는 시간의 표상으로 그려내면서 더욱 큰 효과를 획득한다. 그들은 같은 문제로 고민한 적이 있고, 고민하는 중이다. 〈유진〉에서는 자신의 근성과 다른 방향으로 사는 삶에 대해, 〈ㅊㅅㄹ〉에서는 사랑 그 자체에 골몰한다. 두 소설에서는 어린 자신과 같은 고민을 하는 이를 보며 또는 시간이 흘러 과거의 자신을 돌아보며 지난날의 고민을 되짚고 이렇게 말하는 듯하다. 나는 너의 미래일까? 이 질문에 '그렇다'고 단언하기보다 '그렇지 않다'고 바라는 마음만은 공통된 것일 테다.

〈유진〉의 '나', 최유진은 친구 공미로부터 이유진의 부고를 듣는다. 이유진은 그들이 아르바이트를 했던 레스토랑의 매니저로 그 당시 최유진이 되고 싶었던 "무라카미 하루키의 인물"(51쪽)에 가까운 사람이기도 했다. 이유진은 매우 엄하게 아르바이트생들을 교육하면서도 퇴근 후에는 "유진 언니로 돌아오는 향기"(58쪽)를 풍기며 친근함을 드러냈고, 베네치아가 그런 곳이 아니었음에도 불구하고 품격을 보여줘야 품격을 챙길 수 있다며 "고급 레스토랑의 분위기를 추구했다."(56쪽) 또한 영업 후 아르바이트생들의 뒷정리 시간까지 급여에 포함시키는 등 자신이 옳다고 생각하는 바는 투쟁을 통해서라도 반드시 얻어냈다. 자신의 신념을 따르면서도 낭만 있는 삶을 추구하는 그녀는 최유진에게 닮고 싶은 사람이었고, 다른 아르바이트생들에게도 동경의 대상이었다.

이유진에 대한 평가가 달라지는 지점은 그녀의 집에서 회식을 하게 된 이후부터다. 건물주의 딸이라는 유진이 "좁고, 깔끔하고, 적막하고, 고급스러운 향이 번지는 지하방"(68쪽)에 살고 있다는 것을 알게 된 다음부터 사람들의 태도가 조금씩 달라지기 시작한 것이다. '나'에게 이유진이 사는 집 같은 건 태도를 달리하는 데 큰 영향을 끼치는 게 아니었다. 문제는 "분위기를 믿는 나"(65쪽)에 있었다. "함부로 추측하고 과장하고 비아냥"(71쪽)거리는 사람들의 말들은 '나'로 하여금 "아주 깊은 곳에 숨겨둔 나의 근성"(59쪽)을 드러내는 데 성공했고, 과거 무영과의 관계가 그러했듯 유진과도 거리를 두다 마침내 끊어내기에 이르렀기 때문이다. 20년이 지난 지금, 그때 이유진의 나이가 된 최유진은 조카 이나를 돌보며 그날을 다시 떠올린다. "너와 나는 다르지. 우리는 다를 거야."(69쪽) 그 말을 곱씹어보며. 어느새 닮아버린 모습을 한 '나'는 이해할 수 없던 유진의 마음을 이제야 조금 알 것 같다고 느낀다.

〈ㅊㅅㄹ〉의 주인공 서진의 안정적이고도 권태로운 일상에 끼어든 뜻밖의 사건은 잘못 온 비밀 문자에서 시작되었다. 서진을 "유시진"이라 부르며 "중요한 비밀"(86쪽)을 말하려는 은율에게 잘못 보냈다는 메시지를 보내기도 전에 아이는 자신의 자해 사실과 좋아하는 사람이 생겼다는 이야기를 털어놓는다. 사랑을 하며 느낄 수 있는 온갖 감정이 묻어나는 은율의 메시지를 보며 서진은 "이제 다 지나간 일"(80쪽)이라고 여겼던 바랜 단어들을 다시금 떠올린다. 사랑, 상처, 지옥, 배신감, 원망, 후회 같은 감정들에는 무던해진 지 오래였다. 은율을 통해 서진이 변화를 맞이하게 되는 건 지난날의 단어를 다시 꺼내 볼 뿐만 아니라 그것을 재정의 해보려는 시도에 있다. "'사랑'의 사전적 정의"가 아닌 "윤서진 사전"(93쪽)을 만드는 것으로. 예컨대 첫사랑이었던 고등학교 동아리 선배를 보고 "아름다움의 개념을 뒤엎고 확장"했으며 "왜 여자를 사랑하는가"(99쪽) 고민 없이 사랑했던 것처럼. 이러한 감정은 자신의 남은 인생에 있어 좀처럼 갱신되기 어려운 일이었다. 앞으로 "새로 겪을 감정"이라면 "극복할 수 없는 상실감. 환멸과 허무. 그리고 더해질 그리움과 연민"(100쪽) 같은 것. 좀처럼 사랑을 숨기지 않는 은율의 계속되는 메시지에 마침내 서진은 그녀가 수신인을 착각했다며 자신의 존재를 밝힌다. 하지만 대나무숲이 어떤 대나무로 이루어졌는가는 그다지 중요하지 않듯, 비밀 이야기에 있어서 수신인도 마찬가지다. 초성으로 이어지는 알쏭달쏭한 비밀 이야기를 서진은 굳이 해석하려 하지 않는다. 정말로 은율에게 필요했던 건 이런 친구가 아니었을까. 은율과의 대화를 비밀로 남겨두며 서진은 그로부터 비롯되는 감정들을 하나둘 꺼내보았을 것 같다. 설렘과 두려움, 초조함을 비롯한 모든 사랑의 감정을. 알고 있지만 새삼스럽게, 처음 느껴보는 것처럼.

5. 기억하는 미래 부르기

선형적 구조의 시간 흐름을 따르지 않는 방식으로 미래를 이야기했던 최진영의 소설은 〈홈 스위트 홈〉에 이르러 자신의 논리를 완벽히 입증한다. 이 소설은 〈쓰게 될 것〉으로부터 시작해《쓰게 될 것》을 이루게 하는 마지막 조각으로 더없이 완벽하다. 말기 암을 선고받고 수술과 항암 치료를 마쳤으나 1년도 지나지 않아 재발, 이제 3차 재발을 경계해야 하는 이에게는 생의 감각보다 죽어간다는 실감이 더 선명할지 모른다. 병증이 깊어짐에 따라 발병의 이유가 스스로에 대한 자책으로 이어지던 어느 날, '나'는 더 이상의 "화학적 치료"(277쪽)을 거부하고 다른 방식으로 남은 삶을 살아보고자 한다. 그것은 바로 미래의 기억 속에 있는 집을 찾는 것. 경험하지 않은 시간을 기억한다는 것 자체에 대해 누군가는 오류를 지적할 테지만, 오래전부터 시간을 다른 방식으로 사유했던 '나'에게는 그리 놀라운 일이 아니다. "시간은 발산한다"는 명제에 따라 그것은 "하나의 무언가가 폭발하여 사방으로 무한히 퍼져나가는 것처럼 멀리 떨어진 채로 공존"(262쪽)하는 것이다. 이를 증명하는 건 '나'의 선명한 기억들이다. 엄마의 신혼집이나 아주 어릴 때 살았던 집, 그리고 아직 살아본 적 없는 집까지. 존재하지 않았던 때부터 언제 맞이할지 모를 시간까지 기억이 한데 공존하고 있는 것이다.

　"살아본 적은 없으나 기억하는 집"(278쪽)이 있다는 건 무엇을 의미할까? 이는 적어도 그 시간 속의 '나'는 살아 있다는 뜻이다. 병원 침대에 누워 하루하루를 연명하는 것이 아니라 하늘색 지붕과 노란색 낮은 대문이 있는 주택에서 비 오는 날에는 부추전을, 눈이 많이 오는 날에는 김치볶음밥을 먹는 구체적인 기억으로 '나'는 여전히 살아 있다. '살고 싶다'거나 "완치하리라는 희망"이 아닌 "훨씬 단단한 확신"(280쪽)을 가진 기억이 있어 '나'는 다시금 생의 의지를 다진다. 미래의 기억을 실현시키기 위해 '나'는 병원 근처가 아닌 작은 마을에 위치한 폐가를 새 보금자리로 택한다. 지어진 지 거의 100년에 가까운 그 집은 공사 이후에도 끊임없이 손을 보아야 할 테지만 그럼에도 '나'는 그것이 "내가 할 수 있는 일"(286쪽)이라 여기며 삶을 긍정해본다. "탄생과 죽음은 누구나 겪는 일"(291쪽)이라지만 이 소설의 화자처럼 그 끝에 이르는 과정은 모두가 편안하지만은 않을 것이다. 그러나 '죽어가고 있다'며 남은 생을 포기하는 것이 아니라 "살아 있다는 감각에 충실"(278쪽)하겠다는 이의 선택은 쉽지 않은 것인 만큼 소중하다. 우리가 '희망'이라는 단어를 구체적으로 그려볼 수 있는 것도 이러한 순간이 있기 때문이 아닐까. "폭우의 빗방울 하나. 폭설의 눈송이 하나. 해변의 모래알 하나"(261; 291쪽)는 티도 나지 않게 아주 작은 것일지도 모른다. 하지만 그 하나가 모여 폭우와 폭설, 해변을 이루듯 '나'의 하루가 모여 미래를 현재로 불러들이고, 온전한 자신을 이룰 수 있다는 걸 알기에 '나'는 매일의 하루를, 그리고 스스로를 포기하지 않는다.

이 자리에서 우리는 최진영이 한 권의 책으로 이야기하고 싶었던 '쓰게 될 것'을 모두 확인했다. 그것은 하나의 소설에 담아놓은 다짐이었고, 자신을 겨누는 연습이었으며 나누고 싶은 불안이자 실현하고 싶은 미래였다. 여덟 편의 소설이 모두 미래를 향하고 있어서, 과거를 돌아보는 방식조차 뒷걸음질이 아닌 한발 나아가는 모습이라 나는 내내 안심했다. 언제부터일까? 최진영의 소설은 나에게 뗄 수 없는 의지가 되었다. 이는 비단 나만의 일이 아닐 거라는 확신. 그러니 우리는 최진영의 소설을 통해 다른 미래를 그리고 그것의 가능성을 쥐어보게 된다고 말해도 좋을 것이다.

그래서 계속 쓸 수 있어요

인터뷰어 : 임지은(에세이스트) 인터뷰이 : 최진영

임지은(이하 임) 안녕하세요, 작가님. 가볍게 근황 먼저 여쭤보고 싶어요. 소설집 원고 정리를 마치고 어떻게 지내고 계신지 궁금해요.

최진영(이하 최) 바쁘게 지내고 있어요. 제주로 이사한 다음부터, 어떻게 보면 너무 당연하게도 육지에 올라올 일이 많아졌어요. (웃음) 육지에 있을 때는 서울에 일이 있어도 부담 없이 오갈 수 있었는데 이제는 1박을 할 수밖에 없으니까 훨씬 더 빠듯하게 느껴져요. 이번 달에만 서울에 두 번째 온 거고, 다가오는 일요일에는 공주, 월요일에는 광주에 갈 예정이에요. 아마 올해 내내 이럴 것 같아요. 한 달에 두세 번씩 비행기 타고 육지에 와서 캐리어 끌고 전국팔도를 누비는……. (웃음)

임 멋진 삶인데, 글 쓸 짬은 안 날 것 같아요.

최 네, 외부 일정을 소화하면서 짬짬이 마감도 해야 하고. 2024년은 정말 정신을 똑바로 차리고 보내야겠다 싶어요.

임 그간 작가님께서는 장편과 단편 작업을 모두 고르게 해오셨잖아요. 이번에는 단편집을 내시는 건데, 작가님께서 장편과 단편을 쓰실 때 느끼는 다른 점이 있다면 어떤 게 있을지 궁금해요. 쓰는 과정이라거나, 쓰고 난 뒤의 느낌이라거나.

최 저는 확실히 장편 쓰는 시간을 더 좋아하는 것 같아요. 장편을 쓰기 시작하면 몇 달 동안 그 소설에만 몰입할 수 있고, 그렇게 온전히 하나의 세계에 푹 담겨 있는 걸 선호합니다. 이야기 속에서 헤매기도 하고 돌아가기도 하고, 어제 쓴 이야기를 오늘 새로 쓰기도 하고. 충분히 다시 보고 고칠 수 있다는 점이 좋습니다. 단편소설을 쓸 때는 헤맬 시간이 없어요. 일단 마감이 너무 코앞이니까 어떻게든 빨리 완성해야 한다는 압박감이 훨씬 심합니다. 제가 작품의 완성도보다는 약속을 지키는 걸 더 중요하게 여겨서 펑크를 못 내고 엉망진창인 소설이라도 일단 송고한 다음에 소설집에는 싣지 않기도 하거든요. 그렇게 발표한 뒤 소설집으로 묶지 않고 버린 단편도 꽤 많아요.

임 보통 어떤 이야기가 단편이 되고 어떤 이야기가 장편이 되나요?

최 찰나찰나 하는 생각들 중 의미 있는 단상을 단편으로 쓰는 것 같아요. 진짜 오래 품은 질문은 장편이 되고요. 《단 한 사람》을 예로 들면 '나무와 인간의 수명 중개' 아이디어는 제가 천안에 살 때 처음 떠올린 것이었어요. 그러니까 3년 넘게 품고 있던 이야기지요. 아이디어뿐 아니라 삶, 죽음, 운명, 상실, 애도 등은 지금까지 발표한 소설에 지속적으로 등장하는 주제이기도 하고요. 단편을 일상에서 마주치는 장면과 대화에서 시작한다면 장편에는 조금 더 깊은 주제를 담아내는 편이에요. 하지만 솔직히 단편과 장편을 가르는 가장 중요한 요소는 '마감이 언제인가'인 것도 같고…….

임 조금 더 오랫동안 가져온 이야기들이 장편이 된다라…… 소설가 입장에서는 쓰기의 방식 외에도 생각을 품어온 정도 같은 것이 다른 거네요. 독자로서 돌이켜보면, 확실히 단편과 장편은 읽는 입장에서도 조금 다른 읽기를 경험했던 거 같아요.

최 쓰는 사람마다 다르겠지만 제가 장편으로 쓰는 이야기는 대부분 '언젠가 이런 이야기를 써야지' 생각하면서 오래 품고 있던 것이에요.

임 대개 '언젠가'라고 하면 먼 미래로 미뤄둘 때 쓰는 말인 듯한데, 작가님께서는 그 '언젠가'를 기다린다기보다 끙차, 하고 만나러 가는 분 같달까요. 쉬지 않고요. (웃음) 정말 많이 쓰시는 거 같아요. 꼭 매일 매일 자라서, 뒤돌아보면 어느새 금방 무성해져 있는 여름철 풀 같이요. 2006년에 데뷔 이후 쉬지 않고 써오셨는데, 어떻게 그 오랜 시간 동안 끊이지 않고 쓰실 수 있었을까요?

최 책 읽고 글 쓰고 산책하는 것 외에는 좋아하는 게 딱히 없어요. 여행도 거의 다니지 않고, 다른 예술 장르에도 무지하고, 유튜브나 OTT도 즐겨 보지 않고요. 유행이나 핫이슈를 잘 모릅니다. 이렇게 외부 일이 없을 때 제 일상은 아주 단순하고 거의 똑같아요. 아침에 일어나서 청소하고 밥 먹고 오후에는 글 쓰고 한 시간 정도 산책하고 저녁 먹으면서 야구 보는 삶. 그 루틴을 지키면서 꾸준히 지속적으로 쓰고 있어요.

임 어쩐지 한 번 좋아하게 되면 오래 좋아하실 거 같아요.

최 네. 그런 편입니다. 시간이 지날수록 더욱 사랑하는 타입이랄까요.

임 듣기로는 작가님께서 이사도 많이 다니셨고, 물건을 버릴 때면 다 버려! 하고 미련 없이 버리신다고 들었는데. 좋아하는 건 또 오래 좋아한다고 하시다니. (웃음)

최 이번 소설집에 실은 〈ㅊㅅㄹ〉에 '일편단심'이란 단어가 나오거든요. 저는 그런 단어를 좋아합니다. 순애보, 일편단심, 순정, 영원 같은.

임 이야기를 나누다보니 문득 궁금해져요. 왜 그런 이야기들 하잖아요. 가까운 것에 대해서 쓰는 게 편한 작가가 있는 반면 멀리 있는 걸 쓸수록 편한 작가도 있다고. 자신이 겪은 일에 대해서만 쓸 수 있다고 말하는 작가가 있는 반면, 자신이 겪은 일에 대해서는 절대 쓰지 않고 새로운 세상에 대해서만 쓸 수 있다고 말하는 작가가 있다고요. 그런데 이상하게, 저는 작가님이 가까운 걸 쓰시는 거 같으면서도 또 그렇게만 보이지는 않았어요. 둘 중 무엇에도 속하지 않거나 둘 다 속하는 거 같다고 해야 하나……. 작가님은 어떤 쪽이신 거 같으세요?

최 제가 요즘 에세이 작업을 하면서 에세이 쓰기가 참 어렵구나 실감하고 있어요. 숨을 구석이 없는 것 같아서요. 어디서부터 어디까지 쓸 수 있을까, 얼마나 가공해야 할까, 고민이 많아요. 제가 소설 쓰기를 좋아하는 이유 중 하나가 '자유로움'이거든요. '이 글은 허구입니다'라는 약속을 전제하기 때문에 훨씬 더 자유롭게 글을 쓸 수 있어요. 실제로 겪은 이야기도 픽션으로 가공해서 인물이나 이야기 뒤로 숨을 수 있는 거죠. 저는 겪은 일을 쓰기보다는 겪은 감정을 쓰는 편이에요. (**임** 너무 좋은 정의다!) 인물과 사건은 완전히 가공하고 감정을 소설에 담는 거죠. 그런 작업을 통해서 제 감정을 돌아볼 수 있고 의미를 찾을 수도 있어서 좋아요. 그래서 계속 쓸 수 있는 것 같아요.

임 실은 작가님께서 그려내는 인물들이 대체로 연결성이 있다고 느껴왔어요. 면면은 다른 인물들이 하나의 커다란 심지를 공유하고 있는 것 같이 느껴져요. 이해하는 것 같기도, 단념하는 것 같기도 하다가, '이것만큼은 꼭 내가 원하는 대로 하고 싶어, 어쩔 수 없어!' 결심하는, 그런 심지가 느껴질 때마다 저는 혼자 생각하는 거죠. 어? 여기, 작가한테 중요한 무언가가 슥 드러난 거 같은데? 이건 분명 작가인데? 작가의······ 심지인데? 에세이 작가 나름의 촉이라 해야 하나. (웃음) 그런 지점 때문인지 저는 작가님 글이 때론 일기처럼도, 에세이처럼도 느껴지고 그게 참 좋아요.

최 작가님 말 들으니까 에세이를 소설처럼 쓰면 되겠다는 생각이 들어요. 열쇠를 찾은 느낌이에요.

임 그런 게 좋다고 말하면서도 좀 조심스러운 게, 제가 소설을 써 보고 싶어 한동안 소설 스터디를 했던 적이 있거든요. 같이 최근 작들을 읽고 합평하는데 에세이 같다는 말은 보통 소설을 평가절 하하는 말로 쓰이곤 하더라고요. 아마 소설과 에세이가 분명 다른 점이 있으니 그런 거겠지요. 하지만 딱 꼬집어 말하긴 어려워도 소설과 에세이엔 분명히 겹치는 부분 또한 있잖아요? 저는 작가 님 소설에서 그 교집합을 봐요. 제가 소설을 좋아하는 에세이 작 가여서 괜히 멋대로 그렇게 여기는지도 모르겠지만. (웃음) 말하 자면 제게는 작가님 소설이, 같은 사람의 여러 이야기 같다, 같은 심지가 여러 삶을 시뮬레이션하는 것 같다, 싶어요. 작가님 신간이 나올 때마다 '이번엔 작가님의 인물이 어떤 삶에 놓였을까?' 하고 두근거리고요.

최 맞아요. 제가 딱 그런 방식으로 소설을 씁니다. 북토크에서 자 주 하는 말 중 하나가 '제 소설의 인물은 다 비슷합니다'예요. 최진영이란 사람을 이런저런 상황에 놓아보는 거죠. 저는《당신 옆을 스쳐간 그 소녀의 이름은》의 소녀와《내가 되는 꿈》의 태희, 《이제야 언니에게》의 제야와《해가 지는 곳으로》의 도리,《단 한 사람》의 목화가 그다지 다른 인물 같지 않거든요. 모두 저예요. 인물이 겪는 사건이 다를 뿐이고. (**임** 맞아요.) '나라면 어떻게 할 것인가'라는 질문을 던지면서 소설을 쓰고 있어요. 예전에는 '내 소설의 인물은 다양하지 않아서 고민이다'라는 생각도 했어요. 요즘은 그런 생각에서 벗어나서 '한 사람이 쓰는 소설 속 인물이 매번 달라도 이상하지 아니한가'라고 생각하는 편이에요. 이것저것 따지지 말고 지금 내가 쓸 수 있는 글을 쓰자고 저를 다독입니다. 어차피 나란 존재도 나날이 다르고 살면 살수록 변화할 테니까 계속 쓰다 보면 조금씩 다른 인물을 쓸 수 있겠지, 생각하면서요.

임 그렇다니 더 좋은걸요! 그런데 어쨌거나 이 글은 분명히 소설이잖아요. 저는 궁금했어요. 그렇다면 이 글은 어떤 지점에서 소설이 되는 걸까. 무엇이 이 글을 소설로 만들었을까. 그건 결국 '이 글은 왜 소설이어야 했을까'라는 질문으로 연결되는 것 같아요. 거기 단순히 '허구'라고만 대답하기에는 무언가 저한테는 성에 안 차는 게 있어요. 물론《구의 증명》같은 소설을 에세이로 쓰면 곧바로 잡혀가겠지만요. (웃음)

최 앞서 소설 쓰기의 자유로움에 대해서 말씀드렸는데요. 언젠가부터 그 자유로움을 만끽하자, 더 활용해보자 하는 쪽으로 나아가고 있어요. '나는 소설을 쓰는 사람이니까 현실에서는 불가능하다고 판단하는 일을 소설에 담아보자'고 생각합니다. 연인의 시신을 먹거나 과거의 나와 현재의 내가 편지를 주고받거나, 나무의 목숨 중 일부를 인간에게 주는 설정 등을 자유롭게 펼쳐보는 거죠. 그야말로 픽션이니까 가능한 이야기. 한편으로는 그것이 완벽한 허구라고 단정하지도 않는 편이에요. 과거의 나와 현재의 내가 편지를 주고받을 수도 있다고 생각합니다. 이를테면 일기가 그런 역할을 하니까요. (**임** 맞아요.) 수천 년을 사는 나무가 죽어가는 인간에게 목숨을 나눠준다는 설정도 마찬가지예요. 진짜 그런 일이 있을 수도 있잖아요. 인간이 모르고 있을 뿐. 상상력을 마음껏 발휘할 수 있고 과감하게 쓸 수 있다는 게 소설 쓰기의 큰 장점이에요. 《해가 지는 곳으로》를 예로 들면, 전 세계에 치명적인 바이러스가 퍼졌다, 그리고 주인공들은 러시아로 떠난다, 라고 일단 쓰면 독자들은 그 설정을 받아들여야만 독서를 계속할 수 있어요. '갑자기 러시아로 떠난다니 말이 돼?'라는 의문이나 거부감이 계속되면 독서를 지속할 수 없겠죠. 그렇게 독자에게 기대기도 하고요.

임 확실히 소설에선 작가님이 좀더 대범해질 수 있는 거네요.

최 네, 제가 더 대범해질 수 있는 데는 독자에 대한 신뢰가 큰 몫을 차지해요. 독서는 작가와 독자의 내밀한 소통이거든요. 독자는 작가가 소설에 쓰지 않은 것까지, 그러니까 소설의 빈구석을 상상으로 채워가며 읽어줍니다. 저는 그 과정을 작가와 독자의 상호작용이자 협업이라고 여기고 그럴 때 친밀감을 느껴요. 소설의 빈구석을 스스로 채워가며 끝까지 읽은 사람에 대한 굉장한 감사와 친밀함. '만난 적은 없지만 우리 사이에는 뭔가가 연결되어 있겠지?'라는 감수성을…… (함께 웃음) 그런 게 느껴질 때도 글 쓰는 게 좋아요.

임 독자들도 그럴 거여요. 우선 저는 확실히 느끼고 (웃음) 그래서 신기해요. 보통은 에세이를 읽을 때 작가를 가깝게 느끼지, 소설을 읽으면서 작가랑 친밀해졌다는 기분은 잘 안 들거든요. 하지만 작가님의 소설은 이상하게 작가님과 연결된 거 같은 느낌을 받아요. 소설 안에 존재하는 작가님의 심지 같은 걸 거듭 감지하면서 어느새 작가와 내가 가까워졌다고 느끼는 건지도요. 아마 그래선지 더, 최진영 작가의 소설은 소설인데 소설이지만은 않구나, 하고 생각했던 것도 같아요. 말하다 보니 궁금한 게, 작가님께선 글을 쓰시던 맨 처음부터 딱, 소설을 써야겠다고 생각하신 거예요?

최 딱 잘라서 말씀드리기 어려운 부분이 있어요. 사실 저는 습작 기간이 없었어요. 글쓰기 모임을 해본 적도 없고, 소설 창작을 배운 경험도 없고요. 같이 글을 쓰는 친구도 없었죠. 그 누구도 최진영이 작가가 될 거라고 생각하지 않았을 거예요. 정말 혼자서 조용히 이런저런 글을 쓰다가 '나는 이걸 소설이라고 썼는데 남들도 소설로 읽을까' 궁금해하면서 응모했어요. (**임** 어후!) 물론 제가 또 눈치는 있어서 경쟁률이 높은 신춘문예나 대형 출판사 공모에 응모하진 않았고요. (웃음) 제가 소설을 쓴 이유는 아마도 소설을 많이 읽었기 때문일 거예요. 많이 읽어본 글을 흉내 내기 쉬우니까. 에세이를 많이 읽었다면 에세이를 썼을까요? 시도 좋아했는데, 그래서 시를 쓰려고 애쓴 적도 있는데 시는 정말 어렵더라고요.

임 이래저래 장르가 가진 벽이 견고하게 느껴질 때가 잦은데, 말씀해주신 것처럼 오히려 누군가의 글이 그가 가진 호불호를 따라가거나 어떤 우연에 의해 소설이 되었다든가 하는 이야기를 듣게 될 때면 괜히 안심이 됩니다. 벽이 좀 허물어지는 거 같아요.

최 장르의 구분이 점점 흐려진다고 생각해요. 제가 최종적으로 가 닿고 싶은 글도 장르에서 자유로운 글이거든요. 우리가 꿈은 꿀 수 있잖아요? (웃음) 언젠가는 앤 카슨처럼 시인지 에세인지 소설인지 알 수 없는, 그런 정의 자체가 무의미할 정도로 열려 있는 글을 쓰고 싶어요. 장르에 갇히고 싶지 않아요. '쓰고 싶다'는 마음 자체가 중요한 것 같아요. 쓰고 싶은 게 있어야 계속 쓸 수 있는 것 같고. 그 마음을 품고 마지막을 향해 달려가는 거죠. (웃음) 당분간은 계속 쓸 것 같아요. 지켜야 할 약속이 많아서.

임 당분간뿐 아니라 이 생에 계신 동안은 어림없습니다. 죄송하지만 놓아드릴 수 없어요. (웃음) 저는 작가님이 그려낸 인물들을 계속 만나봐야겠거든요.

최 독자분들 만나면서 느낀 건데, 제 책을 읽으신 분들은 인물을 사랑하세요. (**임** 어떻게 안 사랑할 수 있겠어요.) 인물에게 공감하면서 응원하시는 분들이 많아요. 인물에게 위로를 받는 분들도 많고.

임 그러지 않기가 어려워요. 거기다 작가님 인물들은 기억에도 잘 남아요. 이를테면 《단 한 사람》 같은 경우에도, 전지적 시점이 아닌데도 인물들 모두 자기 입장에서 말할 기회를 갖잖아요. 가끔 작가님이 분명 이 화자를 더 좋아하는 것 같은데, 저 화자한테도 말할 기회를 주고 있다고 느꼈다 해야 하나. 인물들이 모두 누구도 단순해지지 않아서 그런가, 기억에 잘 남더라고요.

최 일단 소설마다 확고하게 저를 투영해서 쓰는 인물은 있어요. 그 인물을 따라가면서 질문에 대한 해답을 구하는 과정이 저에게는 소설 쓰기예요. 제가 뭘 알아서 쓰는 게 아니라 저도 모르니까 쓰는 거예요. 소설을 쓰면서 알아가자, 라는 생각으로. 어떤 사건을 통과하면서 인물의 사유가 어떻게 달라지는가가 중요한 것 같아요. 그 과정에서 제가 배우는 것이 있고요. 인물의 고난, 반대편에 선 사람, 상처를 주는 사람, 조력자, 방관자 등 여러 상황이 있는 거죠. 그런 부분은 현실과 다르지 않죠. 그렇게 현실에서 만날 수 있는 인물들에게 독자는 감정이입을 하고요.

임 사랑할 기회도 주지만, 관계에 있는 미움을 없애지 않으면서도 미워하지 않을 기회를 꼭 같이 주시잖아요. 이를테면 〈차고 뜨거운〉에서도, 엄마의 지긋지긋함을 그려내면서도 엄마를 미워하지 않을 기회를 주는 순간들이 꼭 있거든요. 분명 그 기회 때문에 감정이 솟구칠 때도 있는데요, 그 기회가 사람을 미워하지만은 못하게 만들어요. 뭐랄까, 손난로 같은 느낌이에요. 손난로가 추위 자체를 물리쳐주진 않지만 추위를 버틸 수 있게 도와주잖아요. 작가님은 추위를 없애는 대신 그런 걸 매번 손에 쥐여주시는 거 같아요.

그런데요. 저는 작가님이 다루는 방식과 그 안에 있는 심지를 좋아하지만 쓰는 사람 입장에서는 비슷하다거나 한결같다는 게 고민이 될 때도 있겠다는 마음이 문득 들어요. 아까 말한 것처럼. 어떤 작가들은 같은 말을 오래오래 곱씹어서 하는 반면 어떤 작가들은 매번 다르게 말하고 싶어 하잖아요. 작가님은 어떠신 거 같아요?

최 저는 하나의 질문을 짊어지고 이 책 저 책을 떠돌고 있는 것 같아요. 이 질문을 이렇게도 써보고 저렇게도 써보는 거죠. 조금 폭넓게 얘기하자면 '어떻게 살아야 할 것인가'라는 질문을 다양한 이야기로 풀어보는 건데요, 그 질문은 모든 작가의 공통된 주제라고 생각해요. 다들 그 얘기를 하고 있어요. 모든 책이. 어떻게 살 거야? (웃음) 그 질문을 각자의 이야기로 풀어내는 것 같아요. 왜냐하면 그 질문에는 답이 무수하거든요. 저는 같은 사람이지만 한편으로는 매일매일 변하는 존재잖아요. 어떤 사건을 겪기 이전의 나와 이후의 나는 다르니까요. 한 사람은 정말 유동적이고 순간순간 변하는 존재이기 때문에 동일한 질문을 가지고 계속 다른 생각을 할 수 있는 거죠. 그런 일상과 변화 또한 소설 쓰기의 원동력 같아요.

임 이 말 너무 좋은걸요. (웃음) 너무 내가 나 같아서 화가 날 때마다 두고두고 곱씹고 싶은 말이에요. 지속해서 변하는 존재이기에 동일한 질문을 가지고 계속 갈 수 있다니요.

한편으로는 저는 작가님에게 변하지 않는 '심정의 원천'도 있겠다는 생각이 드는데요. 이 단어는 조금 설명이 필요할 거 같아요. 제가 몇 년 전 지면에서 서영채 평론가와 양순모 평론가가 주고받은 서신을 읽은 적이 있어요. 거기서 서영채 평론가가, 광주민주화운동이라는 역사적 사건이 평론가로서의 자신에게 미친 영향에 대해 말하며 이렇게 답을 하는 거예요. 자신의 심정의 나이는 갓 스물이던 1980년 5월에 맞춰져 있고 여전히 그렇다고요.

이 단어를 본 이후 꽤 오랫동안 곱씹어왔어요. 그 단어가 저에게 확 박힌 거죠. 한동안 저는 글을 쓰면서 과거의 어떤 감정이 어느 정도 해소가 되었다고, 아니, 되어야만 한다고 생각해왔거든요. 사람들은 과거를 극복하지 않는 사람을, 좀 역하다고 생각하니까. 그런데 아니더라고요. (웃음) 글쎄, 어떤 감정은 아무리 애써봤자 놀라울 정도로 그대로 남아 있는 거예요. 그 사실에 솔직해지기가 참 어려웠어요.

그런데 저는 그 비슷한 결을 작가님 소설에서 제멋대로 찾아내고 가슴을 쓸어내려요. 나만 그런 게 아니구나. 어떤 건 돌아봐도 그대로 거기 있구나. 사라지거나 해결되지 않는구나…… 하고요. 작가님이 그려낸 인물들은 대체로 자신을 뭉개거나 부풀려버릴 정도로 커다란 규모의 감정을 겪어본 이들이기도 하잖아요. 그 감정이 100리터 만큼의 아픔이라면, 작가님은 100리터 그대로 담아주시는 거 같아요. 단지, 인물이 그보다 자란 거죠. 아프지 않아지는 게 아니라 그대로 아픈데, '나'가 그보다는 커지고 다양해져서, 나름의 맷집을 갖게 되어서 조금 더 버틸만 해진 거예요. (**최** 멋진 표현이다.) 그런 걸 너무나 잘 다루신다고 느껴온 입장에서는, 작가님에게도 변치 않는 어떤 심정의 원천이 있지 않을까, 그런 생각이 드네요.

최 제 마음의 한구석에는 십대 시절이 견고하게 남아 있는 것 같아요. 그 시절 저를 많이 지배했던 감정이라면, 제 입으로 말하기 간질거리는데 외로움. (함께 웃음) '아무도 나를 사랑하지 않아' 그런 감각 있잖아요. 당시에는 스스로가 보호가 필요한 존재라는 생각을 못 했던 것 같아요. 그런데 어른이 되어서 돌아보니 유년기, 청소년기의 저는 정서적인 보살핌이 필요한 존재였어요. 누구나 그렇듯이. 물질적인 보살핌 너머의 정서적인 보살핌이 필요한 시기인데, 저는 그런 경험이 많지 않은 것 같아요. 그래서 자기혐오에 꽤 시달렸던 것 같고. 지금도 정서적으로 굉장히 취약해질 때는 그 시기에 다져진 그 감정이 올라와요. (**임** 맞아요.) 말씀하신 것처럼 사라지지 않고 단단한 돌처럼 버티고 있다가 제가 출렁출렁하면 확 올라오면서 드러나는 거예요. (**임** 진짜 그대로 있지 않아요?) 그럼 좀 곤란하죠. 나는 이제 어른이고 더는 그 시기에 머물러 있을 수 없는데, 그대로 버티고 있으니까.

임 〈홈 스위트 홈〉을 거듭 읽었는데요. 다시 읽을 때 "시간은 발산한다"(262쪽)는 말에서 자꾸만 멈추게 되더라고요. 새삼 내가 과거 현재 미래를 모조리 살고 있는 것 같아서. 왜, 어쩐지 일찍 늙어버린 듯한 기분을 누구나 한 번쯤은 느껴본 적이 있잖아요. 한참 전의 일인데도, 문득 기억이 나를 선택하는 날에는 그날의 바람과 온도와 냄새가 모조리 선명하게 밀려오기도 하고요. 그렇게 생각하니 화자의 "미래를 기억할 수 있다"(291쪽)는 말도 수긍이 가더라고요. 시간이라는 게 한 줄로 흐르는 게 아니라 실은 생생한 더께를 가진 무언가고, 나는 그 모든 시간을 두껍게 살고 있구나. 그렇게 생각하면 지금이 조금 작아지는 거 같아요. 버틸 만하게요.

최 '미래를 기억한다'는 문장을 쓰게 된 계기는 이상문학상 작품집의 에세이에도 썼는데요, 어떤 미래를 지속적으로 상상하다 보면 기억처럼 남아버리는 것 같아요. '시간은 발산한다'라는 문장 또한 그다지 특별한 사유는 아닌 것 같아요. 빅뱅이론을 생각하면 시간 또한 한 점에서 출발하여 동시에 사방으로 발산한다고 볼 수 있거든요. '시간'이라는 개념 자체는 인간이 만들어낸 거잖아요. 굉장히 인간적인 잣대인 거죠. 우주적 관점에서는 시간을 어떻게 설명할 수 있을까? 생각하다가 빅뱅을 떠올렸고 그럼 과거, 현재, 미래도 우주라는 한 공간에 함께 있다고 볼 수 있는 거 아닌가? 라는 생각을 하게 되었는데…… 이런 이야기를 박사님들이 들으면 크게 화를 낼 것 같아요. (**임** 박사님들 모르는 척합시다.) 아무튼 빅뱅을 저의 존재에 대입해서 생각해본 거죠. 내 안에 과거 현재 미래가 다 있다. 멀리 있어서 안 보일 뿐. 그런 식으로 생각하는 게 제 삶에는 도움이 돼요. 지금의 고통이나 고민에서 조금 물러설 수 있어요. 저기 어딘가에 지금의 고통을 지나간 내가 있을 거라고 생각하면. '현재의 나'만 바라보면 의욕이 생기지 않는 일도 '과거의 나'와 '미래의 나'까지 넓게 보면 '잘 지나가보자'는 생각도 들고요. 제가 친구가 없는 외로운 존재라서 과거와 미래의 나를 친구 삼아 사는 건지도 모르고요. (웃음)

임 "우리, 고통을 뒤로 하고 나아가자!"가 아니라, "고통 같은 게 있긴 한데, 있어도 안 죽어! 나는 두꺼우니까!" 느낌. (함께 웃음) 더는 외롭고 아프지 않다는 뉘앙스이기만 했다면 이 소설을 읽으면서 그토록 몰두하게 되지 않았을 것 같아요. 얘기가 나와서 말인데, 독자분들은 막 소설집을 접하시겠지만, 실은 독자의 읽기는 작가의 과거를 기반으로 하다 보니 이번 소설집 또한 작가님에겐 과거의 묶음이라고도 할 수 있잖아요. 혹시 이번 소설집 교정하시면서 떠오른 기억들이 있으세요? 청개구리나 꼬마 돈가스처럼.

최 저는 '그게 몇 년도 일이었지?'를 상기하려면 '그때 내가 뭘 쓰고 있었지?'를 떠올려야 해요. '아 그때 내가 《이제야 언니에게》 쓰고 있었잖아. 그럼 2018년, 아니 대전에서 쓰고 있었으면 2017년?' 이렇게 생각하는 거예요. 과거를 회상하려면 당시에 쓰던 소설을 떠올릴 수밖에 없는 사람이 되어버려서, 이번 소설집 엮으면서도 각각의 소설을 쓸 때 내가 어디에 있었는가부터 생각했어요.

임 공간을 워낙 생생하게 그려주셔서 왠지 그 공간을 저도 가본 것만 같아요. 혹시 다시 보니 가장 신경이 쓰이는 인물이나 가장 마음이 놓이는 인물이 있는지도 궁금하네요.

최 가장 마음이 놓이는 인물은 〈인간의 쓸모〉의 안나. 〈썸머의 마술과학〉의 봄이와 여름이도 크게 걱정되진 않아요. 물론 그들의 미래 환경에는 마음이 쓰이지만 그들이 어떤 사람으로 성장해서 어떻게 살아갈까를 걱정할 필요는 없을 것 같아요. 가장 마음 쓰이는 인물은 〈쓰게 될 것〉의 주인공이에요. 어른으로 성장한 모습까지 소설에 담았지만…….

임 아직 현재형이니까 그렇겠네요.

최 네, 지금도 전쟁은 끝나지 않았고. 어딘가에서 전쟁은 계속 일어날 것 같고.

임 〈쓰게 될 것〉의 주인공 아이는 그 마음들을 업고 소설 속에서 강한 어른으로 성장한 거 같아요. 〈썸머의 마술 과학〉의 봄이와 여름이도 그렇고, 대부분의 화자가 타임라인은 다르더라도 다들 어른을 향해가고 있다고 느껴지고요.
그런데 그럼에도 저는 어쩐지 작가님이 그린 인물 중 완성형 어른으로 그려지는 사람은 정말이지 한 명도 없는 것 같다는 느낌을 받는 것 같아요. (**최** 그런 사람은 없어⋯⋯.) 그러니까요! 그런데 그 '완성형 어른 아님'이, 어른이 되지 않겠다는 회피라거나 미성숙함의 증명처럼 보이진 않았어요. 오히려 너무나 어른이 되고 싶어 하는 상태 같기도 하고, 이미 너무 어른같이 굴고 있음에도 스스로 이게 맞는지 아닌지 확신하지 못하는 상태 같기도 한 인물들 덕에 저는 자꾸만 어른이 무엇인지 질문하게 되더라고요. 지금보다 어렸을 때 저는 제가 근사한 어른이 되어 있을 줄 알았어요. (웃음)

최 우리가 또래들이랑 있으면 어른스러울 필요가 없어요. 놀던 대

로 놀고 말하던 대로 말하고. (**임** 어 맞아요, 어떡해.) (함께 웃음)
친구들과 함께일 때는 굳이 어른일 필요가 없는데, 아이들을 대할
때는 일단 그들이 우리를 어른으로 보기 때문에 어른답게 처신해
야 하니까. 그 차이가 있지 않을까요. 어른이어야 할 때와 어른이
아니어도 될 때의 차이.

임 작가님이 생각하는 어른은 언제나 상대적인 거예요?

최 제가 생각하는 어른은…… 어른이어야 할 때는 어른답게 말하
고 행동하고 마음을 쓰는 사람인 거죠.

임 저한테는 그 '어른답다'는 말이 꼭 조금 전과 연결되는 것도
같네요. 어른다운 것, 어른스러운 것과 어른인 건 다르잖아요? 말
씀하신 대로라면 어떻게 살 것인가처럼, 어떤 어른이 될 것인가,
생각하고 매번 답을 찾아보고 어른답게 굴어보려고 하는 사람들
이 그나마 어른일지도 모르겠네요.

최 네, 예를 들어 〈쓰게 될 것〉에서 길거리에 아이가 맨발로 있는
걸 보고 "너 우리랑 같이 가자. 안전한 데로 가자"라고 말하면서
아이를 보살피는 사람이 등장해요. 그런 사람이 어른 같아요. 한

편으로 〈썸머의 마술과학〉의 엄마 아빠는 부모 역할을 하고 있지만 어른답지 않을 때도 있거든요. 정말 다양한 어른들이 있죠.

임 늘 그랬지만 이번 소설집에서도 전쟁이나 기후 위기 등 다양한 방식을 통해 그런 인간 군상들을 보여주셔서, 읽는 내내 저도 조금 더 어른다운 것에 대해서 짚어보는 계기가 된 거 같아요. 다른 이야기들도 벌써 궁금해지는데 혹시 작가님께서 아직은 채 쓰지 못한 이야기가 있다, 앞으로 꼭 쓰고 싶은 건 이런 거다, 하는 게 있다면 독자들을 위해 말씀해주실 수 있을까요?

최 쓰고 싶은 이야기는 서너 개 더 있어요. (함께 웃음) (**임** 정말 무서운 분이시군요.) 물론 비슷한 질문을 다른 이야기로 풀어내겠지만. 아까 말씀드린 것처럼 소설이니까 쓸 수 있는 이야기들을 더 써보고 싶어요.

임 마지막으로 이 소설집을 읽으실 독자분들께 안부를 전할 겸, 하고 싶은 말이 있으시다면 해주셔도 좋을 것 같아요.

최 이 책에는 2020년대의 중요한 이슈들이 담겨 있어요. 기후 위기, 전쟁, AI, 모녀 서사, 젊은 노인, 빈부 격차, 질병권. 음⋯⋯ 우리는 미래를 비관할 수도 있고 희망할 수도 있어요. 비관할 수 있는 여지는 많아요. 전쟁은 계속 일어날 테고 기후 위기로 위험에 처할 수도 있고 AI의 발달은 인간적인 가치를 훼손할 수도 있어요. 삶이 점점 힘들어질 수도 있죠. 그 비관을 끌어안고 희망으로 나아가면 좋겠어요. 왜냐하면 우리에게는 지켜야 할 사람과 가치가 있으니까. "세상은 다 망했어"라고 말하는 대신 "망하도록 두지는 않을 거야"라고 말하는 사람들이 더 많으면 좋겠어요. 희망합시다.

임 그동안 작가님의 소설을 읽으면서, 한 인물의 가장 밑바닥, 가장 아래에 가라앉는 게 무엇인지 보기 위해 작가가 기꺼이 아래로 내려간다는 느낌을 종종 받곤 했는데요. 그것이 가라앉기 위해서라기보다는 사랑을 찾아내기 위해서라는 인상을 받았던 건 아마 작가님의 이런 기운이 묻어 있어서였나 봐요. 희망하겠습니다. (웃음) 이런 이야기들을 나눌 수 있어서 기뻤어요. 함께 해주셔서 감사합니다, 수고하셨어요, 작가님.

최 저도 이야기 나눌 수 있어서 기뻤어요. 감사합니다, 작가님.

2020년부터 2023년까지 쓴 단편소설을 모았습니다. 그동안 나는 어떤 사람이 되었을까요. 이런저런 변화 속에 그대로인 부분도 남아 있길…… 여전히 쓰고 있어 다행입니다.

〈쓰게 될 것〉은 《시사IN》 772호의 커버스토리 〈유모차 밀던 자리에 폭탄이 떨어져도〉와 《전쟁일기》(올가 그레벤니크, 정소은 옮김, 이야기장수)의 영향으로 썼습니다. 《시사IN》 772호에는 우크라이나 여성 스베틀라나 씨가 2022년 2월 24일부터 4월 26일까지 쓴 일기가 실렸습니다. 일기 중 저를 오래 붙든 문장이 있습니다. '그런데 사실 우리 삶은 더 이상 예전으로 돌아갈 수가 없어. 내 교회가 안쓰러워. 내 찬란했던 과거가 너무 아파.' 소설과 함께 발표한 '작가 노트'의 한 구절을 이곳에 옮깁니다. '평화를 바라진 않습니다. 전쟁이 멈추길 바랍니다. 예전으로 돌아갈 수 없다면 더 나아갈 수 있기를. 한 사람의 삶에 찬란한 순간이 새로이 스며들기를.'

〈유진〉은 이 책의 소설 중 제일 먼저 쓴 글입니다. 그렇다면 현재의 나에게서 가장 멀리 있는 글이라고 볼 수도 있을까요. 두 번째 소설집 《겨울방학》의 표제작 속 고모 이야기를 더 해보고 싶었어요. 이 소설 어딘가에 나의 이십대와 삼십대를 숨겨두었으니 20년이 깃든 글이기도 합니다. 그러므로 가장 멀리 제일 가까이 있는 글인 것도 같아요. 시간은 한 방향으로만 흐르지 않고 삶이 구겨진 종이 같은 것이라면.

작은 소망이 하나 있습니다. 그건 바로 소설집마다 각각 다른 '첫사랑'을 싣고 싶다는 것. 이번 소설집의 첫사랑은 〈ㅊㅅㄹ〉입니다. 즐겁게 쓴 소설이에요. 메신저 피싱이 난무하는 시대이니 이 소설의 소재에는 위험한 구석도 있습니다. 그러니 여러분, 모르는 사람의 메시지에 절대로 반응하거나 신상 정보를 넘기지 마세요. 아는 사람인 것 같아도 모르는 사람일 수 있습니다. '삼귀다', '이 귀다'라는 신조어는 인터넷 검색으로 알았습니다. 나는 정말 어린 친구들이 그와 같은 말을 사용한다고 믿었지요. 그런데 최근에 젊은 친구가 말해주길, 삼귀다는 아주 잠깐 유행했을 뿐 요즘은 아무도 그런 말을 쓰지 않는다고……. 그 순간 나는 마치 '안나'가 된 기분이었습니다. 할루시네이션을 경험한 것만 같았어요. 지나가는 청소년을 붙잡고 '혹시 삼귀다라는 표현 아세요?'라고 한 번만 물어봤어도 이런 실수는 저지르지 않았을 텐데. 대체 무슨 자신감으로 인터넷 정보만을 믿고……. 그러니 여러분, '삼귀다'는 소설적 허구이자 설정이라고 생각해주세요. 이 소설에 등장하는 신조어는 모두 가상이며 사실과 무관합니다.

〈썸머의 마술과학〉은 '기후 위기'라는 주제를 받고 쓴 소설입니다. 소설을 쓰기 전 《지구는 괜찮아, 우리가 문제지》(곽재식, 어크로스, 《뜨거운 미래에 보내는 편지》(대니얼 셰럴, 허형은 옮김, 창비)를 읽었습니다. 《시사IN》747호의 〈2022 대한민국 기후 위기 보고서〉, 〈2050년 탄소 중립까지 무엇을 할 것인가〉와 격월간 문학잡지 《Littor》 24호에 실린 커버스토리의 도움도 받았습니다. 각종 웹사이트에서 기후 위기에 관한 기사와 동영상도 많이 찾아봤습니다. 소설과 함께 발표한 작가 노트의 한 구절을 이곳에 옮깁니다. '청소년에게 기후 위기는 당면한 현실이고 두려운 미래인데 어른들은 계속 돈 얘기만 한다. 마스크를 하지 않아도 되는 환경에서 어른으로 성장한 나는 비관할 자격이 없다. 나는 할 수 있는 일을 할 것이다. 누군가가 소용없다고 비아냥거려도 포기하지 않고. 소설의 마지막에 썼듯이, 나에겐 낯설지만 썸머 세대에겐 당연해질 것들을 나는 더 믿고 있다.'

〈인간의 쓸모〉는 '근미래'라는 주제를 받고 썼습니다. 그러나 이 소설의 배경은 근미래보다 현재에 더 가까운 것 같아요. 소설을 쓰기 위해 인공지능을 공부했고 챗GPT도 사용해봤습니다. 빠르게 변하는 세상에 언제까지 적응할 수 있을지 모르겠습니다. 키오스크 앞에서 난감함을 호소하는 윗세대를 보면 남의 일 같지 않아요. 흐름을 따라가다가 언젠가는 기권하겠지요. 이해하려고 열심히 애쓰겠지만 결국 소외될 거예요. 이 소설을 쓰면서도 인터넷의 도움을 다분히 받았습니다. 지금은 도움받는 입장이지만 언젠가는 AI와 경쟁해야겠지요. AI는 절대 할 수 없는, 오직 인간만이 할 수 있는 일은 무엇일까요. 소설을 쓰면서 그 답을 찾아가겠습니다. 이 삶을 '충만한 의미'로 채우는 것만큼은 포기하지 않으며.

〈디너코스〉를 쓰면서 인생의 타임라인을 그려봤습니다. 이십대를 지나와서 다행입니다. 삼십대에 포기하거나 포기하지 않은 것이 있어 지금의 내가 있는 것 같아요. 10년 뒤 나는 어디에서 무얼 하고 있을까요. 20년 뒤의 나는 과연 존재할까요. 모를 일입니다. 그래서 더 나아갈 수 있습니다. 내면의 주머니에는 아직 빈자리가 많고요, 숨기고 싶은 것은 최선을 다해 숨겨보겠습니다.

〈차고 뜨거운〉에는 엄마와 딸이 있습니다. 여성과 여성이 있습니다. 나와 내가 있습니다. 걱정으로 포장한 경멸, 관심으로 감싼 비수, 행복의 미소로 다가오는 불행과 불안의 옷을 입은 사랑이 있습니다. 전부 뒤엉켜서 깔끔하게 분리할 수 없습니다. 버리려고 찢어낸 자리에 가장 소중한 마음이 묻어 있어요. 다정한 사람이고 싶습니다. 미지근한 곳에 당신의 자리를 마련하고 싶어요.

〈홈 스위트 홈〉을 쓰기 전 《아파도 미안하지 않습니다》(조한진희, 동녘)를 읽었습니다. 《시사IN》의 2020년 기획 시리즈 〈죽음의 미래〉에도 영향을 받았습니다. 연재 기사 각각의 제목은 '당신은 어디에서 죽고 싶습니까', ''아픈 몸'을 거부하는 사회에게', '의학은 돌봄을 가르치지 않았다', '존엄한 죽음은 존엄한 돌봄으로부터', '죽음의 미래를 찾아서'입니다. 다큐멘터리 〈엔드게임: 생이 끝나갈 때〉도 인상 깊게 봤습니다. 소설을 통해 사랑을 전하고 싶었습니다. 그것은 나를 쓰는 사람으로 살게 하는 강한 동력입니다. 죽어가면서 살아가는 존재로서 남기고 싶은 가장 소중한 것입니다.

쓰디쓴 삶이라도 이야기로 써서 고통 너머로 나아가고 싶습니다.

마음을 쓰는 일에 나를 쓰는 것.

그것이 나의 사랑이라고 아직 믿고 있어요.

쓰게 될 것은 이미 쓴 것.

그러므로 새롭게 쓰고 싶은 마음.

계속 쓰겠습니다.

2024년 유월, 무한의 서에서, 최진영.

발표 지면

유진 《문학동네》 2020년 봄호

차고 뜨거운 《창작과비평》 2020년 겨울호

썸머의 마술과학 《굿닛》 2호, 2022년

홈 스위트 홈 《현대문학》 2022년 9월호

ㅊㅅㄹ 《문장웹진》 2023년 3월호

쓰게 될 것 《시사IN》 811호, 2023년

인간의 쓸모 《창작과비평》 2023년 여름호

디너코스 《문학인》 2023년 가을호

쓰게 될 것

© 최진영, 2024

초판 1쇄 발행 2024년 6월 14일
초판 5쇄 발행 2024년 10월 30일
펴낸곳 (주)안온북스
펴낸이 서효인·이정미
출판등록 2021년 1월 5일 제2021-00003호
주소 서울시 마포구 월드컵로14길 28 301호
전화 02-6941-1856(7) 홈페이지 www.anonbooks.net
인스타그램 @anonbooks_publishing
디자인 석윤이 제작 제이오
ISBN 979-11-92638-37-9 (03810)